U0907628

风起兮

董玲玲 作品

UNITY PRESS
團结出版社

图书在版编目（CIP）数据

凤起兮 / 董玲玲著. -- 北京 : 团结出版社,
2017.7

ISBN 978-7-5126-5289-7

Ⅰ. ①凤… Ⅱ. ①董… Ⅲ. ①长篇小说－中国－当代
Ⅳ. ①I247.5

中国版本图书馆CIP数据核字(2017)第154094号

出　　版	团结出版社 （北京市东城区东皇城根南街84号 邮编：100006）
电　　话	（010）65228880 65244790
网　　址	http://www.tjpress.com
E-mail	65244790@163.com
经　　销	全国新华书店
印　　刷	三河市京兰印务有限公司
装帧设计	成都天恒仁文化传播有限责任公司
开　　本	170mm×240mm 1/16
印　　张	18
字　　数	273千字
版　　次	2017年7月第1版
印　　次	2020年1月第2次印刷
书　　号	ISBN 978-7-5126-5289-7
定　　价	63.00元

前　言

从记事起，我就一直做些稀奇古怪的梦，梦中有半空中的云床、地府里的火炉、火炉上的网、“走”进石头砌成的甬道，甬道里拿着长茅的卫队、甬道外的星空……至今还让我如在眼前。于是我经常想，如果能把这些匪夷所思的事情写进小说里，一定会引人入胜吧？由于我擅长的是诗歌，这个想法一直没有实现。

终于，那一天，我又一次把梦境分享给我先生时，他说：“我觉得你应该尝试写一篇小说，把这些梦境写进去，说不定你能成为中国的J.K.罗琳呢！”得到先生的支持，我开始把“写一篇小说”这个目标提到了日程。

我很喜欢凤凰，更喜欢“梧桐树引凤凰”这个代表着吉祥的话题。可惜一直不知道这个典故的出处。于是，我突发奇想，我何不自己写一个出处？

我把自己这个大胆的想法同先生商量，得到了先生极大的赞赏，我不由信心百倍。

在一个风和日丽的早晨，我写下了第一个字：凤！随之而来的就是一发不可收拾，手下的键盘好像不由我控制似的噼噼啪啪地一直响了下去。到了中午，在先生的提醒下，陷入文中不可自拔的我才猛然发现，不知不觉中，已写下几千字了！

其间，由于随着故事情节的进展，我会有情感的起起落落，会受到故事人物的影响而有些“神经质”。是家人的理解和包容，是家人犹如对待小孩子一般的细心，让我顺利地写下去。感谢家人！感谢我的先生和小女儿！

小说的开头也许会有些生涩，但是后来，我越写越顺手，对故事的把握也越来越到位。尤其是仙庭中的故事、酒神夫妻的忠心、世界树的故事、六长老一家的回归，我至今仍是看一遍心潮澎湃一次。

书中针对血缘问题，我有着自己的看法：“血缘不是羁绊，真情才是永恒！”所以才会有仙帝姓了“张”。

对于别的书中对于修真界里“强者为尊”“杀人放火金腰带”的观点，我不以为然：“仙人，之所以称为仙人，首先要先做好人，才能成为潇洒的仙。”何为做人？何为入世？在书中我都会一一解答。

可能因为我是诗人的原因吧，不免在书中会有情感的表达。但我崇尚的是含蓄之美，对于感情的描写不会露骨，更不会有带“颜色”的描述，这一点让希望激情四射的读者失望了。

另外，喜欢诗歌的朋友，我在每一章节的前面，都写有一首小诗，希望你们喜欢！

一句话：想知道凤凰为什么只栖息在梧桐树上吗？答案就在这里……

目录

contents

<< chapter 1

涅 槃

我的灵魂走出极想
我想有一双奋飞的翅膀

时间急速地走过
你高亢的笛声的呼唤
响在我遥远的寻求路上

把梦幻藏在花蕊里吧
一轮新月
才是我永久的慰藉
如绿叶上初醒的露滴

天空，斜挂着一轮血红色的太阳，不耀眼，反而有一种湿润的感觉；几朵灰色的云被染上一层隐隐约约的红边，零散地飘浮在空中；天空不是清爽的蓝色，却似青似靛，模模糊糊的，透着丝丝不安。街上的行人影影绰绰地来去，四周的建筑物也似乎遮着一层纱。

万青荷茫然地站在街边，心里一阵阵害怕，“我不是正在推开那个，要被楼上掉下的花盆砸到的小男孩儿吗？怎么会在这里？这是什么地方？”她不安地左顾右盼，猛然发现面前不知什么时候停下了一辆货车，车厢后部放着一个奇怪的箱子。她定睛一看，里面有两个人。万青荷有些纳闷：这么小的一个箱子怎么会装得下人呢？更何况还是两个？她不由自主地走过去，凑上去想仔细看看，却不料一个放大的脸猛地贴上小窗，大叫一声：“救命！”把万青荷吓了一大跳，拍拍胸口，喘着气说：“啊！吓死我了！真是好奇心害死猫……”

话还没说完，却发现自己也在了车上，她瞪大了眼睛，惊惧地忙贴向最前面的车厢，离那个诡异的箱子远远的。

车子启动了，随着车子的颠簸，万青荷的眼睛迷离起来，渐渐地沉入梦乡……

不知过了多长时间，她突然醒来了，却是站在了一个石阶上，那辆货车不知踪影。石阶的两边是石头砌的墙，万青荷往后一看，是一片浓雾，浓雾离她只有几厘米的样子，只有前面的石阶是清晰的，好像如果不往下走，浓雾很快就会把她吞噬一样，她只好顺着石阶往下走。

走下台阶，却发现自己置身于一个石砌的甬道之中，她茫然地站在甬道中。这时，左前方出现一队浑身裹着白布的身影，腋下还夹着长矛，与她擦身而过，前方还有一队这样的身影，在往相反的方向走去。她试探着跟着这队伍往前走，很快就走到了甬道的尽头。站在甬道的横切面，她犹豫了，因为外面是一望无际的星空，星空中点点星光闪耀，让人有种扑下去的强烈欲望。她一横心，就当真扑了出去，却猛然发现居然到了一个房间。

房间很小，大概也就只有十来个平方。房子中央有一个火炉，火很旺，火炉的旁边是一个盔甲，亮亮的，就像电视剧里古代战将佩戴的连头盔带战甲的那种。头盔上还有一个缨珞，火红火红的。火炉前排着一队人，每个人都穿着一件灰色的袍子，队伍的后面雾蒙蒙的。很奇怪，房间不大，但是却感觉这个队伍很长很长。

这时，最前面的一个人走上前，盔甲自动飞过来，对，就是飞，把这个人紧紧地包裹住，往火炉上一躺，顿时火炉上方出现了一张网，椭圆形状，不大，正好覆盖在火炉上。那个盔甲就静静地躺在网上。一会儿的工夫，从盔甲里面散出一股淡淡的烟雾，盔甲自己又飞了起来，继续“站”在火炉旁。下一个人又走上前来，任由盔甲再次包裹住，躺在网上，不一会儿，盔甲亮了一下，只见一个小小的红色的水滴滴在网上，融进网里。

就这样，那一队人，一个一个的，有的成烟，挥发了；有的成为水滴，融进网里。但是队伍怎么也不见短，还是长长的，看不到边。

万青荷正看的入迷，突然那个盔甲朝自己飞来，她吓得大叫一声，条件反射般的闭上眼睛，也被盔甲裹住飞上了那个火炉上的网。

等她睁开眼睛，发现自己正处于一片火海之中，她知道自己显然是在火炉里了，不禁苦笑了：“哈哈，我也成孙悟空咧，就是不知能不能也炼成火眼金睛……”

就在这时，一团团火苗飞速地窜进她的身体，一阵剧痛袭来，万青荷疼得不禁哆嗦起来，她自小就比一般人耐痛，更比一般人能忍，因为她的身体自幼孱弱，打针吃药是家常便饭，甚至还学会了给自己打针，长此以来，对痛也就渐渐麻木了。所以，刚开始的剧痛过去后，她的身体慢慢地适应了一点，缓和了一点，长长地舒一口气。

可是，渐渐地，那种痛不再是肉体上的痛，却是那种深入骨髓，深入灵魂似的痛觉。火舌肆无忌惮地舔过身体，痛得她一阵阵战怵，身体一点点地崩溃，眼看就要坚持不下去了。这时，只见她猛地一咬牙，腮帮子鼓起一个包，硬生生地挺起了身子。这时万青荷的身体已不成形状了，她的四肢已残缺不全，后背也模糊一片。她瞪大眼睛，就那样站着，实在站不住了，也就直直地躺着，乍一看，就是一具尸体，只有微微抽搐的眼角表明她还有意识，并没有真的死去。

正在万青荷承受火的煎熬的时候，在一处堪称仙境的地方，围坐着几个穿着各色衣装的人，他们当中有穿僧衣的，有着道袍的，有戴冠的，有手拿东西的，还有将军模样的，不一而足，大概有六七人之多。他们的中央是一个似水似镜的东西，说它是镜，却有着水的涟漪；说它是水，却平坦如镜。而里面现在正显映着万青荷在火中的情景。

“哎，看来，她要坚持不下去了。”一个头戴玉冠的人蹙着眉头说。

“不急，再看看。”将军模样的人说。

其他的人微微颔首。

这时，火苗把万青荷一点点地吞噬，但她的意识却还在清醒地感受到灼烧和痛楚。终于，肉体消失了，成了一小撮灰烬，眼看着，那一点灰烬也要消失了，突然，在灰烬中出现了一点耀眼的光点，一个一寸多高的万青荷出现在了灰烬中，她闭着眼睛，神态安详，身体发出淡淡的温润的光，更加令人惊异的是，一个展翅的凤凰图形在她的胸口发出耀眼的光芒。火海仍在熊熊燃烧，却再也烧不到她的身上了。

“呼，终于挺过来了！”那个道装的人大吁一口气。

“不错，不错。”其他人也同样松了一口气。

“好了，只要涅槃成功，她就归位有望了，仙界的凤凰有千年不在了吧？哈哈，还真是寂寞呀！”

“是啊，是啊！对了云旷，以后的指引就靠你了。”

“当然当然，放心放心……哎，二哥，她自己的东西该还给她了吧？”

“哈哈，当然当然。”将军模样的人笑嘻嘻地打个哈哈，随手一抛，把一样东西抛进那似水似境的东西里——万青荷的身体中。

万青荷睁开眼睛，发现自己已经没有在火海中了，她的面前是一条清幽的石板路。路的两边种着不知名的树和植物，一望无际。前方有一幢飞檐屋角掩映在郁郁葱葱的树林中。

她踟蹰了，不知所措地四顾着，心中忐忑不安，大有不知今夕何夕的感觉。

“天啊，我是在梦中吗？但为什么这么真实？火烧的痛还让我心有余悸。如果不是梦，谁能告诉我这一切是怎么回事？呜呜，我要回家！……”

小声地哭了好一会儿，她擦了擦眼泪，望着面前的小路，再往周围看去，同样是青翠的树林和一望无际的田野。无奈之下，她只能小心翼翼地踏上小路，才发现她的脚上还是光着的，猛一回神，忙看向自己的身体，还好还好，身上还穿着以前的衣服：一件T恤和一条牛仔裤，只有脚是光着的。

脚踩在石板上很舒服，她一步一步地慢慢向前走去，渐渐地，由慢到快，渐渐地她不知不觉地跑起来，最后心情都飞扬了，忘记了以前，忘记了一切，就好像一直以来就是这样肆意地奔跑过一样，她也没心思追究怎么会有这样的感觉，只是跑着跑着，不时还发出欢笑声。

跑了一会儿，看到前方不远就是那幢飞檐翘角的房子，目测有好几亩地，非常壮观。不由让她想起这样的诗句："层台耸翠，上出重霄；飞阁流丹，下临无地。鹤汀凫渚，穷岛屿之萦回；桂殿兰宫，列冈峦之体势。披绣闼，俯雕甍，山原旷其盈视，川泽盱其骇瞩。闾阎扑地，钟鸣鼎食之家；舸舰迷津，青雀黄龙之轴。虹销雨霁，彩彻区明。"

门是朱红色的，使劲儿仰头才能看到门头，门上一个一个圆圆的黄色的大疙瘩，看起来不像是铜，心里一动，难不成是黄金？用手一摸，凉凉的，却有一种暖暖的感觉，又不像黄金，仔细一琢磨，应该是玉石。哇，是谁那么大手笔，用玉石装点大门！

感叹完毕，她想了想，却没有去推门。转过身子，打量了一下周围。在这个难得一见的如画世界里，如果不好好欣赏一下岂不是可惜？

于是，她顺着来的路慢慢往回走，原来在路的两边有好多的岔路。

走到一条岔路上，她发现路并不如想象中的只有两三米那么窄，而是可以并排走过四辆车的宽度。路的两边种着她不认识的植物，可能是她出生在城市的缘故吧，对于农作物是所知太有限了，导致现在看着大片的植物直接傻眼。

万青荷也没有纠结，不认识就不认识呗。她又蹦跳着跑到路的另一边，这回认识了——稻子嘛！心情顿时大好了，慢慢地下到地里，轻轻地拉过一个稻穗，哇，籽粒饱满啊，而且，浓浓的清香味扑面而来，脑袋也随之一清。奇怪了，以前回到老家时，她经常去地里玩，好像稻子没有什么味道吧，怎么这些稻子这么清香怡人呢？

"灵谷"。突然，脑袋里出现了一个词，万青荷惊奇万分。不说灵谷不灵谷的，问题是脑子里怎么会知道？

发了一会儿呆，想不出所以然，性格向来大大咧咧的她也便放下了。在稻田边上站了一会儿，她摇了摇头，走回路面，接着向前走去。

"唉，要是能一下子走到路的尽头就好了，这一步步地走也太累了。"走了一会儿，看着没有尽头的路和路两边各种的植物，一个是累，另一个就是产生了审美疲劳了。

谁知，她刚一这么想，脑袋一晕，就感觉到“嗖”的一下，再一看，嗬！到路的尽头了，因为前面就是山，而路就伸展在山脚下！她晃晃头，匪夷所思啊，这是！

咦？貌似是自己刚才想要到路的尽头的？

“咳、咳！”惊异过后，她故作镇定地安慰自己：“没事没事，这还省的自己走了。”可是谁能告诉我这是怎么回事吗？小心肝真的受不了哇。

万青荷拍拍胸脯，干脆坐了下来，反正路又不脏，而且还是青石板的呢。她把头插在双腿之间，像个鸵鸟似的，强迫自己不去再想这些想不通的东西。

她无意识地有一下无一下地用手在青石划着，说服自己：“就当是在梦中好了。对，就是在梦中，也只有在梦中才会有这么奇怪的事情。”这样不断催眠自己之后，心情大定。抬起头来，对，一定是在梦中，这样就好解释了。掐自己什么的弱暴了，是也好，不是也好，我说是就是！

她站起身来，大声说：“我要去山上看看！”转眼，就已经站在山顶上了，只见山上郁郁葱葱长满了大树，这是名副其实的大树，每一棵都有十几米高，有着几个大人伸出双臂才可以合围的树身，难得的是每一棵都是如此。地上点缀着许多不知名的小草，甚至在一棵树的树根旁竟然还发现了一个如面盆般大小的书本上的灵芝模样的东西，就那么静静地立着；有一棵草长着九个小绒球，迎风摇曳，就像九个小孩子在嬉戏，非常可爱；还有一棵草一下子出现，一下子又隐身了，然后又一下子跑到另一个地方，有趣极了。

万青荷找到一处开阔点的地方，极目远眺，才发现这个地方不是一般的大，站在山顶上根本看不到路的那边，更别提刚才去的地方了。

“不知道有没有河水。”她自言自语地说，“有点口渴了。”

不出意料地，她站在了一条小河旁。小河清澈见底，水面上雾气氤氲，河底有着五颜六色的石头，发着微弱的光芒，把小河点缀得美轮美奂。可惜小河里没有鱼类，未免单调了些。

离她不远的小河上有一座绿色的小桥，是的，纯绿色，而且是那种非常炫目的绿色，只是在桥的护栏上雕刻着大朵大朵的金黄色的牡丹，平添了华贵、大气！

给人一种惊艳的感觉。

她掬起一捧水，喝在嘴里，顿时有种沁到心肺的甘甜，一点点地流经全身，每个毛孔都舒展开来了，精神更是随之一振。

连连喝了几口，才感觉到好一点，好像是好久都没有喝水了吧。她一边想一边站起身，纵目四顾，在小河的另一边有一大片树林，树上的树叶青脆欲滴，神奇的是，树下的土壤是金黄色的。

万青荷好奇极了，她快步走过小桥，也顾不得欣赏小桥的艳丽，径直走到树林边，蹲下身子，抓起一把土，仔细端详，手中的土壤里还有着一小块树叶，硬硬的，把它捏起来，怎么那么像金子呢？真是怪事年年有，今年特别多——那分明就是金子！

她的心止不住地怦怦直跳，原来这土壤竟然是金子，不可思议，太不可思议了！这该是什么树才需要金子土壤啊？！

抬起头来，她看向身边的树，嗬！她再一次惊呆了，不由地站起来。挺直的树干是褐色的琉璃一样的光滑，没有一般树木的粗糙表皮；树叶，她咽了下口水，树叶是翡翠，没错，是翡翠，她嫂子嫁给哥哥的时候，陪嫁的有一个翡翠手镯，哥哥还显摆似的给她科普了一下珠宝知识，所以她能肯定地认为树叶真的就是翡翠！再说了，在这个神奇的地方，有这样神奇的事情也见怪不怪了。

树叶轻轻摆动，发出悦耳的叮叮当当的声音；在树叶中间点缀着一个个形状各异的或红或蓝或粉的五彩斑斓的果子；在靠近下方的树枝上，有几片树叶好像在枯萎，或多或少有了一些枯黄的感觉，她踮起脚尖，摘下一片，发现绿的仍是翡翠，而黄的则成了金子，由绿转黄的过渡的地方却是模糊不清。

低头看向地面，地面上尚有许多掉落的已经枯萎的树叶，万青荷轻轻拿起一片，完全是树叶形状的金子，这就是俗称的金叶子吗？她不禁意淫：如果这些都是自己的该多好，就能有钱治好妈妈的糖尿病，就能改善家里困窘的生活，就能减轻爸爸的负担了。

想起父亲曾经挺拔的脊背如今却多显佝偻，万青荷的眼睛不可抑制的湿润了。也不知道离开家有多久了，爸妈知道自己的事吗？他们怎么样了？会不会受不了她的离去？她不是傻子，发生的一切都显示，自己一定是被掉下的花盆砸死了，

她不后悔自己救人的举动，但是……以生命为代价却是始料未及的。

那昏暗的世界也许就是阴间，而这个世界是哪里就真的不清楚了，不过，显然，这个世界是个祥和的世界，虽然没有人，冷清了点儿，但是，如果让她选择，她还是愿意在这里。如果，如果爸妈和哥哥嫂子也能来这里，那永远留在这里也是开心的。

是的，这个时候，她严重地想家了。

万青荷坐在地上，紧紧抱住自己的双臂，低低啜泣起来，接着就渐渐变成了号啕大哭。

不知哭了多久，总之，嗓子发疼，眼睛发肿的时候，她终于不哭了。

她打着嗝，愣愣地走到小河边，把脚伸进水里，就这样坐在小河边发呆。她想让自己接受事实，让自己好好想一想接下来要怎么过。可是脑子还是一团糟，她忍不住把头伸进水里寻冷静。

唉，以后就生活在这里了吗？她觉得自己一定要接受这个事实，尽管这里没有别的生灵，也许只有自己，但是这里有那么多的土地，当个农民也是不错的。自己可以跟植物、花草为伴，有这么美的景色为伴，还有这么广阔的田野地，这么多的高山，一个一个地探索，也不会让自己过的无聊吧。

好吧！万青荷下定了决心，既然决定了在这里生活，那么这里的环境自己就应该考察一番了。说干就干，就从那个硕大的建筑开始吧，也许那就是自己以后生活的重心了。

“回去！”万青荷打起精神说道。

再抬头，已经站在了大门口。

她悄悄地把门推开一个缝，真的太好奇门里面的内容了，谁知门“轰隆隆”地一声轻易地打开了，倒把万青荷吓了一跳。

抬眼看去就是一个大得出奇的大殿，地板光鉴照人，空空荡荡的，只在中央立着一个大桌子，她慢慢走过去，边走边问：“有人吗？有人吗？”空旷的大殿传来嗡嗡的回声。

终于，走到了那个大桌子边，桌子上只有一个玉简，望着眼前的玉简，她沉默了一会儿，还是忍不住伸手拿了起来，既然来到这里，既然让她看到这一切，应该是有原因的，应该是指引着她来得到这些的。她在心中说服自己，不再犹豫，打量起手中的玉简，无师自通地贴上额头，顿时，一段文字浮现在脑海：“万物有灵，集万物之灵而成灵仙界。乃赤岭仙子所创。此殿乃赤岭仙子历练之所，通往三十三个大千世界，非赤岭仙子不得入……”

咦？看到这儿，万青荷愣住了，非赤岭仙子不得入？那，我怎么进来了？仙子？莫非……嘿嘿嘿，不得不让人 YY 一下。正待往下看，却没有了下文，哈，傻眼了。

发了一会儿呆，万青荷左右看去，只见大殿的左右两边有着一个个模糊不清的门。她好奇地走过去，只有第一个门是清晰的，门上有一个大字“丹”。字是浮雕的，并且是繁体小篆，因为万青荷特喜欢书法和古文学，所以对繁体字不陌生。可是，她看来看去，门，只是一个门，连一点缝隙也没有，不知道该怎么进去。她试着用手去推，却发现手慢慢地伸了进去，她兴奋了，哈哈，只有在神话电视剧里才发生的事竟然出现在了自己身上？

她不禁眉开眼笑，于是，一点一点地，她让自己穿过门去，突然，脑袋一阵眩晕，猛地感到脚剧痛起来，她不禁“啊”的大叫一声，又昏了过去。

<< chapter 2

见鬼的夺舍

纠结的思绪
无法感知你的心语
骤然消逝的光明
吞没了燃烧的热情

让疾风吹过沉睡的心灵吧
让阳光填注阴影
让我等待着——
　　柳枝吐绿
　　大地回春

不知过了多长时间，她悠悠地醒来，模模糊糊地听到有几个人在说话。

“娘，咋办？冬儿死过去了。”一个年轻妇人的声音。

“咋办？我咋知道？等你爹回来肯定要打死我。就怪你，老二媳妇，非得要冬儿裹什么脚。”一个老年妇人埋怨道。

“娘，怎么怨我呢？人家黄家要求的，你不也是同意了吗？”

“好了好了，你们娘儿俩别相互埋怨了。现在冬儿咋办？也没法跟黄家交代呀，咱都拿了人家五十两银子了。”又一个年轻妇人的声音。

“是啊，咋办呢？……要不，让你家小红……”老妇人犹豫地说。

“不行不行，那黄家的小子是啥样子你也不是不知道，我家小红才不去呢！”

“那你妹就行？”老妇人的声音尖锐起来。“何况小红还比冬儿大一岁。”

“对呀，大嫂，现在冬儿也不知道是死是活，如果不行，还是让小红去吧，二百两银子呢，一辈子也挣不来。”

“那……二百两银子得都给我。”

“那不行，是我介绍的呢，起码得给我十两，不二十两。”

“凭什么呀，小红是我的女儿，最多给你五两！”

“吵什么吵什么，冬儿说不定一会儿就醒了，如果她醒了，还是她去，你们谁都别想要那二百两！”老妇人斩钉截铁地说。

“切！”两个儿媳妇一起撇了撇嘴，不约而同地朝昏迷的冬儿看去，突然发现冬儿不知什么时候已经睁开了眼睛，吓得叫了一声。

万青荷从头到尾听了个够，对这三个极品无语至极。同时也接收了这个叫林冬儿的记忆。林冬儿只有八岁，有爹娘和四个哥哥。爹林辅仁是个老秀才，早年被同窗推荐到明安郡府学当先生，一年只能回来两三趟；娘李氏是个愚蠢却偏爱当家做主的人；大哥林逸天年近三十还是个童生，一心只读圣贤书，对别的任何事都冷漠无比，大嫂罗氏极其自私，为了钱什么都不顾，两人育有一儿一女；二哥林逸崖，长年在镇上做生意，最大的特点是偏听偏信，尤其在二嫂面前，就是一个二十四孝好老公，二嫂牛氏是个长舌妇，整天东家长西家短，自称“包打听”，刚成亲还不到一年；三哥林逸风 15 岁，四哥林逸云 12 岁，还在村里学堂读书。在林冬儿的记忆里，只有三哥四哥才是真心爱护她的。

“好了好了，冬儿醒了，咱继续裹！”老娘不顾冬儿刚刚醒来，也不问冬儿的脚还疼不疼，竟然高兴地笑了。

就在这时，大门打开，老三老四下学回来了，一看到屋里的情形愣了。老四一看三个女人按住冬儿，冬儿的脚鲜血淋漓，并且肿起老高，正在剧烈地挣扎，他大喊着扑上去，把按住冬儿脚的二嫂一把推开。

老三目眦尽裂："娘，你们在干什么？！"

"啊，在给冬儿裹脚呀。"老娘不以为然地说。

"你没看到冬儿不愿意吗？"老四也不管孝道不孝道了，冲着他娘就喊上了。

"老四，先送冬儿去王先生那儿！"老三抱起冬儿就往外跑，老四紧跟上去。

留下的娘仨面面相觑。

哥俩飞快地把林冬儿抱到村里的大夫王先生家，刚进大门就喊："王大伯，快来看看冬儿！"

王大夫正在屋子里碾药，听到哥俩带着哭腔的喊声，吓得赶紧从屋子里出来，把三个孩子迎进去。

"王大伯，快看啊，我娘她们给冬儿裹脚，冬儿的脚可能断了！"

王大夫一听，忙把冬儿放到小床上，冬儿的小脸已经疼得没有了一丝血色，嘴唇也被咬破，残留的血迹非常刺目。

"唉，现在的人啊，为了满足畸形的欣赏力，说什么裹脚的女人更能体现婀娜多姿的风采，以三寸金莲为美，岂不知女人裹脚严重地摧残健康，对女人来说是多么大的酷刑。"王大夫边给冬儿治疗边感慨。

老三老四对视一眼，坚定地说："我们一定不让冬儿裹脚！"

等王大夫把冬儿的脚处理好，天已经黑了，哥俩小心翼翼地背起妹妹，谢过王大夫，三兄妹走出王大夫的家。

这时的万青荷，哦，应该称为林冬儿了，也许是接收了林冬儿记忆的缘故，她已经完全代入了林冬儿这个角色，所以对发生在林冬儿身上的一切感同身受，又因为不完全是林冬儿的原因，所以对摧残过林冬儿的那娘仨不仅没有一丝丝的感情，甚至还有着浓浓的厌恶和恨意。

同时，她也知道自己还太小，只有八岁，在这个家里自保是不可能的。唯有三哥和四哥可以信赖、可以依靠。因此她决定了，一定要想办法离开这个冷漠无情的家。

她想到了那个爹，对，她想，既然爹能在府学里任职，那么一定有能力抚养自己，更何况，如果两个哥哥能跟自己一起逃离这个家，他们也可以在府学继续学习，在府学那样的环境里，一定可以学的更好，对他们的前途更有帮助。所以，当务之急就是说服两个哥哥跟自己一起离开家，去郡府找爹。

“哥，我疼。”林冬儿抱着三哥的脖子，小声说，同时用脸蹭了蹭哥哥的脸，对自己的撒娇也一阵恶寒。

显然，对妹妹的依赖和撒娇，哥哥的心里是软的一塌糊涂。忙也用脸回蹭着妹妹的脸，柔声说：“妹，忍忍，很快就好了。”

“妹，别怕，四哥捧着，一会儿就不疼了哈。”四哥小心地捧着那个伤脚，心疼得直掉眼泪。

“哥，娘和嫂子们会不会还让我裹脚？”林冬儿用一种害怕的语气细声问道。

“妹，放心，我们绝对不会再让娘给你裹脚了。”

“如果爹在家就好了。他肯定不舍得让我裹脚。”林冬儿一步步往自己的目的引。

“是啊，如果爹在就好了。”四哥叹了一口气。

“哥，我好想爹。”林冬儿呜咽着说。

“唉……哦，对了三哥，咱可以干脆带着妹妹去找爹啊，对，三哥，就这么办！”老四越想越兴奋，越说越觉得是个好主意。

林冬儿见哥哥的思路已经顺着自己的目标走，心里一阵开心。

“可是咱离郡府那么远，没银子，怎么去？”老三是哥哥，考虑的当然实际一些。

“哥，我听到咱嫂子说咱娘用二百两银子把我卖给黄家，所以才给我裹脚的。”林冬儿暴料。

“什么？！”两个哥哥惊诧地瞪大眼睛，旋即暴跳如雷。

“不行！哪儿有这样的娘。好，四弟、冬儿，咱们想办法去找爹。”看来老三下定了决心。

“可是，平时你们要去学堂，娘和两个嫂子趁着你们不在家，还是要给我裹脚怎么办？”

对哟，哥俩大眼对小眼，一筹莫展。

看到两个笨哥哥，林冬儿无语了。看来还是得要引导才行呀。“哥，那个黄家是什么人家？”

“不知道哇。”两个哥哥也莫名其妙。

“不管是什么人家，我们也不会让娘把你卖去！又不是养不起你，更何况你才八岁！也不知娘是怎么想的，肯定是那两个贪财的嫂子撺掇的。”四哥义愤填膺地说。

“二嫂说黄家要给娘二百两银子，所以娘才要把我卖了。娘已经收了五十两。”

“我就知道是那两个婆娘搞的鬼！”老四恨得牙痒痒。

“四弟，咱一定要走了，不然，不定哪天娘趁咱们不在家偷偷地把冬儿卖了，咱上哪儿找人去？”老三若有所思。“咱们合计合计，等冬儿的脚好些了，咱们就走，娘不是已经收了黄家五十两银子吗？咱们就用那五十两银子当盘缠找爹去！”

“可是银子在娘收着，咱们拿不到啊！”老四急了。

“等冬儿的脚好还得好几天，咱们再想办法拿到那银子。”老三一锤定音。“这几天咱们要不露声色，听到没有？”

“对，首先还是要让娘打消裹脚的念头！”冬儿斩钉截铁地说。真的怕怕呀！

“放心，妹，我们无论如何也不会让娘她们再给你裹脚了。”

回到家，家里的三个女人还围坐在一起，叽叽咕咕地说着什么。看到三人回家，一个个正儿八经地纷纷坐直了身体。

“老三老四，你们给她治什么治，不是还得继续裹？”老娘故作镇定地说。

“什么！娘，你想都别想，谁要再给我妹裹脚，我跟谁拼命！”老三气得一个倒仰。

“好啦好啦，娘，这事儿以后再说。”大嫂做起了好人。一边说还一边给娘使眼色。

老娘哼哼了几下，没吭声了。

兄弟两人小心地把冬儿放到床上，安慰地拍拍妹妹的胳膊，给了她一个放心的眼神。

“娘，我们说到做到，你以后最好不要再打那样的主意，我马上就给爹修书一封……”

“好好好，我不会了，你别给你爹说！”老三还没说完，就被老娘急急打断。说真的，老头子虽然有些老好人，但是对于这个唯一的女儿还是疼爱得紧。如果让他知道了，还不是吃不了兜着走？可是，让她丢下二百两白银，那不是在剜她的肉吗？一定得想办法！

看到老娘叽里咕噜乱转的眼睛，老三心想：看来离开家的事得快点谋划，老娘真的被那白花花的银子迷了心智了。

以后的几天，只看见那娘仨嘀嘀咕咕在商量着什么，但是也没来打扰林冬儿的养伤。只是偶尔零星地断断续续地听到好像黄家已经同意不裹脚也行了。

而老三和老四却在学堂里被学堂里的一个人给严重恶心到了。那是个连续读了四个初级班的同学，今年已经十六岁，还在初级班混，据说小时候爬树摔下来摔坏了脑子。他竟然在学堂里追着两兄弟叫“大舅哥”！把哥俩气得打了他一顿。

同时在同学的口中知道了这家伙的底细，他家是县里一个小官的亲戚，家里开着一间铺子，跟二嫂牛氏有一点亲戚关系。因为年龄大了，讨不到媳妇，于是打算拿钱买一个回去，这事被他们家二嫂知道了，就把主意打到了自家小姑子的身上。

另外，他们又打听到他们的娘准备在下个月十六就会让黄家下聘礼，并且就在那一天把冬儿送到黄家。哥俩那个气呀！回到家里就去冬儿房里，打算商量一下哪一天走，怎么走。

“哥，打听清楚了？真的就是下月十六？”

“是。”老三沉重地说。

“那好，咱们就这样……”兄妹三人头抵着头小声地商量着。

离下月十六还有二十一天，现在林冬儿的脚伤已经好了一半，估计再有十天左右就可以痊愈了。这些天，林冬儿更是特别小心，一来是养好脚，二来是不能让老娘她们发觉自己的动机。好在那娘仨心中也有鬼，尽量地不与兄妹三人碰面，只是暗中严加看管。

转眼第二天就是十六了。老三老四跟往常一样去学堂，只有他们三人知道，行李早已经准备妥当，就等计划开始实施了。

老娘睡前有个习惯，就是先把自己的银子数一遍，然后才能睡得踏实。明天就是大日子了，心里未免有些忐忑不安，既犹豫又有点激动，女儿毕竟是自己的亲骨肉，还这么小，就这样给了别人家（她可不认为是卖），心里还是有点不是滋味，可是一想到那么一大堆白花花的银子，心肠又硬了起来，那可是一辈子也挣不来的银子啊，以后吃好的穿好的用好的住好的，还不美死？再说女儿去那么富裕的人家肯定也会过上好日子，上哪儿找这么好的事儿？以后老头子知道了，想必也不会怪自己吧。想到这里，老妇人的心中没有了一点儿的愧疚。美滋滋地数完银子，尤其是那五锭大大的银锭，仔仔细细地数了又数，恋恋不舍地放好后，不一会儿就心满意足地沉入了香甜的梦乡。

突然，李氏朦胧中似乎听到后院里的猪凄厉的叫声，她猛地惊醒了，家里的两头猪就要出栏，如果让人给偷了，那损失可就大了。忙穿上衣服，就要往后院跑，可是又有些害怕，有心去叫儿子和媳妇吧，可是也知道儿子媳妇的德行。老三老四这一段时间为了冬儿的事鼻子不是鼻子眼不是眼的，也难叫，算了，还是自己去吧。

老妇人无奈，只好自己去了后院，看到猪哼哼地只是叫，也不知道咋回事，她只好慢慢地走过去查看。

就在这时，一个身影悄悄地跑到老妇人的房间里，拿出了那五锭银子，把装银子的匣子尽量原样放好，才迅速地回到旁边的屋子里。前后竟然不到一分钟。

不一会儿，老妇人骂骂咧咧地回到屋里，长长地打了一个哈欠，倒在床上就睡着了。

等了大概有一个时辰，夜已经很深了，万籁俱寂，只有零星地有一两声狗叫声。旁边的屋子的门缓缓地打开一条缝隙，伸出一个脑袋，左顾右看了一圈，慢慢地把门打开，依次走出三个小小的身影。迅速地消失在茫茫夜色里。

兄妹三人连夜离开家，急步往镇上走，路上不敢停一会儿，老三老四还要轮换着背一背妹妹，毕竟妹妹的脚刚好，可不能又给累坏了。好在村子离镇子不是太远，天蒙蒙亮的时候已经到了镇上，老三老四这几天已经找好了车，并且跟车把式约好了地点，也说好了去郡府的路费，所以兄妹三人没费多大的功夫就坐上了去郡府的车子，等天大亮的时候已经走了好远好远了，这个时候三兄妹才长吁了一口气，相视一笑，一切尽在不言中了。

而在另一方，可谓是鸡飞狗跳了。一大早，李氏早早就起床了，首先就去看她的那两头猪，不知是夜里惊着了还是怎么的，到现在猪还在哼哼唧唧地不肯睡。把老太太气得又开始骂人。随后，想起今天的大事，忙迈着小脚往前屋走，可不能出什么岔子，最重要的是把冬儿哄好了，那可是两百两银子呢。

“冬儿，乖冬儿，起床了吗？”今天的李氏特别的温柔，像个娘的声音了。

等了一会儿，里面没有动静。李氏皱了皱眉头，正要伸手推门，这时，罗氏起床了，看到婆婆站在冬儿的房前，不耐烦地说：“娘，叫什么叫，直接推门不就行了。”

“嘘，你忘啦，现在得哄着。不然她使性子咋办？”

“哦，是，是。”罗氏醒悟过来。也细声细语地喊：“冬儿，醒了吗？娘叫你呢。”

又等了一会儿，还是没有响动。娘俩对视一眼，“娘，还是得进去喊，小孩子瞌睡大，也许还在睡呢。”

于是，娘俩轻手轻脚地推开门。

“啊，冬儿呢？”李氏大惊失色。

“是啊娘，冬儿呢？哦，说不定去茅厕了，大清早的能去哪儿？别大惊小怪的。吓了我一跳。”

“快，你去茅厕看看。我这心里咋不踏实呢？”

罗氏心中也一个愣怔，慌忙往茅厕跑。不一会儿就大喊着跑回来：“娘，不好了，不好了，冬儿不在茅厕！”

“什么？不在？”李氏一个趔趄。

“什么不好了？”这时牛氏也起床了，披着衣服就跑出来。

“冬儿不见了，冬儿不见了！”李氏六神无主地重复着，脑袋一阵阵发晕。

“啊？冬儿不在家吗？嘿，她一个小孩子能去哪儿？大惊小怪！”牛氏不以为然地说。说完又打了个哈欠，就想回屋再睡一会。

“别睡了，先把冬儿找着，不然，等会儿黄家来人咱上哪儿找去？”李氏都有些气急败坏了。

“好吧好吧，真是的。”牛氏嘟囔着又走回来。

李氏娘仨鸡飞狗跳地找冬儿，日上三竿了还是没找到，眼看着黄家就要来人了，娘仨这才傻了眼。

“对了，老三老四呢？今天这么大的日子，我昨天就跟他们说今天不用去学堂的，怎么到现在还不见他们的影子？”李氏这时想起了两个小儿子。

“是啊，”牛氏愣了一下，“冬儿不会和老三老四出去了吧？”

“对，对，找找老三老四，他们两个这几天一直跟着冬儿，生怕咱们给冬儿裹脚。冬儿一定跟他俩在一块儿。”

“是啊，好不容易跟黄家说好不给冬儿裹脚了，他们俩不信，还是整天护着冬儿。快找，快找。”李氏一叠声地吩咐。

三人又开始在村里鸡飞狗跳地找人。弄得全村的人像看大马戏似的看她们无头苍蝇似的乱。

又找了好久，还是一无所获。无奈之下，只好另外想辙。于是让罗氏的女儿顶替的主意顺理成章地拿了出来。

俗话说“龙生龙，凤生凤，老鼠生来就会打洞。”此话真的不假。罗氏的女儿别看只有九岁，可是人家的算计可真的堪比成人。

“小红啊，你再想想，那个黄家的孩子头脑有些不行。”罗氏远没有李氏冷漠，对自己女儿的未来还是操着一份心。

“娘，没关系，这样黄家就会对我更好一些，只要我拿捏住那个傻子，如果谁敢对我不好，哼哼，我会让他们知道我的手段！”小红显然已经胸有成竹。“可是，娘，那银子最起码要给我一半。先放在你手里，你给我放利。”

罗氏不禁目瞪口呆，“小红，你哪儿知道这些的？”

“我爹教我的！”小红骄傲地抬起小小的头。

“啧啧，大嫂啊，你家小红真有心眼儿。”牛氏嘴上感叹地赞着，心里却在对大哥嗤之以鼻，还真有这样的爹！不愧是老童生！

事情还是在李氏的些许心酸和不甘中得到了解决。罗氏的女儿小红顺利地进了有钱的黄家的大门，至于以后是否真的如老大林逸天所想所算，只有天知道了。

<< chapter 3

新的生活

当晨光冲破夜幕
洒向世界
鸟儿的婉转的歌声
是生命给予星空的赞美
是大地
借着鸟儿的歌喉
向太阳的致意

林冬儿兄妹三人一路西行，沿途的风景也没心情细看，大多数时间都是在默默不语，心中的忐忑随着明安郡的临近而开始疯长，尤其是老三林逸风和老四林逸云的心中更是充满了对未来的担忧，也不知道老爹看到自己兄妹三人会有什么反应。

看到哥哥们忧心的模样，林冬儿的心中也是不安，可是她没有一丝后悔，如果不离开家，等待自己的绝对是惨的不能再惨的结局。离开家，不管爹是什么态度，只要自己努力，大不了自己养活自己，凭着自己二十几年的人生阅历，在一个不知名的古代还不能谋生的话，那也太逊了。再说，哥哥们在府学也一定能学到更多的知识，肯定比乡下要好太多，从这一点来说，她也没有害了两个哥哥。

想到此，心中大定。对哥哥说：“三哥四哥，你们后悔吗？”

“后悔？为什么后悔？”三哥茫然地问，“傻冬儿，咱们脱离了那个家等于是帮你跳出了火坑，真的不知道咱们的娘会这样，唉，冬儿，你也别怪娘，她……”看到妹妹清澈的眼睛，老三渐渐说不下去了，娘……

“三哥，咱是迫不得已才离开的家。咱去府学找爹，不仅能常孝顺爹，你和四哥还可以在府学学习更多的知识呢。”

“对呀，四弟，咱去找爹，不回去了！”老三的眼睛一亮，嘴角不禁咧开了。

“对呀对呀，还是小妹聪明。”老四也高兴地露出了离开家后的第一个笑容。之前的紧张和不安一扫而空。

看到哥哥们恢复了心情，林冬儿的心也回落了。

一路上，林逸风和林逸云兄弟俩在林冬儿描绘的蓝图下兴奋不已，同时也初步制定了去郡府后三人的生活。

为了不给老爹增添负担，兄妹三人决定由林冬儿出面，用剩下的银子做点小生意，以维持生活。至于做什么生意好，因为林冬儿尚不知现在的郡府的情况，还是等安顿下来以后再说了。至于妹妹刚刚八岁的事实，已经被两个哥哥过滤掉了。

就这样，大概在路上走了五天左右，终于到达明安城。

明安城，坐落在大齐帝国的最西边，以牧业为主，所以流动人口比较多，往来客商云集。大齐国以文制国，鼓励商业，轻农。因此商人较多，农民反倒没什么地位。大街上随处可见摊贩，路人也是摩肩擦背，川流不息。各种吆喝声、讨价还价声此起彼伏，热闹非凡。

老三老四非常新奇地左顾右盼，感觉两只眼睛应接不暇。

府学是明安郡出名的学堂，既是整个明安郡最高学府，又是全郡有名的贵族学校。学府里除了各位贵族子弟外，就是全郡最有才华的学子，贵族子弟因为不甘落后于贫民学子，也是努力习文，所以学习风气很浓。每年的科举高中的学子中，明安郡府学都能占据很大的份额。

兄妹三人找来时，林辅仁正在上课。三人等到老爹下学时，天已经黄昏了。看到坐在宿舍门前台阶上昏昏欲睡的三个孩子，大吃一惊。忙扶起孩子，也不顾得询问原因，就把孩子们让到屋里。

等孩子们吃饱喝足了，心情平定下来了，才开始细细询问孩子们怎么会不远千里来到明安。三个孩子你一言我一语把因由说完，老林暴跳如雷，立马就要请假回去，狠狠教训教训那个不知所谓的老妇人。看到这个便宜老爹的态度，林冬儿终于放下心来，看来，投奔老爹的想法是完全正确的。以后最大的问题就是父子几人的生活和对未来的安排了，对于这个，林冬儿是胸有成竹，尤其是来到这个以商业为主的国家和城市。

几天来，三个孩子风餐露宿，心情也一直处于紧张状态，乍一找到老爹，疲惫异常的身体早已不堪重负。在老爹的安排下，匆匆上床入睡。

第二天一大早，勤劳的林冬儿就起床了。两个哥哥还在睡觉，老爹已经起床，正在做饭。冬儿一看老爹的两只黑眼圈，忙接过炊具，让老爹在一边休息。林辅仁老怀大慰，乖巧的小女儿才八岁，就已经这么懂事，也不知道自己的老妻哪根筋搭错了，非要把这么好的女儿往火炕里推，等回去以后一定要好好教育教育她，银子是重要，可是亲情更重要，平时看着老妻也不是拎不清的人呀，这次是太过分了！想着想着，林辅仁又抱不住气了，转身就往外走。

“爹，你去哪儿？饭马上就好了。”冬儿喊住老爹。

“我去向院士告假，回去问问你娘！”林辅仁气恼地说。

“爹，你现在回去，我还是得回家，你又不能一直在家，还要回来府学，如果我娘在你走后再执意要把我卖了怎么办？”冬儿忙拉住老爹，千万不能让老爹回去，如果老爹回去，那自己也要回去，之前的离家计划全部都会泡汤。

林辅仁一听女儿的话，噎了一下，说的也是，自己又不能一直在家。唉，万幸儿子女儿平安找到自己，如果再有个变故，自己岂不后悔死？算了，让孩子们跟着自己吧，让家里那个不省事的老娘们儿自个儿担心去吧！

想到这里，林辅仁的心中拿定主意。

吃完饭，林辅仁去上课了，顺便也要安排一下林逸风和林逸云，总不能让孩

子丢掉学业吧。而兄妹三人就结伴去了街上，按照妹妹的话说是考查行情，也不知道妹妹哪学来的词，让两兄弟新奇了好久，也琢磨好久。此时走在大街上，东看看西瞅瞅，感觉妹妹的用词简直太恰当了。

穿梭在各个商铺间，如果不是行人都穿着与现代不一样的服饰，林冬儿真的有一种跟往常一样逛商店的感觉。

商铺里有卖成衣的、有卖首饰的、有卖皮草的、有卖日用品的……应有尽有，跟现代的区别就是这里用的是银子付款。

另外，在这里生意最红火的是酒楼，充分地体现了民以食为天的真谛。

中午时分了，酒楼的生意异常火爆，等位的客人络绎不绝。林冬儿早在前一段时间就打听过了，大齐国现在的菜式只在煮这一个方法上下功夫，其他的，哈哈，不会！冬儿想不通了，单凭煮菜的技术，怎么可能烹饪出色香味俱全的食物？而现在又出现这种火爆的局面，难道说有什么窍门不成？

看到妹妹站在酒楼门前不走，两个哥哥以为妹妹从未出过远门，很想尝尝酒楼里的食物，所以哥俩对视一眼，对妹妹说："冬儿，想吃吗？哥这里还有二两银子。"

冬儿知道，在昨天见到爹时，哥哥已经把银子给了爹，今天怎么会有银子？

"是爹给的。"看到妹妹疑惑的眼神，林逸风笑着说。

"哦，不是，我不是想进去吃东西。我只是想……怎么说呢，我只是在想怎么咱们这里做菜全是煮的？"

"当然是煮的啊，不然吃生的啊？"林逸云没好气地说，还顺带着敲了一下冬儿的头。

"不是，我是说……唉，跟你说不清！"冬儿摸摸被打疼的头，嘟着嘴说。

"好了好了，四弟、妹妹，咱们去吃饭吧。"林逸风怜爱地看着弟弟妹妹。

林冬儿想了想，就跟着哥哥顺着人流进了酒楼。

等了好大会儿，才在拥挤的桌子上找到三个座位。听着小二快速地报菜名，林冬儿不由想起了相声里马季老先生报菜名时的逗乐情景，"扑哧"笑出声来，把小二弄得一愣，也不敢报菜名了，人家可从来没遇到过这种情况呀，大姐！

叫了几个有特色且不太贵的菜，兄妹三人开始了大快朵颐。林冬儿有兴致地吃了几口，就吃不下去了。味道寡淡不说，还有太多的花椒，吃一口菜就要吐出好几粒花椒。看着邻桌老头儿还有滋有味地咀嚼着花椒，不禁有些牙疼，敢情是把花椒当辣椒了吧？

林冬儿悄悄地问三哥："三哥，没有辣椒吗？菜里面怎么会有这么多的花椒？"

"辣椒？花椒？是什么？"林逸风疑惑地问。

"噢？"林冬儿噎了一下，难不成这里不叫这样的名称？"就是这个。"冬儿挟起一粒花椒。

"哦，这个呀，是辣子。现在做菜都用这个提味的。辣子可贵啦，只有这样的大酒楼才舍得用，要不菜怎么会那么贵呢！"

"那……没有更辣的东西了吗？"想到来明安郡的路边随处可见的辣椒，冬儿也疑惑了。

"更辣的东西？还有比辣子更辣的东西吗？"林逸云听到兄妹两个的对话，也把头伸过来。

林冬儿挑了挑眉，没有吗？看来，这里的人还不知道路边没人要的东西却是好东西。哈哈，赚钱有门儿了！

看着妹妹笑得如狐狸一样，哥俩莫名其妙地对视一眼：不懂！

回到家，下午也没什么事，林冬儿就想着那路边的辣椒了。撺掇着两个哥哥一起去郊外，正值辣椒成熟的季节，漫山遍野的红彤彤的辣椒，太喜人了！

听到妹妹让他们摘这样的红果子，哥俩吓了一跳："不行啊，冬儿，这东西有毒！"

林冬儿也吓了一跳，有毒？这不是辣椒吗？

"冬儿，你不知道，以前有人摘这个，不小心抹在嘴上，嘴马上就肿起来，还痛得不行！"

"哦？哈哈哈"冬儿大笑起来。一边笑一边还一叠声地说："太好了，太好了！"

“冬儿冬儿，你怎么啦？”看到妹妹笑得那么肆意，哥俩吓坏了。“妹呀，你没事吧？”

“没事没事，哥哥，摘完这个用清水仔细洗一洗手，就没事了。看，我还拿了布兜。”

“真的假的？摘这东西有什么用？”看到哥哥好奇的样子，冬儿笑逐颜开，故作神秘地说：“嘘，不要让别人听到。这东西有大用，没准还能挣大钱呢！”

“挣……挣大钱？”哥俩的眼睛放光了。

“当然。好了，咱们快点摘。”

听到妹妹说这个能挣大钱，哥俩干劲十足。不一会儿，就把冬儿拿来的布兜装满了。

兄妹三人在路边的小水塘里仔仔细细地洗完手，老三老四还特地把手放到鼻子下面闻了闻，惊奇地说：“哎，真的没事，冬儿，你咋知道这么多？”

冬儿心里一顿，看到哥哥其实只是说说而已，也不是想要得到答案，不由出了一身冷汗。忘了自己才八岁，有些事还是低调点好。

接下来的几天，冬儿他们把辣椒晒干，又碾碎，装到一个大瓶子里，如果不碾碎，冬儿怕别人很快就会知道辣椒的用途。她也知道瞒不了多久，但是在这之前能多挣一笔钱，才是至关重要的。

当天晚上，冬儿就开始了用现代手法做饭。首先，就是一道麻婆豆腐，接着来一盘辣子鸡丁，然后是一道炒三丝、一盘糖醋排骨，最后是一盆鸡蛋汤。

爷仨盯着桌子上五彩斑斓的菜，傻眼啦！一个个愣愣怔怔地看看菜，又看看冬儿，心里可谓是翻江倒海。

“爹，哥，你们尝尝我做得好不好吃。”林冬儿献宝似的说。

还是老三反应的快，首先夹起一块排骨，迫不及待地放进嘴里，立时瞪大眼睛，接着又眯起眼睛，三下两下吃进肚子里，紧跟着又夹起一块鸡丁，又风卷残云地放进嘴里，嘴里吸流吸流地吃着，还呜呜哇哇地说：“好吃好吃，太好吃了！”

看到老三的吃相，另外父子俩也忙不及待地拿起筷子伸向盘子里的菜，吃到嘴里时，模样比老三还不堪，不一会儿，米饭还没动，菜就已经净光，连那盆分量不小的汤也全喝完了。

“冬儿，还有吗？”明显还没满足的父子三人，眼巴巴地看着冬儿。

这次轮到冬儿目瞪口呆了。

“爹，哥哥，怎么样，好吃吗？”

“好吃好吃，冬儿呀，这是怎么做的，咋不是煮的哩？”林辅仁的眼睛铮亮。

“不知道了吧，咱这不是煮的，是炒的！”小女孩得意的很。

“炒？什么是炒？菜还有炒的？”老三老四也惊奇地问。

“当然，这是我师父教的。”嘿嘿，咱还是有急智的。弄个莫须有的师父出来，你们就傻眼了吧？

“师父？什么师父？”老爹一下子严肃起来。“你什么时候有师父的？”

看到老爹如临大敌的样子，林冬儿吐了吐舌头，这下好像玩大了。

“爹，是这样的。在我五岁的时候不是有一次在树林里走丢了吗？其实那次就是我师父看到我，说我根骨奇佳，把我收为徒弟的。从那时开始师父就教了我很多的东西。”编谎话真的好累的……

“哦？还有什么？”小孩子还是对新鲜事物好奇一些，老三老四都目露精光了。

“还有什么，以后你们就知道了。”冬儿连忙顺着哥哥的话说，爹的目光太犀利了。

“你师父现在在哪儿？”爹还是那么严肃。

“我也不知道哇。有时候天天来，有时候好多天来一次。我也不知道他在哪儿。”林冬儿只好拿出小女儿姿态，嘟着嘴说。

“是啊爹，别问了，我在书上看过，有些大能人收徒弟就是神神秘秘的。只要是对咱冬儿好，怎么的都行。你看，现在冬儿不是好好的？”老四说完还对着妹妹使了个眼色。

咦？什么时候没心眼的老四这么机灵了？有情况。

“那好吧，等你师父什么时候来了，你告诉我一声，我和你师父见个面，也好感谢他。”老爹的心情平静了。

“好的，爹。”过了一关，还不答应下来，就是傻瓜了。

“冬儿，这个鸡怎么这么好吃？辣辣的，比辣子好吃多了。”看到气氛好起来，老三吃货的本质又显露出来。

“就是咱们那天摘的呀。”冬儿笑嘻嘻地说。

“什么？！”老三老四大吃一惊。“是那些……”忙捂住嘴，看了看老爹。看的老爹一头雾水。

老四悄悄地拉了拉冬儿，小声说：“就是那有毒的……”

“告诉过你，没毒！”林冬儿再次强调。

“真的？”还是怀疑。林冬儿要抓狂了。

“好，好，没毒就好，没毒就好。”老四忙举手，小声地说。脸上表情很逗。

“不信的话，等会儿不就知道了？”冬儿没好气地白了哥哥一眼。

“也是。”

“冬儿，你看，菜没有了，你再做两盘吧。”老爹命令道。

“哎，你们等会儿，我马上好。”

爷几个这时才真正开始吃饭。席间，冬儿问老爹：“爹，你说，我把这炒菜的技术卖出去，能赚到钱吗？”

“嗯？嘶，是个办法。对了，一品轩老板是我朋友，明天去找他去，这个人很义气的。”林辅仁若有所思地说。

“行，明天咱们一起去。”冬儿高兴地说。

第二天，一家人一起去了一品轩。一品轩的老板姓杜，圆头大耳朵，挺着一个大肚子，一身一脸的喜庆，看着就像做生意的大老板。

由林辅仁说明了来意，杜老板为难地说：“林先生啊，你看，我这里的生意被对面知味轩都快给挤垮啦！不瞒你老哥，我可能下个月就要离开明安郡，去明华郡老家了。唉，你等一会儿饭点的时候看我的生意怎么样，你就全明白了。”全身喜乐的杜老板此刻却是一脸的苦相。

“哎，杜老弟，你以前的生意不是挺好的吗？还是咱们郡府最大的酒楼呢。怎么现在？”

“你不知道哇，这个知味轩的老板是咱们郡守的小舅子的表兄。仗着郡守的小舅子把对面的成衣店给赶跑了，开了个酒楼，把我家的大厨给挖去了。还扬言说两个月内也把我给赶走。唉，如今我也招不到大厨，没有人敢来。如果不是我的两个内家侄子一直在支持我，我也许早就撑不下去了。”

“噢？多久了？”林辅仁诧异地问。

“快半个月了。”杜老板垂头丧气地回答。

林冬儿眼睛一亮，拉了拉老爹的衣袖。小声说：“爹，让我给他试着做几个菜。”

林辅仁看了冬儿一眼，犹豫了，低下头想了一会儿，然后抬起头，严肃地对杜老板说：“杜老弟，老哥看到你是个有担当、讲义气的汉子，才跟你结交了这么多年。今天，你给老哥交个底，如果厨子的事解决了，你能保证你的酒楼还给开下去吗？”

“当然能！别看他知味轩现在挺横的，你知道吗？那夏郡守就要完蛋了。”杜老板忽然拉低声音，神秘地说。

林辅仁吓了一跳，“你听谁说的？”

“老哥，你不会不知道我的底细吧？”杜老板诧异地看着林辅仁。“哎，你们院士没跟你说我的身份？”

“身份？什么身份？”林辅仁莫名其妙地眨着眼睛。

“咳咳，那就算了。本来也只是来明安郡避开一些事的。没想到这么快就要回去了。罢了，回去面对就是了。”杜老板像是自言自语。

“噢，对了，你说什么？解决子厨子问题？”杜老板猛地回过神来，疑惑地问。

“是呵，杜叔叔，我们能解决，你愿意试吗？”林冬儿接过话来，萌萌地问道。

“你们能解决？怎么解决？”

“杜叔叔，能让我们用一下你的厨房吗？”

“用吧用吧，我和你爹说会儿话。你们随便玩。哈哈。”杜老板哈哈一笑。

兄妹三人相视一笑，转身去了厨房。此时因为不到饭点儿，所以厨房现在空着。

林冬儿大致看了一下食材，吩咐哥哥们帮她处理好一些有用的，之后就乒乓

乒乓地干了起来。大概有半个时辰，林冬儿炒好了几个家常小菜，就让两个哥哥端了出去。

看到几盘不一样的菜肴，色彩搭配鲜亮，并且香味四溢，杜老板很感惊奇，没想到几个孩子能做出这么出色的菜品来。

“来来来，老弟，尝尝孩子们的手艺。”林辅仁反客为主地招呼杜老板。

“好，好，来，林老哥，咱们一起来尝尝。”杜老板也豪气地说。

看到林辅仁迫不及待地搛菜，杜老板扬了一下眉毛，也把筷子伸过去，挟起一块豆腐，放进嘴里轻轻咀嚼了一下，眼睛一亮，接着又把每一道菜都尝了一遍，然后就像林家老爹一样风卷残云一样把几盘子菜给吃完了。

这时，孩子们期盼的眼眸中杜老板惊异得像个机器人，非常逗乐地说了一句：“天哪，我的舌头也要吃进肚子里啦！”

“怎么样，杜老弟，这样的菜能解决你的问题吗？”林辅仁边用牙签剔牙边洋洋得意地问。

“可以可以，当然可以。老哥哥，早知道有这样的手艺，我还愁什么愁！”杜老板大叫道，不大的眼睛这时已经成了一条缝，更增添了喜感。不多的愁绪是烟消云散。

爷几个交换了一个眼色，正想张口说话，杜老板又说：“哎，对了，这煮的菜怎么没汤啊？”

爷几个正愁找不到话头呢，这不，主动送来了。

“杜叔叔，这菜不是煮的。”冬儿脆生生地说。

“什么？不是煮的？那是怎么做熟的？”杜老板越来越惊奇了。

“是啊，不是煮的，是炒的。”

“炒的？什么是炒？”杜老板的嘴巴都合不上了。

“杜叔叔，你先说，这炒的菜好不好吃？”冬儿狡黠地眨着灵动的眼睛。

“好吃好吃，叔叔的舌头都差点吃了。”杜老板唏溜着嘴说。

“那么，杜叔叔，我把这个炒菜的技术卖给你，你的酒楼能反败为胜吗？”

“哦，我知道了，这就是你们给我的解决办法！”杜老板兴奋地一拍桌子。“好！好！别说反败为胜了，我能把知味楼永远地踩在脚下！”这时的杜老板完全可以用意气风发来形容了。“这样，如果你们把这炒菜的技术卖给我，而你们不得以任何方式卖给别人，我一次性付给你们一千两银子。怎么样？”此时，杜老板商人的品质体现出来了。

这时该林辅仁爷几个面面相觑了。一千两？林逸风和林逸云兄弟俩更是张大了嘴巴，一副不可思议的样子，久久说不出话来。

林冬儿也没想到会卖到一千两这么多，可是她一转念。对着杜老板甜甜一笑：“杜叔叔，你看这样好不好，我们不要一千两，我们只要五百两，但是，我们要你酒楼百分之十的股份。”

杜老板一愣：“股份？什么股份？”

“就是我们要你的酒楼收益的百分之十。”林冬儿淡定地回答。

“不可能不可能。我们酒楼收益的百分之十，你知道是多少吗？太多了。”杜老板一脸的肉疼。

“不多吧。杜叔叔，你说的是你以前的情况吧，现在，你能肯定能赚多少呢？”林冬儿歪头一笑。

“这……”杜老板词穷了。“你让我想想，让我想想。”

林辅仁和两个儿子张大了嘴巴，愣怔地看着林冬儿，真的不知说什么好了。这个还是自己的女儿吗？还是自己那个无助的妹妹吗？看着此时胸有成竹的林冬儿，爷几个都有一种陌生的感觉。林辅仁刚想张嘴说什么，林冬儿一个手势压下了。

“好！林老哥呀，你生了个了不起的女儿呀！”杜老板也是一个爽快之人。“我同意了。百分之十的那个什么？噢，对了，股份。我现在就去找师爷拟一份合约。你们等一会儿。”

说完，杜老板就风风火火地大步走了出去。

留下来的爷儿个就开始讨论起了这个卖技术的问题。

“冬儿，你干吗不卖一千两，只要五百两呢？”林逸风首先问道。

“三哥，你想啊，咱们要了那一千两，只是死钱，而如今要了股份，只要酒楼不倒，咱们不是在细水长流吗？更何况咱还有五百两，最近时期的花费也不用愁了不是吗？”林冬儿大眼弯弯，笑得像个小狐狸。

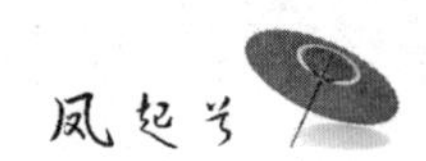

“对呀，不愧是我生的小女儿，哈哈，太聪明了！太聪明了！哈哈哈！”林辅仁老怀大慰，笑得更加开怀。

就在爷几个开心的时候，杜老板带着一个留有山羊胡的大概四十多岁的中年人回来了。

在大家的通力协助下，一份新鲜出炉的合约就拟好了。唯一不合群的是那个师爷先生，一副见鬼的神情。也是，这样一份另类的合约，不让师爷吃惊才怪呢。但是，现在一切都尘埃落定，吃惊也罢，欣慰也罢，放心也罢，且看以后了。

随后的日子里，林冬儿手把手地把她知道的现代做菜的技术一一传授给了杜老板指定的人，又把碾成粉状的辣椒高价卖给了杜老板，把一品轩酒楼的菜肴又推向了一个新的高度，一个别的酒楼永远无法赶上的高度。把个杜老板高兴地又回到了以前的体重，还略微增加了几斤。让杜老板两眼放光的是，林冬儿还承诺冬天再传授一个大众趋之若鹜的菜品，保证让一品轩更上一个台阶。

郡守夏大人比预计的提前下台了，这里面有没有杜老板所在势力的干预，林冬儿他们管不着；知味轩的生意一天比一天恶劣，在夏郡守下台以后没几天就关门大吉，他们也管不着。只要是一品轩酒楼的生意越来越火爆，他们就开心无比了。

等把所有的技术全部教给现在的大厨以后，林冬儿又开始无所事事。而哥哥们也早就入学，开始了头悬梁锥刺骨的寒窗苦读。

一切步入正轨后，冬天也到了。

满天的纷飞的雪花飘飘洒洒地飞舞着，地面铺上了厚厚的雪白的地毯，好一个银装素裹的世界！林冬儿是在冬天出生，所以对冬天有着不一般的感情，对雪花更是有着深深的浓厚的情结。

按着以前的约定，林冬儿要在今天去一品轩教授火锅的制作技术。走进一品轩，食客络绎不绝，侍者穿插来回，一片繁荣景象。

等林冬儿教会大厨，天已经黑了。走在街上，看到繁华的城市，她有点若有所思。来到这个城市几个月了，每个月有一品轩的分红，五百两银子也没有用到的地方，可以说父子几人如今的生活是爽的不能再爽。可是，林冬儿是个闲不住的人，安逸的日子过不惯，总想找点事儿干，可这八九岁的身体能干什么呢？更何况老爹和哥哥也不舍得。所以每天最大的工作量就是做饭、做家务。唉，真郁闷啊！

不知不觉地走到了雅阁——一个以出售奇巧物件为主的商铺。雅阁里灯火通明，从门外望去，里面大多是一些小姑娘在买自己需要的东西。

她随意地看了看，多是一些手工艺品，以缨珞和刺绣为主，有大大小小的屏风、扇子，也有各种各样的玉石饰品和佩件，五花八门，让人眼花缭乱。

期间有几个明显家境不太好的小姑娘在交绣活或者缨珞。林冬儿的眼睛猛地一亮，一个点子出现在脑海。她径直走向一个看来像是掌柜的人跟前，脆声问道："老板，我也能把自己做的东西拿来卖吗？"

"哦，小姑娘，你会做什么？"掌柜是个和蔼可亲的中年人。林冬儿发现，在这里凡是生意做的很好的人大多态度都很谦逊，可见深谙生意之道。

"老板，我会做……哦，我会做吉祥结。"林冬儿暗暗吐了吐舌头，差点穿帮，幸亏有急智，把"中国结"换成了"吉祥结"，寓意更好。

"吉祥结？什么是吉祥结？你能拿来看看吗？"掌柜的非常有兴趣。

"嗯，你把那种线卖给我十把，我明天就能把吉祥结给你送来。"林冬儿指着一种线对掌柜的说。

"好，给你。希望明天能看到你说的吉祥结。这样，如果好的话，我给你算高点。"

林冬儿拿着红线兴致勃勃地回到家里。她前世因为心灵手巧，在中国结风靡的时候学会过好多种做法，自己还创新过几种，所以对这个是得心应手。

回去后，她立即做了几个，先从容易的开始做，不一会儿，越做越慢，不由得想道：如果把容易做的拿去，别人肯定会拆开来自己研究，说不定很快就学会了；如果拿复杂的去卖，那么别人就不容易学会，我呢，也可以用加盟酒楼的做法，来个细水长流。再不济，也可以把技术卖出去，赚它一笔！对！就这样干！

主意拿定，林冬儿开始做起了复杂的吉祥结。这样的话，速度不快，但是安全呀。

第二天，当林冬儿把三个不一样的吉祥结拿到雅阁，当时就闪花了掌柜的眼。立即跟冬儿立下合约，约定吉祥结只卖给雅阁，而雅阁以高价收购。

正在林冬儿眉开眼笑地拿着钱往外走时，谁知乐极生悲，一下子撞到一个人的身上。

“哎呀！对不起！对不起！”冬儿是个有礼貌的好孩子，感到是自己得意忘形了，忙着道歉。

“没关系。”一个悦耳的声音在耳边响起。

林冬儿抬起头，发现是一个非常漂亮、非常出尘的女人，她穿着一袭水蓝色的罗裙，上面绣着浅浅的凤凰纹饰，头发簪着一个蓝宝石的发钗，粉颈坠着宝蓝色的珠链，容光明艳，绝美异常，显露着一种让人自惭形秽的高贵与冷傲。只见她嘴角微微翘了一下，对着林冬儿说：“小妹妹，你没事吧？”

“哦，没事没事。”林冬儿还没回过神来，机械地回答。

“老板，您来啦。”雅阁的掌柜迎上前去。哦，原来这个女子才是雅阁的老板。

女子对着掌柜的微微一笑，算是打了招呼。又转过头来，对林冬儿说：“小妹妹，跟我里间一叙，可好？”

林冬儿跟着女子去了里面的房里。女子延手请坐后，自顾自地坐在一张豪华的靠背椅子上。

“哦，小妹妹，自我介绍一下，我叫周晴，是青羽门的修士，你愿意跟我一起修道吗？”

<< chapter 4

不一样的世界

是谁用灵幻的色丝
织成幻境的面纱
在鸿蒙初辟时
隔断了尘世与月华

是谁在我的心灵里织上诗句
用快乐谱成永恒的谐音
在薄暮的寂静中
揭开天与地的无瑕

“修道？何为修道？”其实，林冬儿还是万青荷的时候，在所有认识她的人中有一个雅号——“书痴”，喜欢阅读所有的书籍，哪怕在等人、等车的时候，也会抓过有文字的东西看，所以对于书中忽悠人的手法是驾轻就熟。这时这个仙女似的人问自己想不想修道？哈哈，要不要这么忽悠？

“何为修道？你知道修道？”轮到仙女诧异了。

“道可道，非常道；名可名，非常名。无名天地之始；有名万物之母。故常无，欲以观其妙。常有，欲以观其徼。此两者，同出而异名，同谓之玄。玄之又玄，众妙之门。”林冬儿煞有其事地背诵起来。

“什么？你怎么会背道义大纲？难道你已经修道？可我怎么看不出你的修为？”女子更诧异了。

“嘿嘿，不好意思，我没有修道，只是会背这个不太懂的道德经而已。哦，对了，你说什么？要教我修道？真的吗？”林冬儿这才反应过来，敢情她好像不是在忽悠自己？是了，自己都能穿过来夺舍了，还有什么稀奇的事不可能发生呢？

“当然，我观你身上有一层光晕，应该是很好的体质。来，这里有一块石头，你把手放在石头上。”女子依旧清冷地说。

林冬儿把手轻轻地放在石头上，石头立即光华大展，随即放出七彩霞光，炫目极了。

林冬儿呆住了，不由地看向那个女子，这时的仙女形象已荡然无存，嘴巴微张，一脸的呆滞。

过了好一会儿，那女子才回过神来。

“那个，周姐姐，我的体质可以吗？”林冬儿忐忑地问。

“啊，这个，我也不知道这表示什么了。你等一下，我问问我的师父。”说完，女子拿出一张纸，对着纸说道：“师父，我发现一个小女孩，测灵石显示的是七彩的光，怎么回事？”

等了几个呼吸，就听到一个苍老的声音大声说：“什么？什么？怎么可能？快快带回！不要让任何人知道！”语气中的迫不及待林冬儿听的真真的。

“好的，师父！”女子恭敬地说完，转过身来，对着林冬儿说：“你也听到了，怎么样，跟我一起修道好不好？你看，”说着，伸出右手，手上出现了一朵火苗，“你再看”抬起手轻轻一挥，一道闪电划过，落在地上，“嘭”的一声，地上炸出一个小坑。

林冬儿目瞪口呆地看着，“天啊！”我看到什么了？来道雷劈我一下吧！

女子很满意林冬儿的反应，温柔地说：“小妹妹，你可以叫我周师姐。对了，你叫什么？”

“哦，我，我叫林冬儿。”林冬儿还没有从震撼中回神。原来书中所写的是真的呀！听到周晴的话，猛地一激灵。可以说，周晴很善于抓住人的心理，从她的两手小法术的施展，就可以看出。

“冬儿愿意也学习这种本领吗？”周晴轻声问，眼睛里笑意盈盈。

“愿意愿意，不愿意是傻子。”林冬儿头点的像吃米的小鸡。

“那好，跟我回青羽门好吗？”

“啊，现在不行，我还没有跟我爹和我哥哥们说呢。你跟我一起见见我爹好吗？”

“哦，这样啊。好吧，你家在哪儿？快带我去吧。”

林冬儿带着周晴回到家时，父亲和哥哥们已经回来了。当她把事情讲给林辅仁后，林辅仁傻眼了，他只是一个俗人，对那些匪夷所思的事情是听都没听过，怎么会相信呢？所以他是一千个一万个不同意。

可是当周晴表露出法术后，他却一口一个“仙人”地叫起来，对女儿学习仙术更不阻拦了，他称之为“仙缘”，并且说如果不珍惜，会遭雷劈的。

同时，林冬儿也知道了，原来这雅阁是青羽门在世俗界的产业，目的是让本门修士入世历练及搜集人才之用。最近五十年由周晴掌管。

大约半个多月后，由林辅仁出面，另外拟了一份合约，合约里写明林冬儿教会雅阁工人编吉祥结，雅阁一次性付给林冬儿五千两银子，林冬儿不得教给他人。五千两银子看似很多，其实在修士眼中只是俗物而已，再说修士也用不着这些东西。另外，林冬儿走后，她的家人也会借助这些银子生活得很好，可以最大限度地免除林冬儿的后顾之忧。

至于林冬儿想的以技术入股的事则没谈成。不过，也不错了，一个小小的手工艺品能卖出这么多的钱，林冬儿睡觉都要笑醒了，计较那么多干吗？贪心不足蛇吞象哟。

于是，在一切准备妥当之后，这一天，周晴祭出一把剑，在众人惊奇的注视下，带着林冬儿冲天而去。

八岁的林冬儿在老爹和哥哥们的殷切目光中，踏上了修仙之路。

一开始，林冬儿对于能在天上飞很新奇，白云似乎就在自己的身边触手可及；往下看，山川河流密布，树木郁郁葱葱；往远处看，山峦重重叠叠、深深浅浅，

像一幅幅水墨画。可是时间长了，就容易产生审美疲劳。

于是，她就开始对未知的修士之路产生了诸多疑问。

“师姐，咱们青羽门大不大？”

“方圆大概有一万多公里。”周晴的话还是不多。

“那么大！有多少人呢？”

“外门弟子一百四十六万，内门弟子五十七万。”

“是不是还有什么真传弟子、精英弟子？”林冬儿想起了以前看的小说。

“真传弟子有，没有什么精英弟子。真传弟子是各位长老的亲传，一位长老的真传弟子不得超过十人，所以都是千挑万选的。”难得这次周晴多说了几句。

林冬儿不由地想，那些写书的大神们怎么会知道这么多修行界的事儿？难道地球上真的有修仙一说？还是他们也有修仙？

谈话在风驰电掣中进行着。就在林冬儿还想再探听点儿东西时。

“别说了，到了。”

林冬儿一看，只见远远的飞驰过来一队人，领头的是一个白衣飘飘的长发美女，手中拿着一根竹笛，绝美的仕女图哇！怎么见到的都是美女？林冬儿都有点自惭形秽了。

看到林冬儿的小表情，周晴不由心情大好，轻声说：“等你修到练气期，会比我们更好看。”

“真的？为什么？”

“修道会长生不老，你不知道？”

“哇，长生不老？太幸福了！”林冬儿眼中的小星星闪呀闪！作为女孩子，哪个不想青春永驻？

“周师姐，你回来了？”这时，那一队人已经飞到她们面前。领头的美女恭敬地向周晴施了一礼。

“秦师妹。”周晴微一颔首。“今天你当值？”

“是的。师姐，苗师伯正等着你们。请！”

林冬儿有趣地看着她们，真像电视剧中的对白，嘿嘿！

周晴告别了秦师妹一行，带着林冬儿继续往前飞。渐渐地前方出现了一个巨大的牌楼，高耸入云，现在飞在天上都要仰视，牌楼周围云蒸霞蔚，甚为壮观。

正在这时，牌楼的左方突然闪过一片紫色的光，刺人眼球，她不由得闭上眼睛，刚闭上眼睛就听到“轰”的一声巨响，一阵地动山摇，吓得林冬儿又一下睁开眼睛，却看到天上一个穿着紫衣的男子，手拿着一把长剑，对着牌楼挥去。牌楼好像有一层东西保护，发出炫目的亮光遮挡住了剑的攻击，那男子就一下一下地挥剑，眼看着光幕摇摇欲坠，这时，从牌楼内飞出一队人来，为首的一人非常儒雅，大声喝道：“什么人？敢来青羽门撒野！”

“哈哈，好一个卑鄙的青羽门！把我的女儿交出来！”紫衣人一脸的鄙视。

“你的女儿？哦，原来是任兄啊，我和小雪是真心相爱的……”儒雅男子一脸的尴尬。

“真心相爱？好个不要脸的谢门主！你把我女儿叫出来，如果她自己说是真心相爱，我扭头就走，以后也绝不再来。你敢吗？”

“这……”谢门主为难了，脸色难看至极。

“任兄，我们来了！”这时，天际又传来隆隆的声音。

看多了书的林冬儿看到这个形势，忙让周晴把她放下来，“神仙打架，凡人遭殃”的故事情节她看得多了，这时最要紧的是保护好自己，千万不能被波及了。

下来后，她观察了一下地形，忙跑到一处山谷中，躲到一块巨石下面。偷偷地看着天上的闹剧。

天空中又增加了十几个人，甚至有几个是御空站立，一看就不是凡人。

“任兄，我听说是这个伪君子看中了你家小雪是变异灵体，百年难见，所以欺骗小雪的感情，想要把小雪变成他的炉鼎，好顺利跨入金丹期。是也不是？”一个大汉大声说道。

“是啊，任兄，听说你来了好几次了，谢门主都不让你见你的女儿。看现在谢门主的气息，该不会打破壁垒，进入凝丹了吧？”

众人越说，紫衣男子越是焦急。如果真的这样，那么女儿的下场可想而知了。

“兄弟们，这个伪君子干出这么禽兽不如之事，还望众位助我，救出我的小雪。任某当有厚报！”紫衣男子愤声高呼。

“任兄放心，大路不平人人踩。我们一定助你踏平青羽门，救出小雪。”众人交换了一下眼色，义正词严地说道。

“哼，众位的心思我谢某人明白，不就是觊觎我青羽门的地盘吗？哼！想要瓜分我青羽门，你们得拿出本事来！”谢门主脸色煞白，胸膛起伏。

“门主，让俺老陈掂量一下这些人的本事！”谢门主身后的一位铁塔似的大汉叫道。随即冲出牌楼，挥出手中的大斧子，杀向最前方的一位干瘦的中年人。谢门主等人也跟着跃出牌楼，杀向人群。大战就此展开。

一时间飞沙走石，电闪雷鸣。各种武器残影飞舞，各种法术的施展更是让人眼花缭乱。剑光闪耀间不时发出火光，甚至冰柱也会出其不意地冒出，更有藤蔓夹杂在中间。林冬儿惊讶地看着这一切，真的是叹为观止！原来修道还有这么绚丽的打法，亲眼看到和书本上看到，感觉就是不一样啊！

但是周围的环境，让这场大战破坏得淋漓尽致。牌楼周围的光幕早已经破裂，牌楼现在也是破烂不堪，有的山峰甚至被削去了一半。青羽门的弟子们乱成一团，由于绝大多数人没有筑基，不能御物，在大战中根本帮不上忙，所以人人自危。机灵点儿的忙着找地方躲藏，更多的人却成了牺牲品，被绚丽的法术击到、被飞来的物体砸到，一时哀鸿遍野，鬼哭狼嚎。

林冬儿躲在巨石后面，本来可以无虞的，可是突然地面塌陷，她一下子掉落到一个深坑里。见鬼的是这个坑还是斜着向下的，于是，她就一路翻滚着滑向地底。停止的时候，她的身上已经鲜血淋淋，晕了过去。

<< chapter 5

奇 遇

初绽的花蕾
在稚嫩的枝头停驻
迎着初春的风
任和阳抚慰

新月注视着她的梦境
写满惊奇——

无垢的激情与纯真
与万花筒般的多彩
变幻成一个奇异的世界

一如沉默的诗人
狂热而恬静
放浪却幽远

等她幽幽醒来，发现这里好像是一个很大的广场。她吃力地站起来，四下看去，广场上有十二根柱子，柱子上镶满了闪闪发光的明珠，照得整个广场如同白天。

林冬儿吃惊不已。也不知道这个地方离地面多深，更不知道会不会有人想起自己，从而找到这里来。唉，没办法，凭着自己这个小小的身体离开这里，简直是异想天开，除非有奇迹发生。

林冬儿想到这里，反而一下子心定了，没有奇迹，咱创造奇迹也要出去呀，不可能困死在这地底吧。好在她是小萝莉的身体里住着一个成熟的灵魂，不至于失去理智。绕广场一周后，她就发现了，在其中一根柱子的后面有着一个不起眼的石门，如果不是石门有一个圆环，还真的难以发现。

她用力地去推石门，石门却纹丝不动。或许有什么机关吧？她猜测。于是，林冬儿用手仔细地摸索着，终于，在一个很不起眼的地方有一个很容易被忽视的小凸起，她轻轻按了一下，门无声无息地打开了！

林冬儿小心翼翼地伸头往里看去，谁知一股强大的吸力一下把她扯进门里。她一个趔趄栽进去，心怦怦直跳，差一点就要跳出胸腔。就在她惊骇万分时，一个声音响起："你来啦！"她紧闭着眼，抱着头，不可遏制地尖叫起来。

过了好大会儿，她慢慢地睁开眼睛，发现这里是一个山谷。远处群山绵延，山顶被白雪覆盖，唯有青松昂然屹立；一条清澈的河流穿过山谷，两岸是一片片的紫色的竹林；竹林下长着五彩缤纷的花，深红、粉红、浅紫、洁白、嫩黄交相辉映。天边的阳光照射而下，整个山谷像是披上一层柔美的光纱。好一个世外桃源！

林冬儿入迷地看着周围的景色，猛然发现在一片紫竹林的旁边有几间房子，她在进来时依稀听到有人说话，那么，这几间房子应该就是那个说话之人的吧。

她顺着一个羊肠小路走过去，房子是竹子搭建而成，外面还围着一圈篱笆，篱笆上爬满了藤蔓，藤蔓上开着五颜六色的小花，装点得篱笆美轮美奂。篱笆墙上的小门半开着，可以看到通向屋子的用石块砌成的小径，小径两边的青草修葺的整整齐齐，还点缀着不知名的小花。可以想象主人一定是位雅士。林冬儿站在墙外，冲着屋里喊："有人吗？有人在吗？"

“进来吧。”一个声音淡淡地说。

林冬儿轻轻把院门打开，走进院子。这才发现在小径的左边有一个大大的水池，水池里铺满了荷叶，淡红色的荷花婀娜多姿，随风摇曳；水池的边上架着一个秋千，秋千架的旁边是一张石桌，石桌的两边各有一把打打磨光滑的凳子。一个青衣人正潇洒地摆弄着桌子上的茶具。

“过来，尝尝我新炒的茶叶香不香。”青衣人头也不抬地说。

林冬儿走过去，小心地只坐了半个屁股。青衣人看到她这个警觉的样子，咧嘴一笑，顿时像个邻家大男孩，破坏了他世外高人的形象。林冬儿心里小吁了一声，放松了下来。

“林冬儿是吗？”他又恢复了高人的姿态，意味深长地说。

“啊？你怎么知道我叫林冬儿？”她诧异极了。

“我看，你还是叫万青荷吧。毕竟，你已经脱离了原来的轨道。”青衣人简直神了！

林冬儿，噢不，万青荷呆愣了，天呐，来个雷劈死我吧！

“不要吃惊。”（是惊吓好吧？！万青荷无力吐嘈。）“我会读心术。”青衣人优哉游哉地说。

“读……读心术？”万青荷眼中都冒小星星了。

“是啊，想学吗？”怎么看着那么像一个骗小红帽的大灰狼呢？

“嗯，想学，不过，有条件吗？”万青荷自诩不是个傻瓜。

“条件倒是有一个，就看你愿意不愿意了。”

万青荷无语地看着他。“如果我办不到，你不说也罢。”故作深沉谁不会？

青衣人拂了下自己的鼻子，嘿嘿，好似装过头了。

“拜师吧。”

“师父在上，受徒儿一拜！”哪那么多废话！早说不得了？

青衣人明显一噎，貌似有好多计划没有实施的哇。郁闷！

“嗯，起来吧。你师父我叫张云旷。这个地方是师父我的小世界，里面有我在三千大世界搜集来的许多的法宝和灵物，还有各种法典及游记和我的修行心得。法宝和灵物呢，需要你自己去寻找，就像淘宝一样，淘到什么就看你的运气了。

现在的我只是一缕神思，就要出去了。所以呢，你在这里能学到什么、找到什么，都全凭你自己了。噢，对了，你如今的体质还行，是七曜星体，修习什么你自己拿捏好了。我不给你意见，就是有利于你早日觉醒自己的记忆。好啦，我走了，不送！”

万青荷看着空无一人的面前，哭笑不得。刚刚拜师，还没有说几句话，只听他在那里噼里啪啦讲了一大堆，然后就走了？！苍天啊！大地啊！这算拜师吗？

“徒儿啊！”看着又突然冒出来的张云旷，万青荷吓了一大跳。

“那个，”张云旷不好意思地摸了摸鼻子，“有什么事，在心中喊一声师父，我就会出现。有什么修行上的问题，先自己琢磨，琢磨不透的，又不能顿悟的，就舍弃，换一种。千万不能硬撑，听到了吗？”

“换一种？师父，为什么？你不能教我吗？”

“不能！我只是引导者。师父领进门，修行靠个人，你没听过吗？”

“可是，”怎么听怎么有强词夺理的嫌疑，万青荷真的想说，那我拜师有什么用？

“你跟别人不同。对了，给你一个建议，你是凤……噢，你体质跟别人不一样，我建议你先学会控火，这是你的强项。然后学炼丹。去吧，左边房间里有典籍，你自己找找看。”说完，又突兀地消失了。

对于这一次的消失，万青荷总算是不吃惊了。

看来一切还是得靠自己呀！嘿，也不错，这里目前应该是自己做主了。这么大的地方，有山有水有景色，真的很不错哟！那么，就看看房间里到底有什么好东西吧。

调整好心态，万青荷大步流星地走进屋子。左边吗？好吧，先看左边。房间没有门，只有一个小小的布帘，掀开布帘，里面的空间好大好大，除了中间有一张大桌子和一把高背大椅子外，就全是书柜，密密麻麻，层层叠叠，全是书。让人看了头晕目眩。

她首先走到桌子旁，桌子上有一本书，拿起一看，书的封皮上写着《启蒙》两个字。是了，现在的万青荷对于修道是一窍不通，这应该是师父特意放在这里给她普及一下知识的。

万青荷就势坐在椅子上，翻开书入迷地看了起来。

原来修道也叫修真，修炼的是自身的真气，也叫元气或者源气，乃本源之气。

人体是一个巨大的宝库，每一个细胞都是一个世界。人类如果能一步步打开自身基因练枷锁，就会有无穷的潜力和能力。不管是妖还是灵，都要首先修成人的身体，才可以修道。

如果一个人机缘巧合能够筑基，那么就可以跨入修士之列，但也仅属于低级修士，只有感悟自然之力，并且能够导元气入体，形成丹田，晋升炼气期，才算踏入修行的大道。

进入筑基期，即是凝聚出神识，才能用神识阅读玉简并刻印于脑海，学习各种法术及用神识御物。筑基期后是炼气期，元气形成雾状，可以支撑起法术的使用。炼气期分为三个阶段，小成、大成、圆满；之后丹田元气形成漩涡，进入凝璇境，凝璇境也分为小成、大成、圆满三个阶段；凝璇境之后元气漩涡快速凝聚，聚灵成丹，进入结丹境；结丹有金丹（完美）、紫丹（上品）、赤丹（中品）、青丹（下品）之分，越完美的丹成婴的机会越大；结丹境圆满，可以破丹成婴，这个过程非常凶险，一个不小心就会形神俱灭。但是婴成之后就可以有千年的寿命，如果形体老去或者毁去，元婴可以夺舍重生。元婴境过后就是出窍境了，出窍境的元婴可以飞出体外，更直接地感悟大道，从而进入渡劫境，只有渡过天地劫难，就可以羽化飞仙，离开低级位面，进入更高的位面继续修行，也就是俗话说的成仙了。

看到这里，万青荷轻吁一口气，哈，羽化飞仙，想想而已。但是能够与天地同寿，倒是挺吸引人的。想想成婴后，可以不停地夺舍重生，也挺好玩的哈。

“你想都别想！每夺舍一次，修为就会掉落为零，重修才可以回到原来的境界，你以为这么容易？”突然，师父的声音响起。

“啊，师父，你可以听到我的声音，甚至我的思想你也知道？”

“当然，这是我的小世界，里面的一切我都了如指掌。”得意扬扬。

“不行，师父，我没有一点隐私了！”万青荷很吓了一跳。“师父，你能不能不看我的思想？那样，我还有一点自由吗？我们有一首诗：生命诚可贵，爱情价更高，若为自由故，二者皆可抛。如果没有自由，我……哼，活着都没意思！”

万青荷越说越生气，眼泪都掉下来了。

“哎哎，你别哭。好好好，师父不看你的思想了，保证不看！”

“那，师父发誓！”万青荷还是不放心。

“发什么誓。师父我现在是仙人，天地间制定法则有我一份。本仙说不看就一定不会看，你以为像俗世？”张云旷生气地说。

听到师父好像生气了，万青荷无奈地撇撇嘴，不敢说话了。继续往下看。

修道，筑基最难，筑基筑基，就是筑就道基，没有道基，就没有一丝修道的可能。人有三魂七魄，分散在人体各部，筑基就是把三魂七魄给聚在一起，形成神识，才能感悟天地间的元气，聚集元气于丹田，从而进行修行、进阶。如果只是筑基而没有合适的功法来聚集元气，也谈不上修行。总而言之，修行功法才是重中之重。

一般人筑基那是亿万分之一的机会也不一定有，但是如果有筑基丹，则可以达到百分之一。筑基丹的炼制异常困难，不仅要有超高的炼丹技术，而且所配备的药材就有九十九种，寻常人是难以找齐的。更何况丹方也不是一般人能看得到的。这一切就凭空增添了筑基丹的珍贵程度。

再一个就是洗髓丹了。在筑基之前如果能有洗髓丹帮助伐筋洗髓，那就是天大的造化，以后的修道之路会一路坦途，冲关屏障也会减弱许多。

看到这里，万青荷长出一口气，修道是好，可是洗髓丹和筑基丹就是最大的难题。

她无意中抬起头来，突然发现面前的桌子上有两个小小的玉瓶，拿起一个，轻轻摇一摇，里面发出清脆的叮当声。

“左面的是洗髓丹，右面的是筑基丹。”师父的声音又一次响起。

万青荷不由咧嘴一笑。“嘿嘿，还是有师父好啊！”

她拿起洗髓丹一看，只见是一颗乳白色的如玉小丸子，圆润光滑，还散发出一股淡淡的清香，闻着就知道味道很好。她毫不犹豫地一口吞了下去。

不一会儿，就感到肚子一阵绞痛，她迅速地跑出去，找到一处地方就地解决。心想，反正自己现在是个九岁小孩子，应该不会有人怪罪吧。殊不知，就有一个人在嫌弃地皱着眉头呢。

就这样，一次次地折腾，最后万青荷小小的身体蔫里叽叽地趴在地上起不来了。可谁知，身上却又冒出来厚厚一层又黑又灰的污垢，还散发出又酸又臭的怪味。她实在忍不住自己这么邋遢的样子，拖着有气无力的腿挪出屋子，四处张望了一下，走到水池边，找了个看起来比较浅的地方，一下子跳进去，首先把脸上的污垢用力清洗掉，令人惊异的是头发竟然也全部脱落下来了，摸着光光的头顶，万青荷哭笑不得，可随即，头发又以不可思议的速度迅速长出来。

万青荷泡在水池里好长时间，就在张云旷忍不住要跳出来的时候，终于上了岸。看到岸边小石桌上整齐摆放的小衣服，万青荷知道师父来过了。

她喜滋滋地穿好衣服，对着空中说："师父，谢谢啦！"

"你呀，真想不到你会在玉髓池里泡这么久，就是为师也只能泡半个时辰。来，师父看看，哟！徒弟啊，从今后，你的身体是无垢仙体了！以后修道会事半功倍。哈哈，这是天大的机缘哪！"师父的声音充满了欣喜。

"无垢仙体？有什么好处吗？"万青荷是个好奇宝宝。

"好处？好处大着呢，最大的好处就是你的肉体不死不灭。别的体修穷万世、历万苦也达不到的追求境界，让你这半天给达到了，你说这个好处好不好？并且呀，这个仙体天生是个能量体，可以幻化为各种形状。你说这个好处好不好？"张云旷的声音怎么听怎么有着羡慕嫉妒恨的感觉。

"能量体？就是灵魂体？或者光体？"万青荷觉得不可思议之极。

"可以这么说。能量体是生命之气，它由七个脉轮作为感官，负责接收来自不同维度空间的信息，并且可以穿梭各个空间、位面。"

"天呐，真的匪夷所思！"万青荷被吓到了。

看到万青荷有些失神，张云旷忙显出身形。

"徒儿，不要想那么多。一切随缘。现在可以用筑基丹来筑就道基了。"

张云旷随手一招，屋内的玉瓶出现在他的手中。万青荷接过筑基丹，心有余悸地问："师父，会不会很疼？"

"不会不会，你现在只差一个小小的推力就可以了。"张云旷乐了。真的是个孩子啊。

万青荷患得患失地拿起筑基丹，也没有仔细看一看这个传说中的神物，一闭眼，扔进嘴里。只感觉一股清香涌进肚腹，暖洋洋的，接着身上一紧，脑海里有一股吸力在用力地吸取着什么东西，然后她渐渐地“看到”了微笑着的师父、水池里微波荡漾的涟漪、轻轻摇动的秋千、美轮美奂的篱笆墙、青翠的树林、如黛的远山……可是她明明是闭着眼睛的！

好久好久，她沉沦在这如梦如幻的感觉里，心里一片宁静。

张云旷静静地等候在一旁，嘴角的笑容一点点加深。

万青荷的身上渐渐地出现一层多彩的浮光，光彩四溢，但绝不刺目，反而有一种温润的感觉。浮光持续了大约一刻钟的样子，然后收回体内。随着浮光的收敛，万青荷睁开了眼睛，一道流光掠过，她整个人的气质发生了翻天覆地的变化，恰如潜龙在渊、一遇风云便腾飞！

“师父！”万青荷欣喜地看向师父，这一声唤绝对是情真意切。

“好！好！好！”张云旷何尝不是心潮澎湃。他欣慰地抚摸着小徒儿的头，眼中闪烁着喜悦。“徒儿啊，师父相信你一定比以前有更高的成就！”

“以前？师父，你以前也认识我吗？”

“当然！只不过以前的你只是凭借着自身的血脉才得以生存在我们当中。但是现在不同了，你一定会以自己的实力无畏于任何人，从而活出自我，而不会再一次成为仙界的猎物。”兴奋之下的张云旷不知不觉地透露了许多不该透露的事情。

万青荷心中惊涛骇浪。

“师父，你，能说说以前吗？”

“以……前？噢，徒儿，为师刚才说了什么吗？没有吧，没有！就是说了，你也就听听吧。现在不能说。而且你恢复记忆后，自己不就知道了？现在知道这些对你没好处。”张云旷高深莫测地说。

“好了，徒儿，你休息一下，然后去找到适合自己的功法吧。只要炼出丹火，你就可以学习识别灵草，为炼丹打基础了。”

万青荷无可奈何地回到屋子里，坐在椅子上平定了一下浮躁的心情。然后再一次拿出那本书，可是怎么也看不下去。于是又发起呆来。

不知过了多久，直到她的肚子咕噜噜叫了，才猛地惊醒过来。抬眼看到桌子上水灵灵的果子，心中的感动无以复加。默默地说：“谢谢师父！”拿起一颗不知名的粉色果子，轻轻咬了一口，酸酸甜甜的，有一种小时候的味道。

“徒儿，从今以后你不能再吃五谷杂粮之类的俗食。这些蕴含灵气的灵果才能帮助你更快地修行。屋后的森林里多的是这种灵果，你自己摘取就是。”

“是，师父！”万青荷恭敬地说。

吃过灵果，万青荷站起身来，开始浏览书籍。她随意地抽出一本，打开一看，原来书是一片玉简，只是外皮是纸做的，可能是便于查找吧。外皮的纸张也应该不是凡物，因为它似纸非纸，不知是什么材质。

把书放下，她只是看书脊上的名称。《水云诀》《吞食天地》《霹雳八斧》《幻象诀》《落雨剑诀》……看得万青荷眼花缭乱。

她心中有一种预感，今天肯定是不能再继续了。发生太多的事，她的心乱了。

毕竟，万青荷不是真的九岁小女孩，她的心理年龄是二十多岁。知道自己的极限，知道自己什么时候不能勉强。有些东西还没有消化，继续下去没有好处。她静静地走出书房，来到另一侧的房间。也没看周围的环境就一头倒在床上沉沉地睡去。

这一睡就足足过去了三天。期间她的师父由于不放心已来过了两次。每次看到她沉睡的小脸都一脸的疼惜。为她当初的不甘心而疼惜，为她的倔强而疼惜，为她的无数次轮回而疼惜。如果不是这一次的舍身救人而功德加身，想必她也会如许多历劫的仙人甚至神人一样泯然凡人了吧。

当万青荷醒来时，就看到师父坐在床边的椅子上，一脸的沉思。她也静静地看着师父，没有打扰他。

师徒俩就在这样各想各的心事，谁也不忍心破坏这份静谧的氛围。

直到万青荷的肚子咕咕叫了，才打断了师徒俩的沉思。他们相视一笑，默契十足地同时说：“没事，我好了。”说完又忍俊不禁同时大笑起来。

“好啦，这下该睡好了吧？还是去选好适合自己的功法去吧。你也该用功起来了。”张云旷摸摸万青荷的头，慈爱地说。

“师父！不要再摸我的头了，你该知道我其实不是小孩子。”万青荷不乐意地嘟着嘴说。

“啁，还不乐意了？当初你可是……算了算了，我不摸了。去吧，去书房选功法吧。”张云旷说完就消失了。

万青荷摇摇头，怎么觉得师父的语气有点失落呢？

她决定不管他了，先找到功法开始修炼起来才是正事。便立即来到书房。对着这无数的书发呆了好一会儿才慢慢地按照归类开始选起来。

好像师父说过可以凭自己的感觉找到功法，她试着闭上眼睛，用手触摸着书脊，一溜儿地掠过去，希望能凭着感觉找到属于自己的功法来。

找啊找，都过去了大半天了，还是没有心动的感觉，她不禁有些气馁，也许方法不对？

正当她要放弃的时候，猛然心头一跳，她立即睁开眼睛，看向手中摸着的书，甚至心中有种要痛哭的冲动。一定是它了，一定是！她颤抖着手，抽出这本书，只见书皮上赫然写着《凤舞九天》！

<< chapter 6

今昔、往昔

无垠的沙漠里
我奔跑、呼号
回答我的
只是大漠里狂风的嘲笑

无际的大海中
迎着飓风
我挣扎着、渴望着、企盼着
却依然被喧嚣的海浪戏耍

绝望中
我想放纵
却又听到你真情的呼唤
于是
我把幻想丢下
应着你的节奏
演绎我最美的圆满

万青荷把书紧紧地抱在胸前，泪水滂沱而下，胸口的凤凰图形一闪一闪地若隐若现。就在这时，一个个画面急速地闪烁，一个个声音嘈杂地涌向脑海，她头疼欲裂，身体也不自主地抽搐起来，渐渐地她弓起身子，跌在地板上，把自己缩成一小团，头也一下一下地磕在地板上，但是她始终紧咬住嘴唇，竭力地想要抓住这些画面和声音，她清楚地知道这些也许就是她以前的记忆，她一定要知道以前的自己到底是什么，以前到底发生过什么事。因为从师父的只言片语里，她也有了一些猜测。

张云旷看着万青荷蜷缩的小小的身体，心中有着难言的怜惜，可是他不能打断万青荷，也许她的记忆正在复苏。

万青荷昏了过去。

她看到一个小女孩正悠闲地坐在一张白玉雕成的云床上，而云床却是在半空中。她看着身边的云卷云舒，惬意非常。突然小女孩又和一个帅气的男孩子一起坐在天河边上，两双小脚伸进河水里，水面上荡漾着两个人欢快的笑声。依稀中男孩子有点眼熟——那分明是师父张云旷的模样！

她心中一个激灵，猛地睁开眼睛，一下子坐了起来。

泪水涟涟中，她哽咽着呼喊："师父！"

本就在全心关注着她的张云旷听到呼喊，忙不迭地出现在万青荷面前。看到泪眼婆娑的无助的小女孩，他的心刺痛了，不由自主地揽过这个小小的身体，紧紧地抱在怀里。

好久好久，久到万青荷不知什么时候已经熟睡在了他的怀里，他还在心潮澎湃地回忆着以前的情形。看到熟睡的小女孩，他自嘲地笑了笑，低声说："你终于还是慢慢觉醒了吧？来日方长，你会记起以前、记起我的。"

然后，他小心翼翼地把万青荷放到床上，又凝视了她好一会儿，才悄无声息地消失了。

万青荷醒来后，没有第一时间找师父问个清楚，而是一个人静静地从头至尾地想起所发生的这一切。这一切的一切发生的太过于惊骇，信息量也太过于强大了，以至于万青荷就算是成人的思维也一时之间接受不了。

从救人被空中坠落的花盆打中开始，那时的自己应该是挂掉了，而后来到了地府，那应该就是地府吧？经受了烈火的焚烧，然后是自己不知何故“复活”了，来到了如仙界般的“灵仙界”，灵仙界的山、灵仙界的水、灵仙界的灵植、灵仙界的树、灵仙界的大殿、大殿里的门、门上的字、莫名其妙成了林冬儿、雅阁的周晴、青羽门的打斗、地下宫殿，后来就来到了这里，找到了一个师父，开始了解修道，再后来，再后来就找到了也许本来就属于自己的功法《凤舞九天》！

万青荷感觉自己还是一无所获，她苦恼地揉揉自己的头，把一头柔顺的头发弄得乱七八糟。

“哈哈哈，小徒儿啊，你怎么还是跟以前一样，爱揉自己的头发呀！”

看到总爱突然出现的不良师父，万青荷也不想计较了，先把自己的疑惑说出来是正事。

“师父，我不明白，本来我是在灵仙界里的，怎么会突然出现在你的小世界？”

“节点，空间节点。”张云旷认真地回答：“咱们的四周有好多的空间节点，只要你领悟了空间奥义，就会很容易找到这些空间节点，从而进入到另一个空间。是我把你从灵仙界和我的小世界连接在一起的空间节点处拉进我的小世界的。”

“那，是所有的空间节点都可以连接起来吗？”

“不不不！空间节点有天然的，也有人为连接的。灵仙界和我的小世界的节点就是我建立起来的。”

“建立空间节点很容易吗？”

听到万青荷天真的问话，张云旷就是一个趔趄。“容易？天呐，你怎么会认为容易？那是我费了九牛二虎之力，耗费了无数天材地宝才建立起来的，你说它容易？我吐老血了我！”

“噢！”万青荷不好意思地又揉了一下头发。

“嘿，跟你说过多少次，不要揉头发，好好的头发又被你揉乱了。”张云旷嘟囔着，熟练地轻轻绾起被万青荷揉乱的头发。

万青荷愣愣地站着，任由张云旷摆弄自己的头发，好像他做这个事情是理所当然一样。她为自己的感觉迷惑了。

“师父，你以前是不是常给我整头发呀？”

张云旷的手一顿。“是呵，你想起了？”故作轻松的声音如果没有轻颤的手，也许效果会好很多。

“没有。只是感觉就应该是这样。”万青荷前面的话虽然给了他一个小小的打击，但是后一句话却又让张云旷的嘴角上扬起来。

“不急，不急，慢慢就会想起来的。你还是调整好之后就开始修炼吧。当你达到凝璇期后，一定会想起好多以前的事。慢慢来。”

张云旷的安慰给了万青荷无穷的信心。“师父，我一定会尽快到达凝璇期！”

“好。加油！”

万青荷深吸一口气，盘腿坐在地板上，拿过玉简，贴上额头，一段段晦涩的词句刻进脑子，说它晦涩，是相对于现代人而言，但是对万青荷却是显得浅显易懂了。

就在她用心解读时，有一股七彩的气劲不知不觉地沿着一些经脉在游走，先是一丝丝，逐渐地，成了一缕缕，这些七彩的气在全身游走，最后归在肚腹之间，一股撕裂般的痛楚袭来，打断了她空灵般的状态。

万青荷不由地停了下来，却听到一声断喝：“不能停！继续！”

她咬紧牙关，继续让筋脉中的七彩之气运行。撕裂持续，一点点地，似乎在开辟出一个空间来存载这些姑且称其为元气的七彩之气。

不知过了多长时间，直到她又进入到空灵状态，继续壮大元气和存载元气的空间。

渐渐地，这个空间越来越大，里面的元气也越来越多，万青荷有一种欲罢不能的感觉。她虽然深知欲速则不达的道理，但是奈何好像停不下来。

“混沌初开，分阴阳，阴阳生两仪，两仪分四象，四象衍八卦，始有万物循环，生生不息。”

随着师父的话语，万青荷如醍醐灌顶，体内空间里的元气好像是找到了运行的规律，一切井井有条地重新排列，而不再像刚才杂乱不堪地拥挤在一起。现在的万青荷有一种感觉，她可以随时调整修炼和中止的时间。

于是，她慢慢停了下来。

感受到自己空前焕发的精神力和强大的身体，她发自内心地笑了。

“师父，我的身体里多了一个空间！”欣喜的味道遮挡不住。

“那个空间就是俗称的丹田。你不仅要修炼身体，更重要的是修炼神识。也就是精神境界。精神境界达不到，会阻碍修行的速度和质量。提高精神境界就是要感悟，感悟大自然的规律，感悟人间百态，感悟七情六欲。有句话说存在即道理。感悟一切已经存在的，感悟正在进行的。这，就是为什么修行的人要历练、要入世。凡人尚且有读万卷书不如行万里路的说法，更何况我辈中人？”

听到师父的话后，万青荷陷入了沉思。雀跃的情绪沉淀下来。

她开始细细地感受体内的丹田。一种熟悉的感觉涌上心头，然后脑海里又出现了一些画面，随着这些画面的出现，她体内经脉不知不觉地游走起来，周围的空气中的元素有条不紊地进入她的经脉，然后进入到丹田。

她感觉自己能“看到”丹田内的情形，那些进入经脉的元素流向丹田后变成了一丝雾状的云，在丹田内存放起来，这些雾状的云即为元气。随着万青荷进入忘我的修炼，丹田里的元气越来越多，很快便充满了整个空间。这时再进入的元气好像已经没地方存放了，经脉也开始有一股撕裂般的痛楚。

她停了下来，睁开眼睛，眼中精光闪烁。心中的欢喜不言而喻。

万青荷静下心来，认真梳理自己修炼的感悟。由于是第一次修炼，免不了激动，更是对于自己能“看到”丹田而感到新奇不已。她仔细地观察起自己的丹田来，发现丹田内的元气虽然不那么杂乱排列，但是也没有规律可言。

她便试着用“心”把元气排排整齐。刚开始元气根本理都不理她，自顾自地悬浮着，但是万青荷是个不达目的不罢休的拧性子，你不理我，我偏偏就要你按我的意思动你。就这样，她锲而不舍地同元气较起了劲儿。

大概过了小半天，一丝小小的元气随着万青荷的努力，小小地跳动了一下，这给了万青荷莫大的信心。她继续努力地调动这丝元气，终于，她艰难地把这丝元气调到自己想要的位置。

万青荷长呼一口气，心里兴奋无比。不顾得擦去头上的汗水，便又投入到搬运大业。

从刚开始的艰难，到越来越得心应手，万青荷乐此不疲地把体内的元气挪来挪去。一会摆个小狗的形状，一会儿摆成大象，再一会儿又摆成长城。就在她玩得不亦乐乎的期间，她的识海也在不断地一点一点地扩张。同时，丹田里的元气却好像在减少。

当万青荷终于停下来时，才发现丹田里的变化，她茫然地看着少了三分之一的元气，有些傻眼了。再细心一看，发现剩下的那三分之二的元气却凝练了不少。她想这一定是好事，因为又可以吸收元气进来了。吸收多些元气绝对是好事！

于是，她又开始了兴高采烈的搬运工作：搬运外界的元素到经脉，搬运经脉里的元气到丹田，再搬运丹田的元气组成各种各样的形状，她的自娱自乐的小孩心性在此时得到充分的发挥。

就这样，万青荷在不知不觉中完成了前期的压缩元气的必要程序。而丹田里的元气在万青荷的一再压缩下，开始有了转化，不仅颜色加深，更难能可贵的是开始有了旋转的迹象，这就意味着她不仅跨过了筑基，更是进入到了炼气期，并且炼气期已达圆满，即将步入凝璇期，元气开始旋转就是炼气期圆满的一个重要标识。

也就是说炼气期的整个过程被万青荷在无意中大大缩短，仅仅用了两个多月，就完成了一般修行者几年、甚至几十年才能走完的路程。虽然有前世的基础在，但是也不得不说她太过妖孽。也许还跟她目前的无垢仙体有关？不得而知啦！

但是，她很快便进入到了瓶颈，无论万青荷怎么修炼都不能凝璇成功。

“师父，怎么回事呢？这都五个多月了，我还是不能凝璇。”这天，万青荷苦恼地对张云旷说。

“你不能着急，修炼的境界和你的精神境界已经不同步了。现在最重要的是提高你的精神境界，扩大识海。我有一套功法，可以让你尽快入定，这样有助于你加固和扩大识海，使神识更加凝练。”张云旷说完，用右手食指点住万青荷的眉心，一股信息流冲入识海，几十个字出现在脑中。

按照脑中的功法，万青荷盘膝而坐，静下心来，开始了冥想、静思、引导，继而控制自己的呼吸和心跳、脉搏，然后进入深度睡眠状态，在深度睡眠状态下，识海会逐渐扩大、加固。

但是不知怎么回事，万青荷很难入定，更别提冥想、静思什么的，她越来越心急，越心急越是不能入定。

看到万青荷的这个状态，张云旷不禁摇了摇头，拿出一个水晶状的人形偶。对她说："这是一条捷径。一般人刚开始很难入定，那就对着这个水晶人偶目不转睛地看，排空思想，应该很快就能入定。"

接过水晶人偶，万青荷有些不好意思地说："师父，我是不是很笨？还要靠这个入定。"

"什么呀，你从来都没有经历过这些，当然会有难度。只要你按照我说的，很快就会掌握住窍门。入定是咱们修行者必备的一种技能。等你掌握了，师父会传给你炼神的法门，相信用不了多久你的识海就会增长，只要契机一到，你还愁不能提高精神境界？你用心修炼吧。"张云旷可不希望自己的徒弟妄自菲薄。

"是，师父。你放心吧。"张云旷的一番话给了万青荷信心。

没有几天，万青荷就能顺利地进入禅定了。随着她的识海的扩大，神识的凝练，再加上她乐此不疲地搬运和压缩元气，不久，一个小小的漩涡形成了！这标志着她正式进入到凝璇期。进入凝璇期，就可以释放丹火，丹火是炼丹必备的，只有释放出丹火，才能炼出真正的修行可用的丹药。

张云旷对于万青荷能这么快进入凝璇期，表示了极大的喜悦。当天夜晚，师徒俩便来了个篝火晚会，并且都喝的酩酊大醉！因为张云旷拿出了自己的珍藏"玄心液"。据他说，这玄心液是仙庭珍酿，由于酿此酒的人早已不知所踪，所以整个仙庭也没有多少存货。

此酒当真是不可多得的好酒，万青荷轻轻地抿一小口，就觉得一股温暖的气流流过全身各个经脉，所经过的经脉顿时拓宽了三分之一，并且还没有以前拓宽经脉时的钻心刺痛！不愧为仙酿啊！可惜万青荷太小，修为也太浅，承受不了太多的能量，这不，只喝了两小杯就醉得一塌糊涂。

"旷哥哥，来呀，你猜我找到了什么？"突然传来万青荷的呢喃。张云旷一怔，随即狂喜。

"旷哥哥，救我！他们要抽我的血！"一声凄厉的叫声响起，狂喜的张云旷心中一凉。连忙过去，把那个颤抖的小小的身躯紧紧地搂在怀里，怜惜地说：“岭儿妹妹，别怕，旷哥哥在，旷哥哥不会让他们抽你的血！”说着说着，泪水却止不住地滴落下来。当时的岭儿是那么的无助，而当时的自己却被那些有心人骗到别的地方，直到因为心悸不已，推算了一下才慌忙赶去，赶到后看到的却是岭儿现出原身的犹在淌血的身体。虽然后来自己拿出祖传青帝玦跟老君换来了那“九转还魂丹”，救活了死亡边缘的岭儿。但是自此以后的岭儿却越来越沉默，越来越孤僻，甚至后来出现了自闭的征兆。

因为知道了丹药的可贵，所以这次他有意引导她开始炼丹，也算是为了以后两人能够活的更久更好而打下基础吧。本来张云旷早在几百年前就开始自己尝试着炼丹，奈何没有炼丹的天赋，只是把《灵草篇》和《乾坤丹方》给背了个滚瓜烂熟。而岭儿不同，她本体是凤凰，火属性体质，是炼丹的最佳体质。更何况会炼丹以后，不仅他们自己用，更可以如老君一样用丹药积累财富，修仙，本就是“财侣法地”缺一不可，缺了哪一样，在大道上都走不远。说不定以后也能建立自己的势力，那样，有人再想欺负，就要自己掂量掂量了。

“岭儿，旷哥哥等了你千年，希望这次你能学到自保的本领，活回聪明灵动的自己。”张云旷看着她小小的脸，自言自语地说。

之后的日子里，万青荷一边修行，一边在师父的指点下也开始了认灵草，为以后的炼丹未雨绸缪。

转眼过去了五年，九岁的小女孩变成了十四岁的亭亭玉立的妙龄少女。

在一座山峰上，只见一个少女一身简约的纯白色的长裙，衬托着她均匀苗条的身材；如梦幻般清纯的大眼睛，只看一眼，就让人怦然心动；微闭的星眸中闪着一丝淡淡的烟岚，恍若一个初降凡尘的纯洁天使。

她背着一个小小的竹篓，竹篓里装着几棵灵草，她体态轻盈，不时地走走停停，弯下腰来用特制的小锄头挖灵草，小心地放进小竹篓里。远远望去，如诗如画。

回到小屋，她用在山谷里“淘宝”淘到的一个小丹炉开始炼丹。由于是刚刚开始学习炼丹，所以她只是炼制一些简单的一品丹，比如驻颜丹、回春丹、粹骨丹。这些丹是俗世中不可多见的珍贵丹丸，但是在修行界，这些只是不入流的对修行没用处的东西。用的灵材也不多，相对起来比较容易。张云旷就建议她先用这几种丹方练手。现在的她对这几种丹炼的已经得心应手。并且，张云旷为了提高她的炼丹技能，还有意地让她炼制了几种对她来说高难度的丹药。可喜的是，聪明的万青荷竟然在无数次的失败下炼成了。让张云旷惊喜连连。

只是这几年的修行下来，修为上去了，可是心境又到了瓶颈。已经不是炼神所能提升的了。她虽然加在一起活了近三十年了，但是整个人因为被保护得太好，前世是父母的小女儿，今生又在这个与世隔绝的小世界里修行，遇到的人和事都屈指可数，所以她的思想比较单纯。

因此，在她炼完一炉丹后，自己也意识到了这个不容忽视的问题。

“师父，我想去历练。”万青荷看着在玉髓池边秀茶艺的张云旷说。

“是啊，也该去历练了。你的眼界太窄，几乎没有人生的历练，心境的增长实在太慢。那就出去吧，但是记住，出去以后一切都要靠自己。首先一条就是要保护好自己。尤其是在生死关头，该用的法宝一定要用，不能留手。毕竟没有了生命，一切就都完了。”张云旷严肃地嘱咐道。

“我知道了，师父。”万青荷有些不舍。眼中的留恋清晰可见。这让张云旷老怀大慰。

从这天开始，张云旷就有意识地让万青荷去找些自己需要的东西，并且给了她一个小小的锦囊，亲手系在她的腰间，让她遇到困难的时候打开来看，能不能用到就要视情况而定了。

时光荏苒，转眼又过去了三年。万青荷独自一人修炼，本来修行就是孤单且清苦的事，几年下来，她也已经习惯了这种生活。这三年的时间里，她的修为没有上去，但是炼丹的技能却突飞猛进，如今，不仅能轻易炼制出三品丹药，四品的飞灵丹也在不久被她炼制了出来，飞灵丹在四品灵丹里属于比较复杂的一种。这就意味着她已经成功晋升为四品炼丹师！

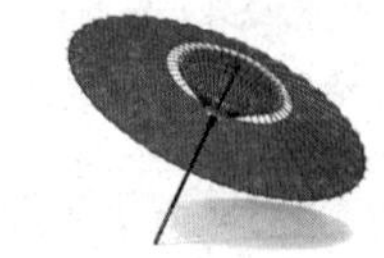

chapter 7

历 练

当晨光冲破夜幕
洒向世界
鸟儿婉转的歌声
是生命给予星空的赞美
是大地
借着鸟儿的歌喉
向太阳的致意

点点甘霖
滋润着枯竭的泉水
多彩的云儿
载着远游的思绪
用思想的画笔
绘制文字的霞衣

一天，万青荷如往常一样，走到一个小山上，准备再一次淘宝。走着走着，突然发现半山腰有一个若隐若现的洞口，用藤条半遮半掩，可能由于是秋天了吧，叶子凋谢，所以洞口就自然显露出来。

而这时，她不知道，在身后不远的空中，张云旷看着她找到这个山洞时轻松一口气，然后化作一道流光冲入她的体内。一进入万青荷的丹田，被丹田内浓郁的七彩元气吓了一跳。“嗬！什么鬼？怎么是七彩的？我记得她原来的元气是如玉般的白色。噢，可能是成就了无垢仙体的缘故？嘶，也不对呀，仙庭也有无垢仙体，怎么不是七彩的？难道说是因为之前的七曜星体？说不得，应该是好事。”

这边，万青荷把藤条拉开，走进洞里，洞里一片漆黑，伸手不见五指，她有些胆怯了，想要退回去，但是一想，如果连这小小的黑暗都害怕，还谈什么历练？

心一横，拿出一颗夜明珠，顿时眼前有了光亮。这几年张云旷没少教她使用自己的灵仙界，所以现在的万青荷对灵仙界的使用应该说是如臂使指。因此她把近段时间收集来的宝贝都收进了自己的灵仙界。以她的话说当个储物空间真心不错，把个张云旷听的直咧咧嘴。

她小心地继续往里面走，四周墙壁上一点一点的荧光闪烁，还有滴答滴答的水声，在静谧的背景下反而显得有些吓人。她左手举着夜明珠，右手好奇地摸向墙壁，那些发出荧光的是一个个小小的凸起，轻轻地一拉就拉了出来。

她把它放在手心，就着夜明珠一看，只见那是一个如豆粒大的颗粒，小尖尖上有一个如眼睛似的东西，用手碰触一下，竟然射出一个小水滴，小水滴落在手中，感觉精神为之一振。她猛地想起，那本《灵草篇》中有一段文字描述：“古有一物，如豆，触之吐水珠，乃炼神之神物。已渺，不可得。名曰荧神。”

“不可得？”万青荷自言自语地说：“恐怕是我师父把它全收集在这里来了吧。你们当然不可得啦。嘿嘿，这可是我和师父两个人的！哼！”

听到万青荷傲娇的话，张云旷在她的丹田里笑的直打跌。

她大概知道了这个地方肯定也是师父的私人领地之后，就开始肆无忌惮地大步往前走了。

走出一段路后，突然，眼前豁然开朗，原来已经走出了山洞。一路行来，远处层峦叠翠，几株桃树若隐若现；近处山石点缀，小溪流水叮咚，几只不知名的动物在溪边饮水，看到人来了，立刻奋蹄奔跑，真的是如画江山，美不胜收。

走着走着，前面一个大湖挡住了路。绕过去显然不可能，因为湖实在太大了，还不知道要绕多远。眼前的湖怎么过呢？她犯愁了。

湖边，有几阶台阶，万青荷走下去，蹲下身子，看到湖水里游动着一条条手指大的银色的小鱼。她把手伸进水里，那些小鱼竟然争先恐后地游过来，有的小鱼甚至还把小鱼嘴凑上来啃咬她的手指，痒痒的，逗得万青荷咯咯直笑，笑声在空旷的山谷中回荡，惊起不知名的飞行动物飒飒飞起，凭空增添了几丝人气。

自在地玩了一会儿，她又开始为如何渡过大湖而发愁时，水面游过来一条大鱼。刚看到这条鱼时，万青荷以为是一条船，游近一看，只是这条鱼的一个鳍，她大奇，长这么大，可从来没有见过如此大的一条鱼。

“你是来渡我过湖的吗？”万青荷天真地问。

大鱼却摆都不摆她，游过去了。万青荷傻眼了。还以为开了外挂呢，谁知自己没那么大的人气。

怎么办呢？

万青荷左顾右盼，想找到一条船，看来是不可能的，一个荒废的山谷怎么可能停着船呢？她发愁了。

哈！不一会儿，之前的那条大鱼又游回来了！万青荷心中大笑，看来咱还是人气大涨啊！她试着喊：“嘿，大鱼，你能带我过湖去吗？”

“小女娃，我的寿命要到了，如果你能给我化形的丹药，我就能化为人身开始修炼，从而延长生命。那么，我保证送你过湖。”大鱼沧桑的声音也彰显了它的苍老。

“你为什么一定要修成人形呢？你恐怕已经成精了吧，岂不是早就已经可以修炼了？”万青荷挺纳闷。

“你不知道，是因为人类先天就比我们这些妖有优势。人体是个大宝库，可以通过一步步地打破基因锁链来开发潜能，从而达到修体及修道的目的。而我们妖类就不行了，只有修成人形才可以像你们人类一样修行。”大鱼的话充满了无奈。

“哦？还有这种说法？化形丹我现在没有，但是如果你能找齐炼制化形丹的灵草，我就能开炉给你炼。我可是四品炼丹师哟。”万青荷对自己现在的炼丹技术还是很自信的，而且那化形丹在《乾坤丹方》里也只是三品而已。

“真的？”大鱼惊喜地说。“我早在三百年前就开始收集炼制化形丹的灵草。现在只剩下两种没找到。如果你能帮我找到，并且帮我炼制化形丹，我会给你一场天大的造化。”

“是哪两种？”万青荷也很有兴趣。一个成功的人，不仅要有努力，更重要的是要有逆天的气运和天大的机缘。没有人会放弃一个唾手可得的机缘。

“化羽草和紫玉幻石。”

“化羽草我有，可是紫玉幻石我没有。”万青荷欣喜于自己的灵仙界里有化羽草，但是还缺少一样，也不知能从什么地方能找到，这下难办了。

“我知道紫玉幻石能在什么地方找到，可是我不能上岸，所以……”大鱼渴望的眼神让万青荷有种感动，对一种渴望生存的感动。在这一刻，万青荷决定不遗余力地帮它，不为利用。

“在什么地方？我去吧。”万青荷义不容辞地说。

“太好了，太好了。”大鱼激动得在湖里不停地转圈，把万青荷逗的咯咯直笑。

“在离湖水大约五里地的地方，有一块石碑，石碑的左方有一条小道，你顺着小道往前走又五里的时候，可以看到一个石洞，石洞里住着一个猿精，紫玉幻石就在猿精守护着。我也是听来此饮水的风狼说的。”大鱼说的很仔细。

“有猿精守着呀，那，如果猿精不愿意给我怎么办？”

“那紫玉幻石不止一块，而是一座紫玉山。里面孕育的可不止一块紫玉幻石。找它要一块，应该还可以吧。”大鱼这回也不是那么肯定了。

“那，大不了问问它需要什么，咱拿东西跟它换得了。”万青荷想的比较简单，也比较直接。

“那就多谢你了。”大鱼真诚地说。

万青荷顺着大鱼说的路线走去。眼见着就要到了，她的心里却打起了鼓：如果猿精提出什么自己办不到的事情怎么办？那岂不是误了大鱼的事了吗？唉，走一步算一步吧，且看看情况再说。

不一会儿，万青荷就走到了石洞前，她试着往里面看了看，却什么也看不见。

于是，她高声叫道：“灵猿前辈，你在吗？”之所以叫猿精为灵猿，也是本着态度尊敬一些，后面的请求也许会容易些的想法。

“是谁这么没规矩？不知道灵猿大人在修炼吗？”一个粗嘎的声音响起。随着声音从山洞走出一头大熊。“你是谁？找灵猿大人有什么事？”

“你又是谁？我找灵猿前辈当然有事啦。你又不是，问这么多干吗？”对于一个大熊，万青荷可没那么客气。

“我是灵猿大人的随从。灵猿大人的事就是我的事，我就可以代表灵猿大人。如果你不说有什么事，我可以让你见不到灵猿大人。”大熊趾高气扬地说道。

“笨熊，你说什么呢？我什么时候允许你代表我了？我说最近百年怎么没有老朋友来找我了，原来是你在搞鬼？！”一个威严的声音呵斥道。

“啊？灵猿大人，原来你出关啦。嘿嘿，我不是怕别人打扰大人您修炼嘛！好心，好心，绝对的好心。嘿嘿。”大笨熊献媚地说，同时还点头哈腰，完全没有刚才的霸气侧漏。

“哼！”万青荷不屑地瞪了大笨熊一眼。

“说吧，小姑娘，你找我什么事？”猿精露出自认为慈祥的笑容，岂不知一张猿的脸怎么能表现出慈祥的？

“哦，灵猿前辈，我想找您讨要一块紫玉幻石。”

猿精眼睛一亮，“小姑娘，我能问问你要紫玉幻石作什么用吗？”

万青荷捕捉到了猿精眼中的那一道亮光，心中有一个大胆的猜测。“我想炼制化形丹给大湖里的大鱼用。它说可以帮我渡过湖去。”

万青荷状似天真的神态，却让老猿精警惕起来。

“嗯，也不是不可以给你，但你想白要，只怕是不可能。”看来猿精真的是猿老成精了。

“哈哈，”万青荷看到猿精警惕的神情，大笑起来。“前辈，你该不是也想要化形丹吧？”

“哦，”猿精被万青荷噎了一下。不好意思地说：“见笑，见笑。那，如果我给你足够的紫玉幻石，你能送我一颗化形丹吗？”

“那你能给我什么好处？”万青荷狡黠地问。

“你听好了，是足够多的紫玉幻石。还不行吗？”

“我要那么多紫玉幻石干什么？”

“紫玉幻石可不止炼制化形丹一个用途吧。”猿精似乎胸有成竹。

“可是我不知道还有什么别的用途呀。你说说看，还有什么用途？”万青荷才不是看上去的那么无知，但是如果不趁机多学一样，岂不是对不起自己？

“你听好了，紫玉幻石还可以成为幻阵的阵眼，足以提高幻阵的两个等级；另外，紫玉幻石配合星隐草，炼制出来的隐身丹可以随意隐身，不限时间，不受别的条件限制，可以随自己的意愿随时取消隐身；还有……小姑娘，如果你能给我一颗化形丹，我会把我所知道的紫玉幻石的用法毫不保留地教给你。这样可以了吧？”猿精坚信自己的条件足以打动这个会炼制化形丹的小姑娘。

也如它所想，万青荷真的动心了。读万卷书不如行万里路，古人诚不我欺啊。这不，刚出来就能学到紫玉幻石这么多的用法。

“可以。”万青荷毫不矫情，一口答应下来。“不过，你答应的给我足够多的紫玉幻石，不会反悔吧？”还是敲定一下的好。

看到万青荷只有背上的一个小竹篓，猿精心想：就这么一个小小的竹篓，就是可着你的劲儿装，你能装多少？当下，便豪气万丈地说：“我保证，你能拿多少，我就能给你多少。”

“君子一言，驷马难追！”万青荷简直欣喜若狂。

“慢！”这时一个不和谐的声音响起。万青荷和猿精都不可思议地看向发出声音的大笨熊。此时的大笨熊一改刚才卑躬屈膝的模样，而显得趾高气扬起来。尤其让猿精觉得诧异。

“老猿精，你真的以为我这两百年来就是来侍候你的吗？你错了！我是带着神圣的使命来的，伟大的虎仙大人派我来你这里，就是看中了你的紫玉幻石！如果不是你把紫玉山用大阵围起来，拘到自己的洞府，看得太紧，我没有寻到机会弄几块，你以为我堂堂的熊大人会做你的小跟班？！哈哈，还有你那些朋友，我都一个个打发掉了，他们要么生气走掉了，要么被虎仙大人吃掉了。刚才我已经给虎仙大人发出信号，一会儿虎仙大人就会来这里。这回，我看有谁会来帮你！”

“哦，我说呢，怎么这么多年来我的老朋友一个个不是消失就是闭关，原来

是你们在搞鬼！”猿精气得脸色通红。“当初可是我把你从走火入魔中救过来的！你这个恩将仇报的东西！你别得意，我会在虎妖来之前先把你杀了！”

说完，猿精一伸手，手中出现一个闪着蓝光的藤条向着熊抽来，笨熊一看到猿精手中的藤条，眼中闪过一丝贪婪，但是它也不敢怠慢，不知从哪儿拿出一根狼牙棒，迎上灵猿，大战起来。

只见猿精手中的藤条上下翻飞，把笨熊抽得嗷嗷直叫，一会儿工夫，笨熊以防御见长的厚皮就惨不忍睹了。它干脆就躺在地上不起来了。猿精一脸严肃，并不会因笨熊的耍赖而停止攻击，一个空甩，藤条就带起了笨熊的头颅，头颅上还带着震惊的神色，好像不敢相信灵猿就这样把自己给杀了。

猿精收起藤条，对万青荷说：“小姑娘，咱们得快点把需要的紫玉幻石拿走，能拿多少拿多少。不然一会儿虎妖来了，我也不一定能打得过它。”

说完带头走进洞里，万青荷也随即心中一紧，赶紧跟上猿精的脚步。

不一会儿，就到了一座非常高大的山前，大致一看，这座山除了大，并无特别之处，只是一座不起眼的山而已。猿精打出几个手势，一指大山，说：“你快点吧，这里有一个山洞，是我修炼的地方，山洞里就有我开采的紫玉幻石，你能拿多少就拿多少吧。说不定以后就不是我的了。”话语中充满了无奈和悲凉。

“那，好吧。”万青荷一想，我就是都拿走，猿精应该也不会说什么吧，毕竟，它也不能肯定这以后就是它的了。

万青荷把神识笼罩在这整座山上，眨眼工夫，整座山就凭空消失了，包括地下。因为在猿精的眼中，出现了一个偌大的深渊——不“贪心”的万青荷把山的“老底”都不客气地收入囊中了。

只见不一会儿，深渊就变成了另一个大湖。

万青荷眉开眼笑地对猿精说：“前辈，我已经按照你的意思把山收走了，你不会又舍不得了吧。”

“呃……你都说了按照我的意思了，我还能舍不得？罢了罢了，反正你不收，也不知道会便宜谁去。你拿去更好，我观你不是一个不知深浅的人，一定会物尽其用，也算是完成了我的心愿。咱们还是快走吧，一会儿虎妖来了，我可顾不上你。”说完，拉着万青荷快速离开。

就在万青荷他们离开一炷香的时间，一头硕大的老虎出现在洞中，看到这个新出现的大湖，气得暴跳如雷："谁？是谁？！是谁把山全都收走了？连一块紫玉幻石都不给我留？！啊！啊！啊！我收集了几百年的材料，只剩下紫玉幻石了呀！是谁？要是让我知道是谁收走了紫玉山，我一定会让他生不如死！不，我会打烂他的躯体、抽出他的神魂，把他的神魂放进万鬼窟里受一万年的折磨！！"

山洞中，虎的咆哮声惊天动地，周围的动物吓得瑟瑟发抖。可是，虎妖注定不会有这个机会了。因为万青荷此时已经来到了大湖的旁边，在设起的结界中专心炼制化形丹。

那边，虎妖认为一定是笨熊的暴露，让猿精孤注一掷地使用大神通，搬走了紫玉山，所以对笨熊的尸体是一阵发泄，直到看不到笨熊的一点点痕迹才气喘吁吁地停下。虎妖又马上召集所有的手下寻找猿精的下落。只是很近的距离，不知为何虎妖就是想不到去大湖边找。所以万青荷他们很安全。

这边，万青荷在猿精和大鱼的殷切期盼下，终于，化形丹出炉了！

猿精和大鱼激动地看着手里的化形丹，不禁泪流满面。化形丹呀！所有的兽、妖苦求不得的灵丹，此刻就静静地躺在自己的手心，从此以后，天高任我飞了呀！

万青荷笑着看着那两位哭的唏里哗啦，心里也是感慨万千。作为威能无比的妖，也有化为人类的渴望，而真正的人类反而有着各种的束缚，各种的借口而懒惰，不思进取。尤其是现代的人们，一切以利益为重，不惜戕害同胞的身体以赚取更多的利润。相比起妖来，人类真的是太愚昧了啊！

两妖颤抖着把化形丹虔诚地服下去，一个盘坐在地上，一个浮在水面。

不一会儿，两妖痛苦地惨吼一声，只见湖面翻腾着数丈高的浪花，大鱼在水里挣扎着，翻滚着，大张着鱼嘴嘶吼着，由无声渐渐地发出声音，再到后来的大声惨叫；只见身上的鳞片一片片剥落，每剥落一片鳞片，就有一股鲜血涌出，不一会儿，大鱼的身上已是鲜血淋淋，令人惨不忍睹。湖水迅速地染为红色。

而猿精也好不了，它也在湖边的草地上翻滚着，蜷缩着身体，用手捂着喉咙痛苦地嘶叫。首先，它的脸上的毛发跟大鱼身上的鳞片一样，一小片一小片地脱落，由于它的全身都是毛发，所以脱落的更加痛苦。更何况还有一条长长的尾巴，因为尾巴也在一点点地缩小，那个样子好像比毛发的脱落还要痛苦。

万青荷皱着眉头看着他们两个痛苦地打滚，知道这一切都是必经的过程，可是看着他们难受的样子，心中还是不忍。

渐渐地，能看到水面上闪闪烁烁地出现一个人的幻影，幻影渐渐凝实，一个身着褐衣的中年男子站在水面上，脸上尚有余悸，一片惨白。

“谢过小友！”褐衣男子恭敬地对着万青荷一揖。

“不要客气了。你先修炼，稳固一下。我先看着猿精吧。”万青荷摆摆手说。按说大鱼都已经化形成功了，猿精也应该成功了吧，可是，这时的猿精仍然在剧烈的痛苦中挣扎。不过，他身上的毛发已经全部脱落，尾巴也缩短到不到一寸，不出意外很快也能化形成功。

褐衣男子，也就是大鱼，闻言凌空盘坐在水面上，闭上眼睛开始调息。可能是有着传承的功法吧，不一会儿，大鱼的气息就平稳下来，并且开始了化形以后的第一次修炼。

就在这时，一声大喝传来：“呔！猿精，原来你躲在这里，让俺大虎好找！”

万青荷皱眉看去，一头硕大的老虎从远处冲来。万青荷忙用手做了一个挡的姿势。“停！猿精现在正处于关键时刻，你不要打扰！”

“哟哟嗬！你是谁呀？敢挡虎大爷的路，你想让我吃掉？”巨虎呲着牙，一副凶神恶煞的样子。

万青荷冷冷地看了巨虎一眼：“以为我怕你？现在是猿精化形的关键时刻，如果你老老实实地在一边待着，不打扰，我会视情况给你一点好处。如果你不识好歹，我会让你后悔一辈子。”

巨虎被万青荷的话吓得一愣，什么情况？一个小小的人类，并且还是一个乳臭未干的小女孩，竟然说出如此大话！看来老虎不发威，你真的当俺是病猫了？不行！虎大爷也不是被吓大的，只有别人怕我，哪有我怕别人的？想到这里，巨虎虎威一振，发出一声震天吼声，露出狰狞的大嘴就冲着万青荷扑来。

本来万青荷就处在焦急中，看到巨虎如此不识时务，不由气从心来，凝璇期大圆满的修为顿时显露，一个巴掌拍下来，把巨虎拍出几丈远。

巨虎摇摇发晕的大脑袋，蒙了。哟嗬！看走眼了。看来不能再找抽了。算了，不是说识时务者为俊杰嘛，咱也当回俊杰罢了。

看到巨虎摆了摆尾巴坐在了地上，万青荷又把注意力放在了猿精身上。这时的猿精已经奄奄一息，眼看着就要完不成化形了。大鱼也停止了修炼，关心地看着猿精，接着又把询问的目光看向万青荷。

“我们没法帮他，只有他自己才能帮自己，就要看他的毅力如何了。”万青荷明白大鱼的意思，但是还是果断地摇了摇头。

这时巨虎才震惊地看向大鱼和猿精，一丝精光闪过它的眼眸。“你，你，你是那条大鱼？”

大鱼撇了它一眼，没理它。巨虎激动地站了起来，浑身发抖，显而易见，一定是这个人类女孩帮的它们，可自己刚才还蠢得想要对小女孩不利。失算啊失算！巨虎摇着自己巨大的脑袋，肠子都要悔青了。

万青荷和大鱼谁都没理巨虎，只是紧张地观察着猿精的状态。猿精现在连痛嘶的力气都已经没有了，嘴巴一张一合，生命力在飞快地流逝。

万青荷眼中的不忍让大鱼的心都揪了起来。如果没有猿精的紫玉幻石，自己也不能化形，那么等待自己的绝对是化为天地间的精气而不复存在。如今猿精处于生死关头，可自己什么也帮不上，只能祈求上天的好生之德了。真的不甘心啊！大鱼双手合掌，心中默默祈祷。

也许是老天听到了大鱼内心的祈求，也许是猿精的毅力坚韧，在猿精的身上突然出现了一个幻影，一个人形的幻影，渐渐地，猿精所在的地方，一个身着绿色衣裙的十五六岁左右的小女孩出现了。她的额头上紧贴着一缕一缕的湿发，嘴唇发白、干裂，但是也难掩身上的那一份灵动。她慢慢地睁开眼睛，首先看到的就是万青荷那关切的眼睛，她扯了扯嘴角，轻声说：“姐姐，我没事。”

万青荷一愣，激动地走过去，扶起小女孩，“你是猿精？你叫我姐姐？”

小女孩开心地笑了。“是，姐姐，你是我李心永世的姐姐！”

万青荷不由哈哈大笑：“哈哈哈，我当姐姐了！我当姐姐了！是，李心，我是你永世的姐姐！”

万青荷兴奋的声音传出好远好远。

李心转过头来，对大鱼说：“谢谢，徐伯伯，我听到了你的心声。”

“不要说了，咱们一块儿化形，这是冥冥中的缘分，你感觉不到吗？”大鱼亲切地说，他的眼中也是泪光闪烁。

“那个，我能说句话吗？”这时，一个怯怯的声音插进来。

三个人转头一看，巨虎露出一副献媚的样子，这个表情出现在巨虎的脸上，怎么看怎么滑稽。但是，三人又不约而同地转过去，没有一个人理它。巨虎的头顿时耷拉下来，一脸的苦相。

“三位，我知道你们不喜欢我，可是我也是想要化形啊。对化形的渴望我也不比两位少，所以才会做出不好的举动。”巨虎小声地既像解释又像是在吐露心声，但是其中的酸涩却也表达得清清楚楚。

三个人相视一眼，还是没理它。巨虎真的无奈了，一闭眼，从神魂中抽出一缕，送到万青荷的面前。“小仙子，我愿意把这一缕神魂给你，从此做你的护身神兽。”

“神兽？！”张云旷惊异地差一点就要飞出来。他凝神一看，不由邪邪一笑，“报应啊，报应！痛快！”张云旷凭空变出一杯酒，大笑：“当浮一大白！”

“你？护身神兽？”万青荷绝对不相信，因为神兽怎么可能沦落到这里？并且还会为化形而苦恼？要知道，但凡神兽，一到成年，就会自然化形的，并且神兽血脉是那么容易出现的吗？

“我，我本来是仙庭神兽，因为犯错而被剥离仙脉，罚下这里，老祖说只有自己从头修炼，或许还能重新激活血脉，若不然，只能沦为普通妖兽。”巨虎说到这里，大眼睛里满含泪水。

万青荷诧异地望着巨虎，说：“怎么能证明你的话？”

“哦……我，我有传承记忆。”巨虎期期艾艾地说。

“传承记忆？”万青荷更加诧异了。“你这不是等于没说吗？传承记忆你怎么拿出来证明？”

“也罢！”巨虎一咬牙，反正如果不能化形也总归会归于虚无，干脆孤注一掷！

“主人！”巨虎扑通一跪：“我放开心魂，你可以看看！顺便把自己的神识植入进去！这下你该放心了吧。”

万青荷无语地看着巨虎，这头笨虎也许是穷途末路了，竟然想出这么个主意。

也罢，且让我看看这个家伙发生了什么。

万青荷把神识探进去，只见巨虎的识海广阔无边，从这看来，或许巨虎的话可信度很高，一般的妖兽不可能有这么大的识海。翻开它的记忆，原来巨虎就是造成人间第二次世界大战的罪魁祸首，它在一次耍酒疯时无意中放走了三个被曹国舅暂时压在笏下的魔界探子，结果三个小魔趁机逃走下界，分别控制了三个国家，发起了人界的那一次世界大战，且因为魔界之人嗜杀及残忍的特性，造成了人间无数惨不忍睹的悲剧。所以被仙庭罚去戮仙台。只因此虎乃虎族嫡后，就在它被斩的时候，虎族老祖苦求仙庭放它一马。天庭念虎族历无数始劫以来战功赫赫，令它死罪可免，活罪难逃，特赦剔除仙骨，抽去血脉，罚到下界为妖。

看到这里，万青荷怒火中烧！原来那一次人间惨祸是眼前这头笨虎造成的！她不由死死地瞪了它一眼，把巨虎吓得一哆嗦。忙可怜兮兮地说："主人，我也后悔啊！并且，我也受到了处罚。你原谅我吧。"

"咦？不对呀，你怎么说在下界为妖了几百年？"

"主人，各个时空的时间法则不同，这个你以后自然会知晓。主人，虎子恳请主人继续往下看。"巨虎眼中的希冀清晰可见。"主人，我如果不能化形，可能再过个十年我就会魂飞魄散，永不存在了。所以，如果主人能帮我，我不仅成为你的护身神兽，而且我以我的神魂发誓，永远成为你的宠物，若违此誓，神魂俱灭！"正在这时，一道闷雷咔嚓一声响起，表示天道已经应誓。从此以后，巨虎就是万青荷的永生永世的护身神兽，永不能背叛，如若不然，它的下场就只能是灰飞烟灭了。

而后，万青荷"看"到了一些巨虎记忆中天庭的各种景象，而这些景象对万青荷来说却是似曾相识，她疑惑地皱了下眉头，又把巨虎吓得一哆嗦，看看一个大大的老虎露出胆怯的小神情，万青荷不由得扑哧一声笑了，丹田里的张云旷笑骂了一声"小孩子心性！"。而大老虎看到主人笑了，才嘘了一口气，擦了擦不知道存不存在的汗水。

而对于虎族的传承记忆，万青荷也分得清轻重，就没有去看。她沉吟了一下，还是在老虎的识海里植入了一缕神识，又抽取了一缕老虎的神识。毕竟有一头可能的神兽作为自己的宠物还是很拉风的吧。

感觉到万青荷真的植入了神识在自己的识海，巨虎如释重负。之后，又眼巴巴地看着万青荷，说：“主人，求赐一颗化形丹。明知不知何年何月才能得到化形丹，我也准备了几百年，收集了上千份的材料。”说着，巨虎不知从什么地方变出了一堆的灵草、灵果之类的东西。

万青荷面不改色地收起地上的材料。然后拿出一颗化形丹，对巨虎说：“你叫虎子是吧？虎子，化形丹我可以给你，但是目前你的精神波动太大，不益现在服用。等你的状态达到巅峰时再服用，应该效果最好。我可不想再来一次李心似的惊吓。”

听到万青荷的话，李心是心有余悸，大鱼徐是若有所思，虎子更是连连称是。

第二天，虎子把自己的状态调整到最巅峰后，便服用了化形丹，也许是曾经是神兽的缘故吧，虎子的化形显得水到渠成。

只不到一刻钟，一个有点邪魅的翩翩少年出现在当地。“夏宇见过主人！”随即，少年拜倒在地。

万青荷有点吃惊地看着他，想不到一个那么巨大的老虎竟然化形成了一个小小少年，太神奇了！

而张云旷看到这个家伙时，却有点咬牙切齿的味道。“哼！千算万算，没有算出这个东西会成为岭儿的宠物，这就是因果报应吗？当初的纨绔仙少爷，你也有今天！”

接下来，万青荷表达了要走的意图。李心表示姐姐在哪，她就跟着去哪；大鱼徐则想在自己的老巢修炼；而夏宇就不用说了，宠物当然是跟着主人的。化形后已经不适合再叫他的小名，所以万青荷还是以夏宇称之了。

至于大鱼徐说的机缘，万青荷三个都很有兴趣。当听到那个机缘的位置时，李心露出古怪的神情。

“怎么了，李心，那个地方你去过？”看到李心的神情，万青荷奇怪地问。

“姐姐，我知道那个地方。那里有一个很大很亮的漩涡，我不敢去。有一天，跟我很要好的小鹿秋月就是因为好奇，只是接近漩涡一些，就被漩涡撕碎。不过姐姐一定要去的话，李心陪着就是了。”李心义不容辞的话着实让万青荷欣慰。

“恩公，我有一颗定水珠，不知能不能派上用场。”这时，大鱼徐稳重地说。

“主人，我也有一样宝物，应该可以帮上忙。”说着，夏宇拿出一个巴掌大的玉佩。“这个，是当时把我打下界时，老祖顺手塞给我的保命的东西。我也不知道有什么用途。既然是保命用的，应该能帮上你的忙。”

现在他和主人两个可以说是一荣俱荣，一损俱损，保全了主人就是保全了自己，由不得他不拿出真正的好东西。

万青荷高兴地说：“嗯，这下我信心十足了。不过，既然那里如此凶险，李心就不要去了，我一个人去把握反而大些。”

听到万青荷这样说，李心一想，也是，自己如果成为姐姐的累赘就不好了。她点了点头：“姐姐，你一定要小心点。”

几个人一起去到漩涡边，万青荷冲他们笑笑，一头扎进漩涡。

说也奇怪，就在万青荷扎进去后，漩涡逐渐消失了。

而这时的万青荷只感觉到一阵眩晕，大概有几秒钟的样子，脑袋才清醒过来。脚踏实地的感觉让她心安了不少。

<< chapter 8

沧澜秘境

阵阵歌声飞来
伴着青草的香味
一起走进
飘落的花瓣

云游的鸟儿
和
提着裙摆在山顶徜徉的姑娘
笑声应和

风儿轻吹
鸽哨　掠过山坡
逆光下
远方是模糊的风景
如我被深藏的记忆

这是一处空旷的原野，四周是长着茂密青草的平地，偶尔有一些丘陵般的起伏，只有远方，有着层峦叠嶂的犹如水墨画般的山影。青草很高，没过了她的小腿。四周安静极了，有种山雨欲来风满楼的心悸。直觉告诉她，说不定一会儿就会有大的事件发生。

万青荷警惕地往前走，把神识放大到极点。随着时间一点一点地过去，气氛也越来越紧张，这种环境和气氛简直让人窒息，万青荷的脸上很快就渗出了细密的汗珠，顺着脸颊往下滴落。

突然，一个影子迅急地往万青荷身上撞过来。万青荷唰地一闪身，影子贴着她的头发就窜了出去。她定睛一看，一个似猫非猫的动物人立似地站在地上，也是一脸警惕地望着她，甚至还人性化地伸出爪子，把爪子上刚才抓落的万青荷的头发吹掉，然后一脸鄙视地望了她一眼，转头飞快地跑了。

万青荷目瞪口呆地看着它跑走的方向，有点摸不着头脑。“噔！噔！噔！”一阵脚步声传来，大地也随之颤动起来。她愕然地回过头望向前方，只见前方烟尘滚滚，很迅速地向这边弥漫而来。

不到一分钟，就能看见几头高大的大象风驰电掣般急驰而来。万青荷在这样的巨型动物面前，犹如一个小小的蚂蚁般渺小。她急忙全力释放灵力，就在千钧一发之际飞向高空。

很快，几头大象绝尘而去。

“这几个大东西该不会是在追赶那只猫吧？”万青荷猜测道。“但那也不是我能参与的。BAY、BAY！”摇摇头，继续往前走。

这下，感觉终于有了生命，不再是可怕的静谧，万青荷的心中轻松了许多。她继续往前走去。沿途看到许多的灵草和灵树，只是等级太低，没有太大的利用价值，只有几种不常见的被她采了下来，以备不时之需。

她走走停停，不时地弯下腰或者踮起脚尖采集一些需要的材料，不知不觉地，灵植越来越多，也越来越高级，甚至能采到六品、七品的灵草，万青荷愉快地采集着，越走越深。

灵草最高级别就是九品了，九品以上不是没有，那只是存在于仙庭，而且被老君一个人使用。炼丹师并不像别人想象的那样普遍，那是凤毛麟角般的存在。

也许初级炼丹师会有一些，但是炼丹师品级的提升是难而又难，一般的人，甚至很多的修仙家族或门派，基本没有那个财力物力支持一个炼丹师永无休止地提升上去，只有一些天赋异禀的人才可能凭借自身的天赋和真正的大门派的全力培养而成为高品级的炼丹师。就像天庭，也只有老君一个炼丹师，并且还被尊称为太上。因此，天赋是重中之重，没有天赋，再努力也是白搭。

一般是这样划分的，一级、二级炼丹师炼的灵丹，可以供给金丹境以下的修仙者使用；三级炼丹师炼的仙丹是元婴境强者专用；四级炼丹师一般不会炼制元婴境以下使用的灵丹，因为那对于炼丹技能的提高没有一点帮助，除非特殊情况下；而五级炼丹师所炼制的灵丹，即使是渡劫境老祖也只能靠以物换物才能拿到。六级至九级炼丹师只能存在于仙庭，而且，六、七、八级炼丹师目前没有，出现了断层。而今的仙庭就只有老君一个九级炼丹师。不得不承认炼丹师是个稀有的职业。

幸运的是，万青荷在炼丹方面的天赋是不容置疑的，从她在炼气境就能炼出三品的灵丹，甚至四品的灵丹在凝璇境就能多炼几次也能成功来看，她的天赋属于那种极高的了。对于她的品级提升，有着她自己的灵仙界和师父张云旷的小世界里种植的灵材，培养一个高级炼丹师那绝对是绰绰有余。所以，在万青荷第一次炼出四品灵丹时，张云旷曾大笑着说："没想到岭儿是个天生的炼丹妖孽！未来可期呀！"

路上，陆续遇到了几批小动物，都没有什么杀伤力，但是明显看出来的是大概都是低级妖兽。它们各自觅食，相安无事。万青荷边轻松采集边跟这些小动物们说话，也不管它们能否听得懂。

有一天，天渐渐黑了，万青荷如往常一样，准备找个地方打坐，休息一下。就在她背靠着一棵大树，清点着收获时，从地下钻出了一头穿山甲，身上有着几处伤，伤口上还在流着泛着黑的血，看来它是受伤又中毒了。它的嘴里衔着一个不知名的果子，火红火红的，有点像成熟的李子，但是显然不是，这头穿山甲是头三级妖兽，一般的果子它也不会看在眼里。

正当万青荷想仔细看清楚时，从穿山甲刚才出现的地方，突然窜出一条大蟒蛇，很快就追上了穿山甲。穿山甲无奈地转过身来，万青荷才看清，原来穿山甲的腿受伤了，还正在滴着血，估计就是这条蛇造成的。

这时，蟒蛇竖起上半身，蛇信子一伸一缩，凶狠地向着穿山甲射去，目标是穿山甲嘴里的果子。穿山甲不甘示弱，用它的爪子就往蛇头上拍去，蟒蛇的头一个闪避，躲开了小铁锤似的爪子，顺势把尾巴甩向穿山甲，穿山甲因为腿受伤了，闪避不是那么灵活，所以蟒蛇的尾巴重重地甩在它的身上，好在穿山甲皮糙肉厚，只是被打了一个滚，重新站了起来。

可能是被打疼了，穿山甲起来后，立即向蟒蛇扑了过去，蟒蛇没想到穿山甲会立即反击，一愣神的功夫就被穿山甲重重地一爪子拍在了头上，顿时倒在地上。看到蟒蛇倒在了地上，穿山甲没有立刻逃走，而是恨恨地走上前去，抡起爪子又砸了下去。就在这时，已经倒地不起的蟒蛇突然一口咬在近在咫尺的穿山甲的喉咙上，而穿山甲的两只爪子紧紧地抓住蟒蛇的七寸上，两只动物谁都不松劲。

万青荷愣愣地看着眼前发生的打斗，直到两只动物都一动不动了半天，她才回过神来。

万青荷又等了半天，确定蟒蛇和穿山甲都死了以后，才慢慢地靠近。她用树枝轻轻地碰了一下蟒蛇，没动；又碰了下穿山甲，穿山甲嘴里衔着的果子滚了下来。

她把果子用树枝划拉远一些，才弯下腰捡起来。果子的皮散发出妖艳的红色，并且是鱼鳞状的，闻之有一股极淡极淡的清香。万青荷在脑子里过滤了一遍《灵草篇》，没有发现，这应该是一种很偏门的灵果了。

但是，既然这个果子穿山甲和蟒蛇都这么重视，应该不是平凡的吧。姑且收起来吧，不知道果子的功用，也不能随意地使用，那就把它收起来，等回去后问过师父再说吧。

想毕，在灵仙界里单独开辟出一块地，把果子埋进土里，等它发芽后再观察观察，说不定会有什么了不起的发现呢。

在这个地方已经待了一段时间，每天万青荷只是采集灵草，灵仙界里种植灵草的土地让她一扩再扩，仓库也又扩充了两倍，也没见到大鱼徐嘴里说的什么天大的机缘。想必是大鱼徐自己的猜测了。

既来之，则安之。只要找到出去的方法，出去就是了，更何况还采集到这么多的好东西呢。万青荷很满足了。再说了，这里的灵气非常浓郁，且纯度比师父的小世界还要高，简直不用转化就能吸收。这不，才没几天，她的修为已经快要到达凝璇境小成，丹田里的七彩元气光彩夺目，元气璇也转得越来越快，越来越凝练了，如果能生成第一滴元气水滴，就往小成境迈出了一大步。

或许，这就是大机缘？万青荷想，如果是，那这个机缘还真的不错。

这天，前方突然出现一座巍峨的大山，对，就是突然出现的。万青荷心中一动，说不定那座山就是出口所在吧。于是，她决定就向着山走，无论是不是，也要去看一看。

但是有一句话叫“望山跑死马”，说的就是现在万青荷的情况吧，虽然她的速度不快，也走了近一个月，感觉那座大山还是那么远，根本跟以前的距离没分别。反正不赶时间，她就这么慢悠悠地晃过去，路上采集一些灵草什么的，顺便还能找到不一样的矿石，日子过的一点也不乏味。

就在她优哉游哉走向目的地的时候，一天，突然在一片小草的叶子上看到一滴血，紧接着血液连成一片，顺着血液，却看到一头小动物躺在地上，奄奄一息。

万青荷走过去，一看，却是刚来这个秘境时遇到的那个似猫非猫的小东西，它有着一张尖尖的跟猫不一样的嘴巴。记得那时它还对着自己做过一个鄙视的眼神呢。

这种小草叫虹奇草，是一种神奇的灵草，猛一看，跟俗话说的狗尾巴草差不多，只是草尖尖是红色的，隐隐还透着金色。它属于九级灵草了，是七级灵丹“蕴神丹”的主药。蕴神丹是温养神魂的最佳灵丹，并且是修补神魂的唯一灵丹，无论神魂受到多么大的创伤，只要有一魂一魄在，三颗蕴神丹就可以完全修复神魂。而平时只要有一颗蕴神丹，就可以扩充识海至二到三倍。所以，蕴神丹只存在于传说，只因为蕴神丹的主药虹奇草也是处于传说中的。

而在这里，却有着一片虹奇草，不能不说是个奇迹。

现在，那个小东西就躺在这一片虹奇草的中央。看到万青荷走近，它抬起沉重的眼皮看了她一眼，又威胁似地“呜呜”地叫了一声，可惜有气无力，吓不到人。

“小东西，你怎么受伤了？需要帮忙吗？”万青荷有些戏谑般地说。哼，谁让你鄙视我，现在该我鄙视你了吧。

似乎是听出了万青荷话里的戏谑，它的眼里又人性化地瞥了她一眼，然后自顾自地闭上眼睛，好像在调息疗伤一样地有韵律地呼吸起来。

万青荷新奇地观察着，发现随着它的呼吸，伤口上的血慢慢止住了，并且还有了愈合的现象。万青荷眼睛一转，说：“放轻松，我帮帮你。”说完，把手放到伤口上，度了一点元气过去。

元气度过去以后，伤口以肉眼可见的速度快速愈合。而随着元气进入小东西的体内，万青荷有种奇怪的感觉，好像小东西体内的情况她都历历在目一样，哪怕一个小小的细胞都纤毫毕现。最为奇怪的是在小东西的体内有一处暗影，怎么也看不清楚。她怕是什么不好的暗伤，于是加大了对这个暗影的元气输出，结果“轰”地一下，神识一下子好像是进入了一座宝库。

这时只听识海里小东西尖叫：“你在干什么？”

万青荷愕然地望着小东西，小东西也愕然地望着万青荷，两个都有些惊慌失措。

终于，还是小东西战战兢兢地说：“你，你在干什么？”

“我？”万青荷是真的莫名其妙，“我没干什么呀，我在帮你疗伤啊。呃，不对，刚才发现你体内有一个暗影，我以为是暗伤，所以……”说到这里，万青荷有些不好意思。“我真的不是故意的。那个，那个暗影是你体内的仓库吧，我无意的，不好意思哈。”

小东西无语地望着万青荷，毕竟人家是在帮自己，也是无意中窥知了自己的秘密，貌似真的不好怪罪。

万青荷又小声地问：“你叫什么名字？”

小东西挣扎了一下，说：“我叫尖尖。”

万青荷注意到小东西，也就是尖尖，它说话的时候嘴巴没动的。

“我是用神识跟你交流的。”尖尖的声音就如它的表情。

“噢？用神识？”万青荷眼睛一亮，“那我用神识跟你说话你也能听到吧？”

“当然。”尖尖又开始用鄙视的眼神看她了。她尴尬地用手摸了摸鼻子。

“不许用那种眼神看我！”万青荷有点气急败坏了。她沉下心，轻轻问道：

“你是猫吗？”

“不是。”尖尖干脆闭上了眼睛。

“那，你是什么咧？”万青荷不耻下问。

可能是感觉眼前的这个人没有恶意吧，尖尖渐渐接受了这个笨笨的人。它慢慢爬起来，抖了抖身上的毛，身上已经结痂的血“扑簌簌”地掉落下来，毛发比原来更加鲜亮了。

“我是寻宝鼠。能寻到世上所有珍奇的宝物。”尖尖说起自己的功能时，眼睛贼亮。

“噢？”万青荷非常感兴趣地坐了下来。“用鼻子吗？”

“不是。”尖尖好像很诧异于万青荷的态度。“你，不是应该知道我的作用后想尽办法让我成为你的财产吗？”

“成为我的财产？”万青荷更加诧异。“为什么？你自己好好的，为什么要成为我的财产？”

“呃。”尖尖看到万青荷不像是矫情，于是对她更有好感了。“我不是用鼻子的，我是用眼睛。呐，你仔细看一下我的眼睛。”

万青荷仔细看着尖尖的眼睛，才发现它的眼睛一白一黑，但是不太明显，不注意看还真的看不出来。

“真的，怎么是一白一黑呢？”两个人，哦不，一人一动物，就像老朋友一样聊起天来了。

“我这个是天眼的一种，叫望气瞳，不仅能看出宝物，而且还能找出灵脉哟。”尖尖的语气充满了自豪。

“真的假的？”万青荷上下打量了一下尖尖。“找灵脉？灵脉在地下不知多深，你的眼睛能发现？”

“当然。我的眼睛能进化，初级望气瞳当然不行了，可是我现在的眼睛达到了三级，望灵脉是有点模糊，但是成功率还是能有个五六成的。”

说到这里，尖尖有点咬牙切齿了，“就是因为我的这个功能，所以那几个天杀的修行者要捉我，让我成为他们的灵宠，为他们寻找宝物。要不是我跑的快，差点就死在他们的弩箭下。我身上的伤就是他们弄的。”

“修行者？这里有修行者？”万青荷蒙了，她还以为尖尖的伤是那些巨象造成的呢。“尖尖，我在这里待了那么长时间怎么没有看到一个修行者？”

“你，你是怎么进来的？你不知道这里是一个秘境？”尖尖奇怪地望着她。

“我不知道啊，这里是一个秘境？什么秘境？”

“唉，真的是不知者无畏。这里是远古大能的一个体内世界。大能身殒后，这个体内世界成了无主的秘境，只要有缘就可以进入。但是，进入这里的条件非常苛刻。哦，对了，你是怎么进来的？”尖尖不由也上下打量了万青荷一遍，并且还绕着她转了一圈。

“有一个漩涡，我一头扎进去就进来了呀。”万青荷也不明白。“说说，有什么条件？”她的好奇心又来了。

“这里是五行大世界，只有五行俱全的，并且是修为没有达到金丹境的修仙者，才可以进来这里找宝贝或者找机缘。”尖尖说，“但也不是所有达到这些条件者都可以进来，只有得到这里的入口屏障认可，才能进来。可能你是五行之体吧。但是也不至于一头扎进去就能进来呀。哎，管那么多干吗。能进来就好。”

尖尖似解释又似自言自语。

“五行俱全？我的好像不止五行吧，我的是七彩，又是什么情况？”万青荷在心里嘀咕。

“好了，不说这些了。你有什么打算？是跟我一起玩，还是一个人寻宝？”万青荷给了尖尖两个选择。在地球时有一次听教授讲，当你设计别人时就给他两个选择，其中一个让他感兴趣，另一个则对他有利却不感兴趣的选择，并且要把对自己有利的作为第一个选择。用在这里试试，说不定以后有尖尖的帮助可以得到想不到的宝物呢？

“对了，跟我一起玩，咱们可以合作呀，我保护你的安全，你寻找宝物，咱们对半分，怎么样？”万青荷的橄榄枝伸的很长很长。

“让我想想。”尖尖摸了摸嘴上的长胡子，“也不是不可以，反正我一个人也挺寂寞的。好吧，看在咱们俩有缘的份上，我跟你合作了。对了，先把这些个灵草收起来，这可是好东西。”

万青荷喜滋滋地把地上的虹奇草全都放进灵仙界里。

两个人继续往前走。一路上说说笑笑，还能不时地找到一些好东西，日子过得惬意无比。

这天，他们正坐在一个山坡上休息打坐时，突然冲来两只风狼。

风狼是三级妖兽，本来是构不成威胁的，可是它的速度极快，一不留神就会吃个大亏。

看到他们两个，风狼仰头长啸，不一会儿，又飞跑来四头风狼。六头风狼把万青荷和尖尖团团围住。万青荷不由紧张起来，长这么大哪见过这种阵仗？尖尖也是竖直了耳朵，严阵以待。

首先，一头风狼大口一张，一道风刃飞向万青荷，在她急闪之下只削掉了几根头发，但也把她吓出了一身的冷汗。她急忙凝聚出一个火球，对准领头的风狼就射了去，火球精准地落在风狼的身上，火苗迅速地燃烧起来，风狼往地上一滚，意图扑灭，可这是万青荷情急之下用出的丹火，不是那么容易被扑灭的，疼得风狼长嚎不止，其他风狼看到头狼的惨状却全傻住了，站在那里只知道着急，也不管围着的人了。

万青荷一咬牙，继续飞出火球，她知道如果抓不住这个有利的时机，等风狼们回过神来一定会更加疯狂地袭击自己。火球迅猛地在风狼们的身上燃烧，不一会儿，就一个一个地倒地不起了。

而万青荷因为是用出的丹火，所以此时的精神萎靡不振，瘫坐在地上，冷汗是唰唰直流啊。张云旷在丹田里气得直跳脚，哪有这么笨的丫头，区区三级妖兽而已，竟然会动用自己的丹火！还是对敌经验太少太少啊。

好久好久，万青荷才缓过来，她坐在地上，仔细回想起刚才惊心动魄的一幕。她有个好习惯，每遇到一件事，不管好坏，都会总结一下得失。对于这一次的战斗，虽然结束的很快，但是，显然，自己的方法不当，不该使用丹火攻击，导致用神过度。这还是战斗时间不长，如果时间稍微长一些，或者是战斗过后又来敌人的话，自己就会死无葬身之地了。这绝对不是危言耸听，而是实实在在的应该考虑的问题。

想到这里，万青荷的心里是后怕不已啊！看来，还是自己的对敌经验不足。师父常说，修仙界里强者为尊，多的是弱肉强食。修为是重要的，对敌经验也是必不可少。

于是，接下来，他们两个没有再前进，而是找到一个干净些的山洞住了下来。平日里，万青荷练习用丹田里的元气凝聚火球，而不再用丹火。刚开始时，调动元气、凝聚成火球、再发出去，整个过程慢之又慢，但是，她深知熟能生巧，所以练习起来简直达到了废寝忘食的程度。就这么枯燥地练啊练，二十天后，她就能熟练地用元气凝聚火球了，而且能做到瞬发。对于自己的这个成绩，她还是不满意，手段太单一了，只会瞬发火球，如果来一个不惧火术的怎么办？

她又发愁了。

“喂，你在想什么呢？”尖尖每天看着万青荷练来练去，它也知道多练习一会儿，以后就会多一点保障，可是，这都练的很不错了，怎么又愁上了？

“尖尖，以后不要叫我喂，叫我姐姐吧。”万青荷把尖尖抱到怀里，微笑着说。“姐姐是在想，姐姐只会这一种法术，如果下次遇到不怕火的敌人怎么办？”

“你是怎么会发火球的，也像发火球一样练习不就行了？”尖尖奇怪地看着她，怎么是个笨姐姐？

“对呀，我怎么没想到？”万青荷意识到自己是钻进了死胡同，尖尖的一句话令她豁然开朗。

她兴奋地站起来，闭上眼睛，首先细心感受空气中的水元素，不久，尖尖就感觉到万青荷的身边充满了水气，半天过后，在她的身边盘旋着一圈水柱，慢慢地，一条水龙成形，虽然很小，但是已经初具规模，龙的形状也渐渐栩栩如生。

万青荷停了下来，尖尖才发现她满头大汗，脸色也苍白如纸。

“姐姐，不要太拼命了。”尖尖心疼地说。

“不要担心，我刚才是找到感觉了，才会这么拼，以后不会了。你不知道，灵感是稍纵即逝，放过了就不知道什么时候再有。”万青荷的心情说不出的好。

“灵感？是顿悟吗？”尖尖虚心好学。

“对，就是顿悟。”万青荷揉了揉尖尖顺滑的毛发。

“姐姐，真羡慕你。听说，顿悟是要悟性极高的人才会有的，姐姐你一定是悟性级高的了。”尖尖一脸的崇拜。

“哈哈”万青荷乐了，把尖尖举起来，用头抵着尖尖小小的脑袋，左右摇晃。

同尖尖玩了一会儿，万青荷接着练习木系法术，她发现自己好像五行法术都可以用，也许与体内的七彩元气有关。就是不知道另外两种可以练成什么样的法术。

万青荷锲而不舍地把自己所知道的五行类法术练了一个遍，个个也都练了个通透。

于是，他们决定出发。收拾了一下，两个人走出山洞，开始了再一次的寻宝之旅。

一天，尖尖突然定睛望向左前方，激动地对万青荷说：“姐姐，前面有好东西！”说完，自己先飞速地奔向前去了。

万青荷连忙紧跟上去，从来没见过尖尖这么兴奋过，她也猜出前方的宝物一定不同寻常。

等她赶到尖尖身边，发现尖尖停在一条大河不远处。看到万青荷到了，尖尖给她做了个噤声的动作。

万青荷往河的方向一看，只见河边已经有了大约十几人，不知在看着什么。她不由凝目向河中看去，猛地目光一缩——河中央挺立着一株火红色的莲花，是的，只是一株花，花的旁边也是只有一片莲叶。按说河中有莲，应该是成片的，可是这里，只有一株红的耀眼的莲花，这与常理不符的现象，说不出的诡异。

“姐姐，这是火莲。”尖尖悄声说，“通常，火莲下面会有异火火种，如果得到，对你的炼丹术有着很大的好处。”

“真的？”万青荷惊喜万分，更是心动不已。“咱们怎么样才能得到？”

“那些人显然在等火莲成熟。咱们趁他们不注意，从远处下河，摸到河底火莲的根部，就能看到异火了，一般来说，能孕育出火莲的火种品级绝对不会低，如果能炼化这样的火种，不仅对炼丹有帮助，并且还可以用来打架。嘿嘿！但是能不能得到就要看运气了。”尖尖不愧是寻宝鼠，对于各种宝物如数家珍。“只是有一点，咱们怎么才能在水底行走？并且，得到火种可不是一时半会儿就可以的，有可能要几个时辰、几天、甚至几十天。”尖尖紧接着说。

“啊？要这么长时间？”万青荷也犯愁了。“哦，对了，临来的时候好像大鱼给了我一颗定水珠来着。呐，就是它。”说完，万青荷拿出一个珠子。

“真的是定水珠！”尖尖高兴地说：“这下咱们对火种是势在必得！”还用力挥了一下小小的拳头。

两个人避过那河边的人，悄悄地绕到好远的地方，潜下水去。一下水，定水珠就形成一个光圈，把万青荷和尖尖包裹在里面。不得不感慨定水珠的神奇，里面的两个人如在陆地，一点也没有水中的窒息感。

他们悄无声息地潜到火莲的下面，顺着火莲的根往下潜去。越往下温度越高，定水珠的光圈也被烤得有些扭曲，真的让人担心会不会被烤化，如果烤化了，他们两个的处境就堪忧了。但是，可能是定水珠的品级不低，仍然坚挺地保护着他们。

水底的温度实在太高，他们在定水珠的光圈里面都有了烧灼感，还是没有看到火种的影子。

万青荷抹了把脸上的汗水，有些忧心地说：“尖尖，看来咱们是跟火种没缘了。你看，定水珠都快要烤坏了。”尖尖看了一眼扭曲的厉害的光圈，再看看万青荷手中明显有些发软的定水珠，一咬牙，“再往下一米，如果还是没有，咱们就放弃！”

万青荷点点头，继续往下探。

而在漩涡外的大鱼徐却猛的吐出了一口鲜血。李心和夏宇吓了一大跳，忙扶住大鱼：“你怎么啦？”

大鱼徐擦了擦嘴角的鲜血，说：“恩公有可能遇险了。我送给她的定水珠是我的内丹，而刚才定水珠有了损伤，所以……”

听到大鱼徐的话，李心和夏宇的心就是一揪。

“现在还没事。”夏宇说：“我是主人的护身神兽，与主人有着生死契约，我没事，主人一定没事。”

秘境里的小河中，万青荷和尖尖继续往下探，就在往下不到一米的地方，出现了一个白色的炽光灯一样的小小的火苗。火苗的周围空间甚至有了空间裂缝。

他们俩欣喜若狂，尖尖连声说：“快、快！炼化它！这是焚神火种，可以焚毁神识的唯一火种！”

但是，显然，这个火种已经诞生了灵智，还不等万青荷接近，就要遁走。就在这紧急时刻，张云旷不得不出来，他也知道如果没有他出手，万青荷是无论如何也降服不了这个已有灵智的火种的。

他也顾不上万青荷和尖尖吃惊的样子有多么好笑，挥手就先把焚神火种禁锢住，对着万青荷急声说："快，炼化它！"

万青荷闻声，立即把神识探进火种里，只听"哧"的一声，这缕神识顿时化为乌有，同时，识海一阵剧痛，她不由痛的一抽。

"笨岭儿，一点点来！"张云旷气急败坏地说。

"哦？哦，哦！"万青荷愣了一下，定了定神，又分出一缕神识，慢慢地接近火苗，烤灼的痛苦如同当初的涅槃，她咬紧牙关，一点一点地深入。

尖尖好奇地看着张云旷，张云旷现在根本顾不上尖尖，匆匆地对它说了句："等下再说。"就专心地注视万青荷的进展。尖尖也只得按下心中的疑惑，既然是帮忙的，应该不是坏人，且等姐姐炼化火种之后再说。

一个时辰、两个时辰、半天、一天、三天、十天……直到半个月后，火苗嗖地钻进万青荷的体内，她才精疲力尽地说："终于搞定了！"说完，扑到张云旷的怀里就睡过去了。

张云旷怜惜地抱着万青荷，带着她和尖尖慢慢地往上游去。

他们没有看到，就在万青荷炼化焚神火种的那一刻，河面上的火莲迅速成熟，在岸上之人始料不及之下，莲子飞落进水里消失了，然后莲蓬也迅速枯萎，化为灰烬，散落进水里。岸上的人面面相觑，不知怎么会发生这种事情，有几人不顾一切地跳进水里，寻找莲子，遍寻不着之下，纵心有不甘也无可奈何。

而此时，落入水中的莲子以迅雷不及掩耳之势冲进万青荷的怀里，继而进入到灵仙界，自己找到那条有着发光石头的小河，嗖嗖嗖地钻进河底，落地生根了。

看到张云旷把受损的定水珠收起，毫不困难地行走在水底，尖尖更加惊奇了，这得多高的修为才能做到啊？！再说，他又是怎么出现的？

面对尖尖毫无顾忌的疑问眼神，张云旷笑了，这样稀奇的宝贝动物都能遇到，不得不佩服岭儿的好运气。淡淡地说："我是她的师父。"

尖尖恍然大悟，轻舒一口气。望着尖尖如释重负般的神情，张云旷也感动了，一个萍水相逢的小动物，却能为了岭儿得到极品火种，而同赴生死，太难能可贵了！

张云旷沉吟了一会儿，问尖尖：“我想问一下，你为什么会为了她而不顾自身安危？”

尖尖奇怪地望着他：“我为什么不能为她做这些？她是我的姐姐呀。”

“姐姐？”张云旷为这个小家伙纯真的回答再次感动。动物的心思是最单纯的，它们的直觉也是最灵敏的，往往知道谁对自己是真心的，然后就会以更加的真心来对待对方。不能不说这一点比许多恩将仇报的人类要高尚得多。

张云旷决定要给尖尖一个大造化。“你知道你们寻宝鼠不能化形且不能修行吗？”

“知道。”说起这一个问题，尖尖有些垂头丧气。“可是，为什么呢？”

“天地赋予你们寻宝的本领，已经是你们的造化，天道法则不会允许逆天的存在。”张云旷静静地解释道。“所以，你们不仅生命非常短暂，而且子嗣也很艰难。你现在尚在幼年，可能感觉不到。等到你成年后，就会有这些明悟了。”

“我知道。在我很小的时候，我的父母就告诉了我这些，虽然我不明白。”尖尖回答，看的出来，小小的尖尖是认命的，再说，不认命又能如何呢？

“如果，我给你个机会，让你能够修行，且能长生，你愿意吗？”

“真的？”尖尖惊喜地问，随即耳朵又耷拉下来，“那肯定要付出很大的代价吧。”

张云旷真的为尖尖的智慧而惊奇了。

“让我为你改造一下你的身体就可以。但是，这是逆天的手段，要想瞒住天道，你就要做你姐姐灵仙界的界灵，你愿意吗？”

“那我就能永远跟着姐姐了？”尖尖满怀希夷地问。

“当然。”

“我愿意！”尖尖简直迫不及待了。“现在就可以吗？”

本来，张云旷是想给万青荷找一个更好的界灵的，但是看到尖尖对她的忠心，决定就用它了。毕竟，高级些的界灵好找，但是忠诚就不一定了。后天可以培养的，何不用忠诚度高的呢？

但是，他又转念一想，为确保万无一失，还是再看看为好。

于是，张云旷对尖尖说："现在不行，还要查看一下你跟灵仙界的契合度。等岭儿醒来吧。"

不得不说尖尖有些失望，不过，如果契合度足够的话，能永远跟着这个善良美丽的姐姐，真的是一大幸事。不要紧，真的契合度不够的话，哪怕付出再大的代价也值得！

它重重地点点头，说："好。不过师父，如果契合度不够，您能想办法吗？什么苦我都能吃的，只要能跟姐姐在一起。"

张云旷有些吃惊，问道："能跟我说说为什么一定要成为岭儿的界灵吗？"

"为了能永远跟姐姐在一起！"尖尖毫不犹豫地说："从我爹娘死后，所有的人都想利用我得到宝物，根本不顾忌我的感受，甚至为了得到我而伤害我。只有姐姐，她是用真心对我，把我当朋友而不是寻宝的工具。"

"是啊，岭儿永远都是那么美好。"张云旷沉吟着说。"真的想永远保住这份美好。好吧，让我们一起努力。尖尖，当了界灵，你要以岭儿为重，以保护她为首要，能做到吗？"

"当然。她是我唯一的姐姐。"尖尖奇怪地看着张云旷说："您怎么能不相信我呢？"

张云旷笑着摸了摸尖尖的脑袋，没说话。

他们就这样静静地坐在一处离那条河流很远的山坡上，万青荷躺在张云旷的怀里沉睡着，脸色越来越好，嘴角还露出甜甜的笑意。张云旷凝视着这个跟以前越来越神似的脸孔，心中的柔情极度泛滥。

过了大概三天，在张云旷和尖尖有一搭没一搭聊着天的时候，万青荷的长长的睫毛轻轻地颤动了一下。察觉到万青荷醒了，张云旷想把她放下，却见她又紧紧地依偎过来，还把脸往他的怀里拱了拱。张云旷不由地又揽紧了些，嘴角的笑意一扩再扩，看得小尖尖也抿着嘴笑了。

此时的万青荷小脸红红的，羞得不敢抬头了。张云旷对尖尖使了个眼色，尖尖识趣地走到一棵树下，却又偷偷地伸出小脑袋，贼兮兮地偷看。

这边，张云旷和万青荷明知道尖尖的小动作，可是两个人谁都没有理会。他们被粉红色的氛围紧紧地包裹住，不知今夕何夕了。

“好了，起来吧。”张云旷柔声说：“你想起了？”他的语气是询问，可是话意却是肯定。

万青荷轻轻地点点头，从张云旷的怀里抬起身子，但是还是坐在他的腿上。

“我是叫你旷哥哥呢，还是叫你师父？”调皮的因子浮起来了。

“小调皮。”张云旷的老脸一红。“想怎么叫就怎么叫吧。只要你回来就好。”说着说着，难免就有些伤感起来了。再一次把这具期盼已久的小小身躯环在怀里。是呵，千年的等待，千年的守候，千年的期盼，而今终于失而复得，一切的一切都化为了如今深深的拥抱。

万青荷的眼睛发涩，把头埋在张云旷的怀里，低低地啜泣。仙庭里的一幕幕，旷哥哥的一次次舍身的维护，现在都如当初一样历历在目。想起以前的种种，真的恍如隔世，对于如今的怀抱，她比以前更加地留恋和珍惜。

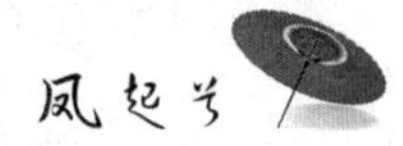

<< chapter 9

仙 庭

你背着夕阳走来
模糊了我的双眼
不能确定的感觉里
我犹豫了脚步

我站在你的面前
追随着你的目光
却无法分清
哪一盏才是那千年前的灯

在夜的深处
独自吟唱一支无人听懂的歌
压抑的情感
找不到宣泄的出口

命运的潮水挟着我

与你擦肩而过

却又在另一个河口

相遇……

仙庭，是一块广袤的大地，掩映在无垠的云海之中，在仙庭，仙人们呼吸的不是凡人间的空气，而是灵气。所以出生在仙庭的人，一出世就是所谓的人仙，凡人哪怕是渡劫期，如果呼吸到这里的灵气，也会有爆体之虞。

陆地上的仙人很多，大多都是低级仙人，他们像人界的凡人一样，也建立有门派、学院等等。当然了，也有散仙，也就是个人修行，不加入任何组织。

仙庭也是有纨绔的，一般日子里，这些仙庭的二代、三代们会因为无聊而出来寻找乐趣，而一些低级的天仙或者上仙们会把握住机会出售一些自己寻找到的宝物和灵草灵药，或者交换一些自己需要的资源，或者换取灵石和仙石。而仙庭的主宰就开辟出一条条街，以满足这些人的需求，这就是所谓的天街了。

仙庭也不全是本地仙人，也有很多是凡人渡劫后升上来的。凡人升到仙界后，首先出现在升仙池里，升仙池里的仙液会把凡体改造为仙体，成为初级人仙；然后是地仙、天仙、上仙、金仙、太乙真仙、大罗金仙、仙王、仙尊、仙帝，每一个阶位都有初期、中期和后期。整个仙庭只能有一个仙帝，换句话说，仙庭的空间法则只能承载一个仙帝发出的能量，再多一个就会造成仙庭崩溃。

而云海深处，耸立着的一个个雕像，则是仙人们下界历劫留下来的本体，这个地方叫作“归位园”。不论你在仙庭的什么地方，只要感觉到自己应该下到人界历练了，或者是领到任务需要下到人界，立刻就可以走，而本体会在瞬间被仙庭大阵挪移到云海深处的归位园，保护起来。如果仙人在下界有了不一般的机遇，云海深处的本体就会流光溢彩。

下到人界的仙人只是神识下界，下到人界后，就会投入凡胎，成为凡体，再也没有了以前的记忆。只有在下界修有功德，或者是有了一个契机，突然觉醒了本源意识，才会再次回到仙庭，也就是神识进入本体，叫做“归位”。当然了，领有任务下界的仙人则不在此列，他们会在任务完成时，直接归位。

如果在人界，仙人的神识没有觉醒本源意识，那就会一次次地进入轮回，进入一次轮回就会失去一些本源意识，俗称“蒙尘”。而蒙尘的过程中，一直没有觉醒的话，那就惨了，就会迷失在六道之中，没有了归位的可能。那么，不能归位的仙人，他们的本体如果资质好的话，就会有仙庭高层分配给他们的资质不好的后代夺舍；资质一般的本体到了一定的岁月就会化作尘埃，归于虚幻。

在整个大陆的上空中，无数个浮岛错落有致地分布在一座巍峨的宫殿四周，如同金字塔一样，随着修为的高低由下而上排列，塔尖就是仙帝的宫殿。浮岛，是上位仙人居住的地方，在这里，只有修行才是主调，个个都在闭关，显得没有一丝丝的人气。浮岛上生活着无数个家族，只在家族中有人晋升到一定的地位，能分到一座浮岛后，才会离开家族浮岛，自己另外建立势力。

只有到了一些特定的日子，或者是哪个大仙突破境界，再或者是谁晋级大罗金仙，仙庭才会熙熙攘攘，热闹非凡。仙人们会借着这个机会，会会朋友啊，交换修炼资源啊，为枯燥的修炼加上一点色彩。

说白了，浮岛，就是一个个仙人的住处，只有晋升为大罗金仙以上才会被分配给一个浮岛，大罗金仙的浮岛在最外围，数量最多；靠上的依次为仙王、仙尊，仙尊的浮岛最靠上，围绕着仙帝的宫殿，组成一个庞大的阵法。无可置疑，越离宫殿近的地方，仙气越浓厚，修炼起来事半功倍。并且，仙王以上，可以申请对三千大千世界的掌控权。

这个掌控权是仙人们争夺最厉害的。只有自己掌控的大千世界的资源，才能为自己所用。想想看，一整个世界的宝贝由你一个人掌握，该是多么大的诱惑啊。

在一座浮岛上，风景如画，只在岛的中央有一大片空地，空地上坐着一个俊逸的男子。他虽然闭着眼睛，但是急速轻颤的眼帘暴露着他此刻的激动心情。如果万青荷在这里，定会很开心地大叫：“旷哥哥！”

是，这就是张云旷的本尊。下界的一切他都了如指掌。此时的他想长啸，长啸也不足以表达他的激动，但他只能死死地忍住。静谧的仙庭是无情的，无情的仙庭多的是想要抢夺浮岛的修仙者。这也是一个强者为尊的世界，比下界的修仙者更是残忍了太多太多。

巧取豪夺在这里是被允许的，如果你的战斗力不强，你会被无数的仙人啃得渣都不剩一点儿。仙人是没有人性的，多一丝人性就会多一分危险。所以在这里，每个仙人都是如履薄冰，把仅存的一点善心埋藏在内心最深处，不然，只要你露出一丝丝心软，等待你的就是如蜂般密集的打击。

成仙是好，可以长生不死，甚至容颜不老，是人类梦寐以求的理想境界。但是，成仙以后的烦恼就是变强、变强、变得更强，没有其他。如若不然，你就会真正的死无葬身之地——灰飞烟灭。哈哈！世人都说神仙好，哪知神仙更烦恼。而且这个烦恼甚至是噩梦。所以，越来越多的仙人喜欢人界，因为在人界可以肆意表达喜怒哀乐，这对于弦一直绷得很紧很紧的仙人是个不可多得的放松。

但是，下到人界，也不是那么容易的。在远古时期，更高层面的神人们为防神界和仙界的神人和仙人们无故下界，造成人界的空间崩溃，所以设置了强大的结界。只在神界与仙界之间、仙界和人界之间各设置了一个空间通道，还派遣了大能把守通道。而且，下界以后，无论是神人或者是仙人都会修为掉落到下界的空间能够承载得起的程度，甚至只能由凡人做起。

因此，在仙庭，就造就了许多仙人们畸形的心理，想尽一切办法地寻找乐子。以杀人为乐，以摧残同类为乐，以满足种种欲望为乐。曾经的赤岭仙子因为修为低下，又因为自身血脉的原因，可以说是最无奈的，若非有张家庇护，她只会被仙人们啃得渣都不留一点。

本来仙庭是没有凤凰的，不知何时，不知在什么地方，就那么突兀地出现了一只小小的凤凰。

张云旷永远记得，第一次见到赤岭时那张无助的、脏兮兮的小脸，就那么撞进了当时也是只有二百岁的自己的心里。

张云旷属于本土人士，出生在仙界一个大家族，由于天赋很好，自小就精通阵法，所以对阵法陷入一种痴迷的地步，对修为倒不怎么上心，就导致了修为只在金仙中期，同一代人里属于中下。

阵法师跟炼丹师一样，都属于凤毛麟角的存在。初级阵法师无数，因为入门不难，中级也有一些，但是高级阵法师就是被人们高山仰止了。在战斗中，阵法师们只要一个阵盘或者阵旗一甩，就能形成阵法，或困敌或杀敌；高级阵法师甚至可以凌空划阵符，瞬发制敌，这就恐怖了。

所以，尽管张云旷修为不高，但是不仅家族偏爱，而且还有着许多的高级仙

人们甘愿成为追随者，为他鞍前马后。他们的目的，一来为寻求他的家族庇护，二来是为了将来，或许自己的哪个后代能入了他的法眼，稍微指点一二就能受益无穷。

想起那天，张云旷的眼睛迷离起来。

“小鸟，变身！”

“小鸟，给爷笑一个！”

“傻鸟，哈哈哈……”

正当他走在天街上，想找一些炼制阵旗的材料时，忽然听到一阵嘈杂的闹声。他听的出来，那里有几个是各大家族出了名的纨绔。他摇了摇头，可能是又在欺负没有根基的散仙了，他们也只有这一点本事了。

“呜呜，妈妈，我要妈妈！”

张云旷诧异地看过去，怎么是一个小孩子的声音？难道几个纨绔堕落到欺负小孩子的地步？

透过人缝，张云旷看到一个小女孩正抹着眼睛哭。他的心突然跳动了一下，跟谁用力揪了一下一样。他顺应自己的心快步走过去。

一个穿着红色衣服的小女孩无助地站在一群纨绔中间，几个纨绔里小的只有几岁，大的甚至有好几十岁、上百岁，他们是各大家族里资质最差、又没有上进心的嫡系后代，家族对他们已丧失信心，但因为是嫡系，所以只要让他们过得好，百年或者几百年以后自然死亡就算对得起他们了。大人的放弃也造成了他们的自暴自弃。于是，他们唯一喜欢做的就是整天游手好闲、惹是生非，惹到事自然有家族给他们摆平，他们怕谁？

张云旷嫌弃地看了他们一眼，把目光投向小女孩。只见小女孩身上的衣服被扯得乱七八糟，小脸上也东一块西一块的黑乎乎的，尽管这样也掩盖不了她的精致和灵动。

“小妹妹，你怎么一个人？你的父母呢？”这是张云旷见到她时的第一句话。他自认自己的语气够温和，但是看到她惊恐的大眼睛还是自责自己的态度不够好。于是，他更加温柔地轻轻拉过她的小手，清晰地感受到，那由于惊吓而颤抖不已的心脏在怦怦地跳动。

“别怕，大哥哥保护你。”他郑重其事地许诺。听在他的追随者耳朵里，不禁羡慕起小女孩来。张云旷由于身份的原因，轻易不会做出任何承诺，而一旦做出，那就义无反顾。

小女孩审视地看着他，在他真诚的目光中，渐渐地，她眼中蓄满的泪水成串成串地滴落下来，嘴角一撇，大哭着扑进张云旷的怀里。

张云旷怜惜地抱紧她小小的身躯，也不嫌弃她身上的脏乱，只是轻轻地拍着她的脊背，安抚着她受到惊吓的心灵。

“喂，张家老三，你在干什么？英雄救美吗？”一个嚣张的声音响起。张云旷抬头一看，是赵家二公子赵奋强，由于灵根太次，即使修炼，也注定归尘，所以索性破罐子破摔，平时不少干仙人共愤之事。但因为是赵家家主嫡孙，他的母亲觉得对不起他，对他百般溺爱，极为护短，所以也没人愿意搭理他，这也造成了他无法无天的性格。

“哈哈哈，张家老三想老牛吃嫩草喽！”边上几个纨绔一起起哄。

张云旷不屑于理睬他们，但显然，他们却偏偏想招惹他。“张家老三，你干吗！这里不是你的张家，想英雄救美也得看我们答应不答应！”赵奋强一步跨过去，伸手就想拉小女孩，张云旷怒目一瞪，赵奋强吓得手一缩，但紧接着还是不知死活地伸手去拉。

张云旷给身后的追随者一个眼神，然后就二话不说，更不理身后的叫叫嚷嚷，抱起小女孩就走了。后面，几个追随者拦住了众位纨绔，一时间，喧闹声震天，更夹杂着嚣张威胁。

当他把睡着的小女孩抱回家时，引起了家里很大的反应，说惊涛骇浪也不为过。

首先就是他的兄弟姐妹们，他们本来就对家族资源严重向张云旷兄弟倾斜而不满很久了，如今一个也许能压下他风头的机会来了，不把握住了，岂不是对不起自己？于是，几乎是他刚把小女孩抱进自己院子，就接到长辈的传唤。

把小女孩小心翼翼地放到床上，盖上薄被。然后，他心情极好地整了整衣衫，向着家族议事大厅大步走去。

“旷儿，听说你带回来一个小女孩？”看到玉树临风般出色的儿子，张云旷的父亲张原野关切地询问。他知道家族里多的是想抓住自己儿子小辫子的人，儿子的出色给了太多人威胁。

“见过父亲，见过各位长辈。”首先，张云旷不卑不亢地见礼。

“说说，怎么回事？家族严令，在不被允许的情况下，不准带外人进入。”以严厉著称的二长老面无表情地问道。

张云旷一怔，自己只顾着高兴了，把家族禁令给忘记了。

看到张云旷的神情，堂兄张云起心中得意一笑，这下看你怎么说！

“二哥，旷儿可能是同情这个小女孩可怜，才把她带回家族的吧。”五长老皮笑肉不笑地说，似在帮张云旷说话，但是从他眼中微微闪过的冷光看出，他绝不是好意。

“同情？”二长老冷哼一声，更加严厉地看向张云旷。“我们仙庭什么时候有过同情？有同情心的人都魂飞魄散了吧！张云旷，你想把家族带向毁灭？！”说完，眼光掠过五长老，泛过一丝隐隐的怒意，五长老心中打着什么算盘他心里很清楚。

“二叔言重了！”张云旷的父亲急道，安个这么大的帽子，旷儿戴不起啊！

“言重？你们忘记了秦家大少的事了吗？”二长老真的是恨铁不成钢。

秦家大少，名叫秦风，是秦家的天才，年龄不上百就已经是大罗金仙后期，离仙王也只一步之隔。在一次外出历练时，救了一位濒临死亡的上仙。之后的相交中，他与这位上仙情投意合，别看这位只是上仙，但因为一直都是散修的缘故，在外的经历非常丰富多彩，而他又极富口才，把故事讲的诙谐幽默、引人入胜。秦风被他的多彩的描述和渊博的知识所折服，逐渐把他引为知己，更把他推荐给了家族。后来，这位散仙在秦家资源的支持下，很快成长起来，并参与了秦家许多次的行动。他在任务中不遗余力，甚至在几次的任务中舍身忘死地护卫秦风，渐渐取得了秦家的信任。但是，就在秦家人对他信任有加时，却在一次探寻秘境时被这个人出卖，不仅秦风殒落，秦家也受到大创，大罗金仙以上的就损失了十四位之多，秦家从此元气大损。而秦家也由一流家族退到二流家族之列。

听到二长老说起秦家大少秦风的事，张家人个个噤若寒蝉。秦家的这个事在仙庭就是个禁忌。

“二爷爷，她才只是个孩子。”张云旷也急了。

“孩子？在仙庭里有没有根基的孩子吗？”平素不多言的大长老也开口了。“你了解过她的情况吗？”

“这个……”张云旷语塞了，脸上的冷汗唰地就下来了。

“我知道！”这时，一个稳重的声音适时响起。张云旷一听声音，心中就是一喜，随即放松了——这是自己的大哥张云昕。

张云旷兄弟三人，老大张云昕，是同代的领军人物，出任仙庭护卫队队长，在仙庭高层也有一定的话语权；二哥张云昭，是个修炼狂，年纪轻轻就已经是仙王中期了，因为脾气暴躁，有个霸气的外号“暴龙”；老三就是张云旷，小小年纪就已经是高级阵法师，倍受仙庭重视。三兄弟不仅是张家精英，而且在仙庭也是赫赫有名，人称“三鹰”。

还有，在大家族，为了修炼资源，很少有兄友弟恭，但是张云旷三兄弟不同，尽管三兄弟性格各异，手足情却是人人称羡，可以这样说，三兄弟是能够为对方洒热血的。更让整个仙庭羡慕不已的是，三兄弟极为护短，不论有什么事情，不论对错，三兄弟永远站在自己兄弟一边。这在无情的仙庭是难能可贵的，更是无可复制的。在张家，任何人想要撼动三兄弟的地位，一定会蹭得头破血流。

“这个孩子的出现非常诡异。”张云昕平静地说；“我可以肯定地说，她不是仙庭之人。因为，她是传说中的圣兽——凤凰。”

张云昕的话引起了轩然大波，张云旷也是目瞪口呆，怎么自己选中的人是个圣兽？圣兽哇，那是令人仰望的存在啊，自己该有多幸运，才能遇到小家伙！

但是显然，张家没有张云旷想的那么乐观，他们想的要更加长远，显而易见，小女孩是圣兽凤凰的事，看来在仙庭已经不是秘密，为什么没有人收留呢？这就是个烫手山芋啊！无论怎么做，都会成为整个仙庭的焦点，而成为焦点的人或家族，如果没有一定的实力，就会成为众矢之的，下场可想而知。

议事大厅一片静谧，每个人的心思都在急速运转。

“我……”张云旷沉不住气了，正要开口说话，却见自己大哥给自己做了个稍安勿躁的手势。

“哈哈哈，我张家怕过谁来！旷儿，爷爷支持你！”这时，一阵爽朗的大笑声响起——张家的家主、三兄弟的亲爷爷大踏步地走进议事大厅，威严地坐到首位。这让忐忑不安的张云旷顿时心中大定。张云昕也是眸中精光闪动，含笑而立。

“我来晚了，我来晚了！”又是一叠声的声音响起，张云昭魁梧的身影出现在议事大厅。“小弟，二哥支持你。一个小女孩儿而已，就把偌大的张家给吓着了？还是有些人居心叵测？”一句话把大家噎个够呛，更把有心人惊个够呛。

“臭小子！”张家家主笑骂道：“爷爷说过，我张家行得正坐得端，何惧之有？仙人也是人，就有人的情感，如果连情感都没有了，谈何为人、为仙人？修仙为的是什么？只为长生吗？如果为了长生而放弃为人之快乐，那与禽兽何异？！”

家主的一番话可以说是振聋发聩，把所有的张家人震的外焦里嫩。

“对，对，家主说的对。”五长老赶忙附和。

听到自己爷爷的话，张云起心中一急，正要开口说话，却看到爷爷瞪过来的眼神，心中一噎，没敢吭声了。

“说说吧，你小子为什么会把小凤凰接到家里来？”

“爷爷，我……”张云旷有些不好出口。

“小弟，你尽管说，哥哥们也想知道。”二哥笑眯眯地说，还偷偷给他做了个鬼脸，张云旷的脸腾地一下子红了。

“旷儿……”张云旷的母亲马淑荃急了，正欲开口，被张云旷的父亲拦住。她只好一脸焦急地看向儿子。

张云旷对母亲抿嘴一笑，坦言道：“我喜欢这个小女孩。”

张家的人全都目瞪口呆。

“可……可，那还是个小孩子……”马淑荃急得语无伦次了。

“我可以等她长大。”张云旷好心情地对他母亲说。心中的喜意溢于言表。

五长老和张云起更是张大了嘴巴，这么奇葩的回答真的让他们无言以对，犹如一拳打到棉花上，心中有说不出的别扭。

“咳咳，”二长老的老脸却有着笑意。这个小孙子，一直以来看着是平易近人，温文尔雅，但是只有自己人知道，他除非对自己喜欢的人有些真诚，对自己感觉不好的人向来是皮笑肉不笑，其实就是那种笑里藏刀的阴损“小坏蛋”。

二长老一生无嗣，又因为生性严肃，一直以来担任家族执法长老，所以鲜有后代敢接近，只有这三个孩子，可能是天性使然，从小就常常找自己聊天，让他也能感受到绕膝之乐。老大比较稳重，找他谈的大多是修行上的问题；老二则从五岁开始就偷自己爷爷的好酒，来跟自己把酒言欢；而这个老三，则是依偎在自己身边，边玩着自己的阵旗、阵盘边不时冲着自己一笑。想到三个孩子，二长老的心中都是满怀的欣慰，满心的柔情。现在听到小孙子的话，一方面感喟于孩子的长大，一方面却又为孩子的话好笑。

大哥和二哥终于憋不住，哈哈大笑起来。

“好！好！好！”三兄弟的亲爷爷、张家家主张逍遥也高兴的连声叫好。小孙子终于开窍了，自己后代有望，是个好事！老大老二的感情开窍会比较晚，现在不用操心。唉，想到老友玄机子的话，他又不由一叹。

玄机子本名玄超，是仙庭第一神算，几万年来几乎算无遗策，在仙庭有着非常特殊的地位。由于两人是发小，脾气相投，肝胆相照，对张家的事也比较关心，尤其对老友的三个孙子更是倍加照顾。

他前段时间，也就是小孙子出生没多久，还特地找到张家来，对张逍遥说起这个小孙子的事。对于这个小孙子，他只有几句谶语：“浮生明月照天，奈何蹉跎有年；青云直上待时飞，天马行空趁心愿。”并且说，小孙子的道侣不在仙庭，且要历尽苦难方成正果，从此天高云淡，后福无边。

如今想来，的确啊，圣兽，圣兽，本不属于仙庭的存在，此刻竟然出现在仙庭，而且，还好巧不巧地让小孙子遇到，且又带回家中，又言之凿凿地宣布要等她长大。真的要应验在这里吗？又想到蹉跎二字，老人家不禁头痛起来。

“可是啊，旷儿，你怎么打算？真的把小凤凰养在家里吗？”张云旷的父母心中也是老怀大慰，但是，但是，这个事怎么看怎么怪异，让他们有些无所适从的感觉。

“当然啦。”有了爷爷的支持，张云旷也理直气壮了起来。

张原野揉了揉太阳穴，头痛呵！

“好了好了，你先回去。我们再合计合计。”爷爷的手一挥，把张云旷赶了出去。

张云旷笑嘻嘻地转身向外走去。两个哥哥相视一乐，也快步追上去。

“嘿嘿，老三，你是不是想来个萝莉养成啊？”老二一脸的八卦。

“去去去，谁说的？”张云旷欲盖弥彰，他是真的真的不好意思了。别人好糊弄，可不能随便糊弄自己的哥哥。

“噢？老三，你不喜欢小凤凰？那，我带到我院子去吧。”老大张云昕一本正经地说，还边说边拉着老二张云昭，不紧不慢地走向张云旷的院子。

“不行！”张云旷想也不想地大叫，开玩笑，这可是自己好不容易找到的小媳妇，其实在这个时候，张云旷已经把小凤凰当成了自己这辈子唯一的道侣。叫完之后，看到两个哥哥戏谑的神情，顿时大窘。“啊！上当了！”叫完，又赶忙捂住嘴。坏了，自己这是怎么了？怎么会这么沉不住气？

“哈哈哈……”张云昕和张云昭大乐。

“好了，走吧，不逗你了。咱们去看看小凤凰去。”张云昕拉过张云旷，手攀着张云昭的肩膀，三兄弟勾肩搭背地向老三的院子走去。

连日来的惊恐，让小凤凰疲惫不堪，在张云旷的怀里找到温暖的她，此刻正睡的酣。三兄弟的到来也没有把她吵醒。

三兄弟轻手轻脚地走出房间，在客厅坐下。

“小弟，你有什么打算？这个小凤凰可是个烫手山芋啊。这么多天了，为什么没有人收留她，你没想过吗？”张云昕做为大哥，自然比弟弟想的可多一些。

“……”张云旷惊异地看着大哥，他真的没想过，也来不及想，只凭着感觉就把无助的小凤凰救了回来。

“唉，看来你真的没想。”张云昕叹了一口气。“在仙庭，不是没人想过要收留她，圣兽啊，那是多么不凡的存在。可是，一个人或者一个家族收养了她，就会引起许多家族的觊觎，甚至会成为居心叵测的人用以打击别人的借口。”

大哥的分析让张云旷的冷汗一下子冒了出来。但是他绝对不会后悔，他会用生命来保护她的。

看到弟弟握紧的拳头，张云昕、张云昭兄弟俩对视一眼，同时说：“小弟，有我们呢。”

张云旷拍拍放在自己肩上的两位兄长的手，心中感动不已。

“大哥哥……”正在这时，一个软软糯糯的声音打断了兄弟三人的真情流露。

三兄弟同时转头，小凤凰睡眼蒙眬地站在房间门口，小嘴微张地看着张云旷三人。本来以为的怯懦根本没有，看来这也是个大家族的小公主。

“啊，你醒了……”张云旷因为心中的小算盘，却不禁口吃起来，听的张云昕和张云昭闷笑，看来关心则乱的说法是绝对正确的。

“嗯。”小凤凰点点头，又对着老大老二礼貌地弯了下腰，向张云旷问道：“大哥哥，你不介绍一下吗？”

“哦，对、对，我来介绍一下，这个是我的大哥张云昕，这是我二哥张云昭。”张云旷慌忙介绍道。

“那大哥哥你呢？我还不知道你叫什么呢。”小凤凰萌萌的大眼睛里笑意盈盈。

小凤凰的落落大方让张云昕、张云昭两人感叹不已。

“那个，咳咳，大哥哥我叫张云旷。”张云旷好像更加窘迫了。

“哈哈，小凤凰啊，我们是这个家伙的大哥二哥，你就不能叫他大哥哥了，这个才是，你也跟他一起叫我二哥。知道吗？”张云昭用自认为的温柔声调说。

“大哥、二哥。”小凤凰从善如流地叫道。

“哎！”两个人高兴的眼睛都眯起来了。“哦，小凤凰，你叫什么？”兴奋之余也没忘记问一下，这两个哥哥还是靠谱的。

“我叫……岭……铃……”小凤凰迷茫地喃喃说道，“我、我叫……哇！”她大哭起来。

“别哭、别哭！”张云旷心疼极了，手忙脚乱地把小凤凰拥进怀里，两兄弟也面面相觑。

“我、我不知道我叫什么，怎么办？”小凤凰慌乱地哭着。

“别急，小凤凰，大哥想想。”张云昕若有所思地用右手轻轻扣打着脑袋，“岭……铃……我想，你的名字应该有这个字，至于……”张云昕打量了一下小凤凰，小凤凰穿着一身的红衣，“你就叫赤岭吧。”大哥打了个响指，拍板了。

“赤岭？”小凤凰歪着头想了一下，感觉好像有点像，可能……就叫赤岭吧？

她把头转向张云旷，用征询的眼光看着他。

张云旷对她点点头，用力说："好，就叫赤岭！"

小凤凰这才笑了，虽然她才只有五六岁，但是，她那一笑，犹如阳光一般灿烂，好像能把人的内心照得通透、明亮、温暖。三兄弟都一下子迷失在这炫目的笑容里，好一会儿都回不过神来。

"咯咯咯"看到三个哥哥的模样，小凤凰开心极了。

"呃，那个，小，噢不，赤岭啊，以后不要这样笑了，会出事的。"张云昭认真地说。

"嗯，我听二哥的。"赤岭乖巧地说。

就在三兄弟和小赤岭开心地谈笑时，张家来了几个不速之客。

<< chapter 10

攻讦

梦中的你
模糊着一片光的脸
周围闪动着诡异的影子
对着月亮梳妆

梦中的火光
灼伤了我的脑子
无所适从的双手
摸索着前面
那未知的地方

似有似无的我
渴望一场大雨
用雨水冲刷的诗句
来洗涤自己浑浊的思绪

张家浮岛，大门外，站着几个气宇轩昂的人，其中一个人的随从拿出一沓拜帖，递给门房，门房不敢怠慢，忙向上禀报。

张家议事大厅，张家家主凝重地看着拜帖上的名字，对着家中的几位长老说：“这还不到一个时辰吧，就已经找上门来了。”

“家主，我记得有一个位面的国家有一句话说：朋友来了有好酒，敌人来了有猎枪。”大长老沉声说道。

听到大长老的话，张家所有的人顿时豪情万丈。

“对！是朋友的，以礼相待；是敌人的，咱家也不缺猎枪！”二长老怒目圆睁。

“对！”“对！”张家这一刻群情激昂，可以说是空前团结。

张逍遥欣慰地看着家人，多少年了，张家人从来没有过如此的团结，以前的种种矛盾也只是家族内部的矛盾，如今一旦外辱来临，全家人一致对外，可谓众志成城！这样的张家，纵然以天下人为敌，何惧之有！

“好！有请！”张逍遥中气十足地说，当家家主的气势尽显。

“哈哈，张兄，贸然前来，恕罪恕罪！”人还没到，一个听起来爽朗的声音就充斥了整个空间。

转眼间，几个人大阔步地走进议事大厅。当先一人是个风神俊朗的中年人，后面跟着几个面容各异的大汉。说是大汉，指个头而言，一个个最起码两米以上，只有为首的这个人还正常一些，有个一米八左右的样子。来人且说不上凶神恶煞吧，也是一脸的不痛快样。看来，是合计好了要撕破脸皮的节奏。

“噢，是胡家家主呵，什么风把你吹来了，我张家蓬荜生辉啊！”看到几人的架势，张逍遥皮笑肉不笑地打哈哈。

“哈哈，过谦过谦！”胡家家主不自在地笑道。

“诸位来者是客，请坐！”主动权掌握在自己手中的感觉，实在美妙，张逍遥大声招呼。

几个大汉对视一下，一个个拱拱手，坐下。

“张兄，兄弟我是无事不登三宝殿啊。”看得出来这个胡家家主是领头之人。

面对老狐狸一样的胡家家主，张逍遥一点也不敢大意。“哦？敢问胡兄，来我张家有何贵干呢？”

“这个……”胡家主沉吟了一下，说道：“张兄啊，听说你家张云旷在天街抱回了小凤凰？这样……嘶，你不知道哇，现在这个小凤凰可是一个烫手山芋啊，你家张云旷不明白，你还不明白？我是为你好哇。”听到胡家主一副为你好的话，张逍遥真的被恶心到了。整个仙庭谁不知道，这个胡狐狸向来就是用这样的语气来忽悠别人，以达到自己的目的。

“咳，这个，就不劳胡兄操心了。”张逍遥摇摇头，“只要旷儿喜欢，我张家还真不惧闲言闲语！”

“咳咳咳！”这回是胡家家主真的被自己的口水给呛到了。他显然是没有想到张逍遥会这么回答。

“但是，”其中的一个大汉板着脸说：“小凤凰不属于任何人，凭什么你张家把她抱回家？”

生硬的话让张逍遥眉头皱了起来。“我张家抱不抱回家还轮不到你罗家操心吧。”哼，小小的罗家只是三流家族而已，敢在这里大放厥词！

“我！”罗家家主猛地站起来，脸红脖子粗，好不容易绷紧的脸差点破功。来的时候商量好的，他们有扮白脸有扮红脸的，怎么按套路走也走不通呢？

眼看着形势有些剑拔弩张，胡家家主忙拦住他，“哈哈，张兄，罗家主也是为你好嘛，不要生气，不要生气。”说完，还瞪了他一眼，这么沉不住气，能成什么大事，怪不得只能是个三流家族！

“为我张家好？哼，我怎么看不出来？”张家大长老冷哼一声，把个胡老狐狸噎得翻了个白眼，心道：不好，这下陷入被动了。不由又狠狠瞪了罗家家主一眼。瞪的罗家家主低头不敢吭声了。

张逍遥冷笑道：“怎么，胡兄，你们来我张家就为了这事？你们也未免操心太多了吧！”

“不多不多。”胡家主大有深意地看了张逍遥一眼，“罗家主说的也没错啊，一头无主的凤凰，你张家说抱走就抱走，未免有些霸道吧。”既然撕破了脸皮，也不在乎狐狸尾巴露没露出了。

“哈，小凤凰在仙庭那么久了，你胡家怎么不抱回家？”张逍遥也不客气地说。“现在来质问我张家，你是不是觉得我张家好欺负？！”

张逍遥的话音刚落，张家人全部都面带不善地盯住胡家家主众人，把这几个人吓了一跳，不是听说张家也不是铁板一块吗？怎么情报有误？本来的打算是大家可以说是打上门来，对嫡系一脉不满的张家人一定会跳出来，那么，事情就有可为了的。谁知人算不如天算，这下胡老狐狸也麻爪了，真的要对上张家，胡家家主自问还没那个能耐。一个传承数万年的大家族，岂是一个区区崛起几千年的家族可以欺辱的？也太自不量力了！

“这个……”他也想找个好点的理由，无奈刚才话已说满，急的他脸上冷汗直流“张兄、张兄，不要生气，小弟真的不是这个意思。”

“那你是什么意思？”张逍遥步步紧逼，盯住胡家家主不放，把个胡老狐狸弄得心惊肉跳，心中对那个成事不足败事有余的蠢货罗家主气得冒烟，杀他的心都有了。

“这个，小弟也是被这几个蠢货给撺掇来的。”胡狐狸当即就把这几个盟友给出卖了，看到罗家主几个人一副见鬼的样子，张家人真的为这些炮灰悲哀。“请张兄大人大量，不要跟小弟一般见识。”胡家主舔着脸说：“小弟这就走，这就走。”

胡家主话音刚落，就听外面有人高叫：“张尊者逍遥听旨！”

张逍遥忙带着张家人走出大庭，胡狐狸几人对视一眼，也跟着出来。只见一个昂藏大汉手举着一副锦帛站在院子中间。

“四王子大驾光临，有失远迎，恕罪恕罪！”张逍遥拱手为礼，大笑着迎上去。这位是仙帝四子，素来得仙帝重用，但凡有什么大事，尤其是有什么易得功劳之事，必让其参与。仙庭高层对这个四王子自然多了一些尊重。

“张尊者多礼了！”四王子矜持地回礼，他久在高位，自然把态度拿捏的妥妥的。“张尊者，仙帝有旨，等小子宣过之后，咱们再叙，可好？”张逍遥仙尊修为，一人之下，万万人之上，在仙庭有着绝对的话语权，更何况张家在仙庭也可以说是第一世家。四王子虽然身为王子也不敢在他面前放肆。

“好！请！”张逍遥延手相请。

“仙帝有旨，凤凰乃仙庭之宝，今着令张家妥善安置，精心培养百年。百年以后，由仙庭收养。期间张家有责任每十年提供凤凰精血三滴，用以培养仙庭有功之臣。钦此！”

“什么？！”赶来的张云旷听闻此话，目眦尽裂。张云昕也是感到不可思议，但是他理智尚在，忙拉住张云旷。

“这，不妥吧！”张逍遥的脸色铁青，这是赤裸裸的打脸啊！

“哈哈，张家主，仙帝的旨意不错啊！”落进井下石什么的罗家家主最喜欢了。

“张尊者，仙帝另外有密旨，请张尊者室内详谈。”四王子看到张逍遥的脸色，忙又说道。

张逍遥狠狠地瞪了罗家家主一眼，从此后，他已上了张家必杀之榜。看到张逍遥眼中的杀意，罗家主心中一悸，看来自己是得意忘形了，心中后悔不已。

四王子随着张逍遥走进内室，心中也是在埋怨自己的父亲，何必为了一点蝇头小利而开罪张家呢？

而此时的胡家主则心中暗喜，看来跟夏家合作是不错的选择，夏家家主允诺，只要胡家主跟他合作，上门来找张家不自在，给他时间跟仙帝汇报，就会分到一滴凤凰精血。这不，好处不就来了吗？

“张尊者，仙帝说了，只要你愿意遵照旨意，他会把天龙秘境的通行令牌多给张家十个。”四王子不敢迟疑，迟则有变啊。

天龙秘境是远古时期留下的，里面有着无数的天材地宝，秘境内更是有着远古许多大能的传承，在秘境里，只要有大气运的人必会得到大机遇。往往，拥有大气运的人才能得到大的机遇，这是成正比的。几乎所有在秘境里得到机遇的，不仅修为突飞猛进，而且有很多人甚至还得到了上古秘宝。

相传太上老君就是在天龙秘境得到一本秘籍《三花聚顶》和炼丹圣器“九龙神鼎”，从而很快成就九品炼丹师，要知道，老君在八品炼丹师的境界上困顿何止几万年。老君也从此成为无上的存在，在仙庭奠定了无可撼动的地位，就连仙帝也尊称他为“帝师”。这就使得天龙秘境，更加成为仙庭众仙趋之若鹜的难得机缘所在。

天龙秘境每三千年开启一次，每次只能百人进入，而整个仙庭何止亿万仙人，因此这百个名额分摊在各个家族都不够用，张家作为仙庭第一大家族，每次有十个名额，其他家族最多只有五个，就连仙帝的家族也没有张家多。但是这次仙帝竟然能拿出十个名额给张家，肯定是有别的家族忍痛分出来的，可见这凤凰精血一定有着不为人知的用途。

张逍遥沉默了，作为一个资深家主，该有的做法和不该有的语言，他全都拿捏的恰如其分，他深信一点：沉默是金。这个时候不说话会有着意想不到的效果。

果不其然，四王子看到张逍遥左手轻扣椅子扶手，就是不说话，心中那个忐忑，这次如果谈不成，自己在仙帝的心中可就大打折扣了呀，他可是知道了这次谈判的重要性，临走的时候仙帝可是说了，凤凰是被张家抱走，要是换个家族，哪用得着费这么大的事，直接一个旨意就搞定了。

也怪夏家家主夏陆空，这么久才查出凤凰精血的用途。仙帝清楚地知道，夏家也是无可奈何才把凤凰的用途说出来，如果是夏家把小凤凰抱回家，仙庭就等着夏家一家独大吧，说不定以后的仙庭都是夏家的了。从这点看，小凤凰被张家抱走未尝不是一件好事。

所以，大家都是心照不宣，仙庭对待张家本来就没有什么排斥，而夏家也是唏嘘着不敢再说什么，只要以后能分一杯羹也就心满意足了。

四王子走的时候，仙帝特地把他叫到一边，仔细叮嘱：“如果张家主执意要知道凤凰精血的用途，就一字不落地告诉他，至于他的条件，只要不触及底线，全都答应。”并且许诺，如果四王子办成了这件事，就给他两个大千世界的掌控权。

想到这个，四王子的心中一片火热。每千年的大罗金仙以上仙人的比武，就是为了争夺大千世界的掌控权，而且只有一个。而今，仙帝一下子许诺两个！想想就热血沸腾啊。

四王子就更加用心，对待张逍遥也更加恭敬。

“张尊者，有什么您尽管说出来，小子能代表仙帝。”四王子斟酌着说。

“哦？”张逍遥眼睛一亮，这就好办了。“四王子，首先，我要知道这凤凰精血的用途。”知道了用途就能考虑能分给仙庭多少，怎么分。

“您知道仙庭的四神兽家族的事吧？”四王子说。四神兽就是青龙、白虎、朱雀、玄武，在仙庭成立之初，四神兽家族为仙帝打下江山立下了汗马功劳，仙庭建立以后，四神兽拥有着超然的地位。

数万年来，神兽家族血脉却越来越稀薄，甚至有的族人生下来就没有了神兽血脉，沦为了一般仙人。本来神兽就后嗣艰难，这样一来，神兽的传承就岌岌可危了。这不仅是神兽家族大事，更是仙庭大事。神兽作为守护一族，对于仙庭有着不可估量的分量。

“当然。”张逍遥沉着地说。

“那您知道夏家是什么神兽吧？”

“怎么啦？”张逍遥皱着眉头问。这不废话吗？

四王子看到张逍遥有些不耐烦，连忙说：“张尊者，您可能不知道，白虎夏家的后代中只有夏宇才继承了百分之十的血脉，而其他族人最多也只有百分之二，四大神兽家族中，白虎家族是血脉传承最少的。”四王子停顿了一下，接着说：“玄机子大人说，再过万年，仙庭也许就不存在白虎神兽了。”这些机密本不该让外人知道，奈何仙帝给了权利，四王子也不顾忌什么了。

“这能怪谁？夏家一代不如一代，个个好淫成性。就拿夏家现任家主说吧，不在本族中找媳妇，七个妻妾全是外族。漂亮则漂亮了，跟血脉传承全无关系。这就导致了血脉一代不如一代。”说起白虎一族，张逍遥也是叹息。

“夏家家主夏陆空刚才查到上古秘籍，上面说只要有圣兽精血，神兽家族就可以提纯自身血脉。所以以后有了圣兽凤凰，四大神兽家族就后顾无忧了。并且，秘籍里面还讲了，圣兽精血对一般仙人也有用途，只要炼化哪怕一滴，都会达到炼体极致，甚至有可能转化为变异体！”四王子语不惊人誓不休地说。

什么？张逍遥心中暗忖，这就有些意思了，看来自己张家完全可以在此中获得一些想不到的东西。同时想到夏陆空，心中不由暗乐，夏家家主向来奉行谋定而后动，这次因为算计太多而失去了这难能可贵的机会，恐怕肠子都悔青了吧。

但是，一想到小孙子张云旷，顿时一个激灵，不行，这可是孙子看中的人，虽说还太小，但是仙人和神兽与凡人的最大区别，是对于感情，没有凡人那么多变，一般的仙人是对感情很专一的，因为没有那么多的时间供他们谈情说爱，所以一旦认准了，那就是誓死不渝。而如白虎家族夏家家主来说，一个人拥有多名妻妾，那也是天性使然。不能一概而论。

“四王子，你可能不知道，小凤凰是我的孙子张云旷抱回来的，孙子说小凤凰是他认定的道侣。”张逍遥说到这里停顿了一下，看了四王子一眼，果然，四王子听到这话大吃一惊，这样的话真的不好办了。

“这……”四王子目瞪口呆地说不出话来。

“所以这件事还真不是我说了算的。”这句话真心不是推诿。

“张尊者，我也没话说了。这样吧，我现在就跟仙帝禀报。”说完，四王子的双手捏了个法诀，随后双手分开，作了个拉伸的动作，顿时，一个屏幕出现在双手之间。

“父亲，我是四儿。我有事情向您禀报。”

几乎是立即，屏幕上出现了一个儒雅的男子，头戴一顶玉冠，面容清癯，一手背后，一手轻放在腹部，站在那里不动就给人一种运筹帷幄的智者感觉。

仙帝没有第一个回应四王子，而是看向张逍遥，面带微笑地打着招呼：“张兄，别来无恙啊！”

张逍遥也笑着说：“仙帝呀，你也太假了吧。咱们才两百年没见吧？哈哈哈！”

听到他们愉快的打招呼，可见张家与仙帝之间的关系还是不错的，因为四王子听出他们的口气是真诚的，这在仙庭可是不可多见。身为仙庭唯一仙帝，一定的矜持和威严还是得有。而矜持和威严是对下的，对待老朋友或者是对待自己的心腹却是没有必要。

“张兄，我就开门见山了。小四，把你的手拿开，我跟你张伯伯聊，你出去吧。”

四王子轻呼一口气，走出去，仔细把门关上，就站在门口守起门来。看来，父亲没有生气，还很高兴地跟张家主聊天，这回，两个大千世界应该可以到手吧？他美滋滋地想。

房间里，张逍遥也同四王子一样拉开一个屏幕，但是这个屏幕大了许多，也更加清晰，并且拉开以后，也没有如四王子一样还要用手比画着，而是就如挥手之间就出现一个屏幕一样。

“仙帝呀，四王子已经跟我说了，我也知道你的意思。但是，你不知道，这个小凤凰是我的小孙子张云旷定下的道侣啊。”张逍遥也没跟仙帝打马虎眼。因为没必要，别人不知道，他们自己可是对彼此了解甚深，不然也不会成为真正的伙伴。

想当年，他们两个还是青梅竹马的时候，就一起结伴游历，多次为彼此挡枪，多次为彼此流血，是那种遇到好处想到彼此，遇到困难自己扛起的过命之交。在仙帝打江山时，张逍遥更是奋不顾身，有几次都差点身殒，立下的功劳让仙帝都愿意自尽，成全他成为仙帝。

“什么？是旷儿的道侣？”仙帝问。“哈哈哈，哥呀，小旷儿开窍了？”惊喜的心情溢于言表，以前的称呼也不知觉地叫了出来。

“是啊，是啊，这小子是不鸣则已，一鸣惊人啊！哈哈哈！”张逍遥开心地笑着。

“那以前的话就不作数了。”仙帝手一挥，后辈的幸福才是最重要的，精血什么的哪有自己的后代最要？

“这个……就怕你不好做啊。毕竟这件事已经传出去了。”张逍遥还是在为仙帝考虑。

“不要紧，我会处理好的。对了，哥，我能看看旷儿和小凤凰吗？”

“呲，你在矫情吧。什么时候见旷儿你这样郑重其事了？”

“嘻嘻，哥，你现在就叫旷儿和小凤凰来好不？”

在成就仙帝时，张逍遥压制自己的修为，成全他的恩情，他早已经铭记在心，对于这个数万年的兄长，他是由衷的敬佩。对于兄长的后代，他向来是当作自己的后代的。仙人后嗣艰难，往往会收养资质好的人从小培养，鲜有自己生育的，尤其是修为越高越会如此。

比如仙帝自己就没有子嗣，早年是为了游历，再后来是为了打天下，等成就仙帝后，不小心娶了一个悍妇，也没有了心情生育，所以就收养了四个儿子和三个女儿。但是，张逍遥的一个儿子和三个孙子却是兄长的亲生骨肉。

仙庭稳定后，张逍遥娶了一个仰慕他的女人，万年前生下张原野，近千年间才有了张云昕、张云昭、张云旷三兄弟，这在仙庭也是不可思议的大事。因此，他从来都是把张云旷三兄弟看得很重很重，算是把自己的一腔舐犊之情全寄托在三兄弟身上了。

但是这些，仙帝和张逍遥只是放在心里。数万年过去了，以前的人不记得了两人的情谊，后来的人根本不知道两人的情谊，甚至，仙帝的几个儿女也不知道两人的关系。

可以不客气地说，其实张家就是仙帝的一支隐藏的奇兵。这也就是为什么张家的天龙秘境的通行令牌最多的缘故。

“小四，把张云旷三兄弟和小凤凰叫来！”仙帝扬声说。

门外，四王子答应了一声，忙走到外面的场院。场院中，张家人还没有散去，个个神情严肃地交谈着。三兄弟围在小凤凰身边，也在激烈地交谈着什么，张云旷和小凤凰的脸色苍白。

“咳咳，几位张兄，仙帝有令，让你们带着小凤凰去内室相见。”四王子走到四人身边，不自在地说。特别是看到三兄弟不善的眼神，心中一个劲儿地叫苦。看来，这两个大千世界的掌控权不是那么容易拿到啊！

原本四王子应该是三兄弟的长辈，可是仙庭规矩，达者为先，张云昕如今即将踏入仙王级别，张云昭和张云旷又是天才中的天才，而四王子才只有大罗金仙中期，所以对待三兄弟，四王子很是自觉地自降一辈。

三兄弟看了四王子一眼，沉默地带着小凤凰走向内室。后面四王子吁了一口气，面对三兄弟，他的心理压力也是不小。

仙庭不像世俗世界，王子有着无比高尚的地位。在仙庭这个以实力为主的世界，如果王子修为不高，其他仙人也是可以不买账的。

三兄弟满怀心事地走入内室，便看到爷爷正在与仙帝聊天。他们对视一眼，走过去。

“旷儿，让我看看小凤凰。”看到四人来到，仙帝迫不及待地说。

“仙帝！”三兄弟一起施礼。

“免了免了。”仙帝一叠声地说：“哦，这就是小凤凰？挺灵气的小丫头嘛。”

三兄弟再次对视一眼：什么情况？

“哥啊，你看，三个孙子都已经这么大了，是时候跟他们讲我们的事了吧？”仙帝却是对着张道遥恳求道。

三兄弟更是面面相觑。哥？

“嗯，好吧。你本尊过来算了。有些话还是要你亲口说的好。”张道遥沉思了一下，说道。同时手一挥，关闭了屏幕。

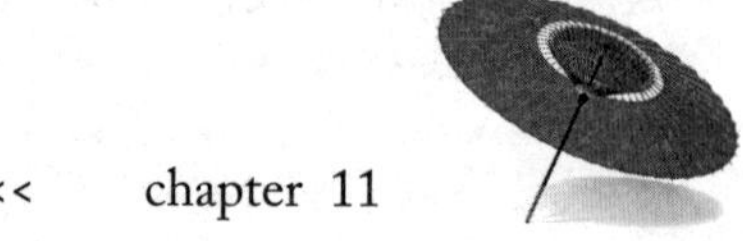

<< chapter 11

认祖归宗

一种心情
飞越樊篱
　　雀跃了

一个梦想
紧紧拥在怀里
　　激动着

拳拳的心
勃动着希望
未来的梦
已在可辩的眸中

亦真亦幻的恍惚里
依稀的丝竹声中
迷失的是梦
陶醉的是心

几乎是这边刚关闭屏幕，那边就听到了仙帝急切的声音：“我来了！”说着也不顾大礼参拜的众人，快步走向内室。

内室里，张逍遥嘴角盈笑地看向仙帝。多少年了，两人为了保密，甚少在一起，特别是仙帝，由于身份的关系，只能把思念埋藏在心底。数万年的阅历让他深深体会到人情的冷暖，家庭在他的心中只是伪装的存在，而在家族的眼中他也只是被索取、仗势的工具而已，什么亲情、家族归属感对他而言只是奢望。只有在自己的兄长张逍遥这里才能切实感受到久违的亲情。作为活了无数年的仙人来说，血缘早已不是羁绊，真情才是永恒。

此时的仙帝眼含热泪，一把握住张逍遥的手也微微颤抖，他心中的苦怕是只有兄长才能心疼吧。张逍遥怜惜地轻拍着他的手，自己有亲人可以依靠，而兄弟却孤家寡人地生活在虚伪里，该有多苦哇！

“你们三个，过来！这是你们的小爷爷！”张逍遥的话对于三兄弟而言无疑霹雳，把他们雷得目瞪口呆。

但是生来的教育让他们也只是稍微呆了一下，就异口同声地叫道：“小爷爷！”

这声爷爷叫出了仙帝的眼泪，一直以来的委屈和孤独一下子宣泄了出来，他泪流满面地一一扶起三个孙子，语已不能成声，三兄弟却也感同身受似的陪着他泪光盈盈，让他的心里更加酸楚。

“张云昕、张云昭、张云旷，我以前跟你们说过你们还有个小爷爷，由于种种原因不能相见的，还记得吗？这，就是你们的小爷爷，你们的亲爷爷！”张逍遥认真地说。

三兄弟看向自己的爷爷，见爷爷严肃地点点头，便把头转向仙帝，同时各伸出一只手，握住仙帝的双手，郑重其事地说：“小爷爷，欢迎回家！”

身边的小凤凰也感动得哭得稀里哗啦，哽咽着对仙帝说：“我也能叫你小爷爷吗？”

小凤凰的话顿时打断了房中的悲情气氛，房间里的几个大男人听到小凤凰的稚语，几双泪眼相视着乐了，仙帝把小女孩揽进怀里，说：“当然啦。我是旷儿的爷爷，当然也是你的爷爷。今后，你也叫我爷爷！”同时在心中暗暗发誓，一定要保全这个可爱的小女孩儿。

“好了，现在我就告诉你们我和你们爷爷的事。小爷爷我本名袁伟旭，自从跟你们爷爷结拜以后，你们爷爷就一直叫我小弟，从来就没叫过我别的，除非在外人面前。今天，是咱们亲人正式相见的日子，我从今以后就叫张伟旭！”仙帝停顿了一下，看到兄长吃惊的样子，笑着拉过兄长的手，恳切地说：“哥，多少年了，我把你当作我唯一的亲人，早把自己当作张家人了，你就答应我吧。”

“可是，你的家族……”张逍遥顾忌地说，当初结拜时，兄弟就已经把自己的身世统统告知于他，身为袁家旁支的他，得到的不仅是不公平的待遇，而且重重的打压却是他毅然出外游历的原因。自己的族人打压也就算了，可是因为自身出众的天赋而让亲哥哥和亲妹妹嫉妒，从而变本加厉地暗中使绊子，就让他深深地沮丧和绝望了。

在自己的亲人身上感受不到的亲情，却在结拜兄长的身上得到更多，怎能不让他视为亲人！

“哥，你忘记了我现在是仙帝？现在的袁家靠什么在仙庭立足？如果不是我还顾念着以前的情分，袁家？对我来说什么都不是！”说到这里，仙帝的霸气尽显无疑。“我决定什么，不是任何人、任何家族能干预的！之所以容忍袁家至此，也是为了张家不处于风头浪尖。现在我不忍了！哥，你就可怜可怜小弟不行吗？”仙帝亲情牌和悲情牌一起打，不相信一直以来疼爱自己的兄长不答应。

“好！张伟旭！”张逍遥绝不是个优柔寡断的人，自己兄弟既然已经下定决心，那么，从今以后有什么事情兄弟俩一起扛！

听到兄长豪气地叫自己“张伟旭”，仙帝，不，张伟旭的激动无以复加，他紧紧地攥着兄长的手，感受到手上的力气，张逍遥知道此时兄弟的激动，他一把抱住兄弟微颤的身躯。记得还是那一年，兄弟取得最后胜利时忘形地紧抱住自己，离现在有多久了？记不清了。今天，终于再一次兄弟相拥，张逍遥也是热泪盈眶。

“小爷爷，听说您下旨要我的精血是吗？”小凤凰怯怯的声音响起，不能不说小凤凰是绝顶聪明的，她知道在这个时候说出自己担心的事，一定能得到自己想要的答案，不是吗？这不，两位爷爷相视一眼，异口同声地说：“不会了。爷爷们会保护你的！”

“嗯嗯！”小凤凰一个劲儿地点头，高兴地偎进张云旷的怀里，仰头对张云旷甜甜地说：“我就说嘛，这么可爱的我，爷爷们怎么舍得伤害我呢？”

看到小凤凰傲骄的小模样，一屋子的人全都开怀大笑，真是个开心果啊！

然后，围绕着张伟旭和小凤凰的事情，全家人展开了激烈的讨论和部署。

首先，是张伟旭的“认祖归宗”，把全族人惊的恰如雷鸣炸耳，当然是喜更多一些啦。当张家家谱上郑重其事地写上张伟旭三个大字后，得知这一消息的张家人那是个个眉开眼笑，想想看，整个仙庭的主宰是自家人的感觉不要太好哟！

接着，就是小凤凰的事了，每十年三滴精血那是绝对不可能的。要知道，精血之所以珍贵，那是生命的精华呀，每一滴的付出，都是需要数十年甚至数百年的修养才得以恢复。所以，小凤凰说了，付出可以，每百年一滴应该是可以承受的，但是也要看仙庭四大神兽家族付出多少而定。

至于百年后归于仙庭，那是没的商量。不容置疑的，小凤凰只属于张家一员，与仙庭无关。这一点是小凤凰的底线。

这些，张伟旭一一记下，他会斟酌而定的。

当张伟旭回到宫殿，宣布自己归于张家一事后，整个仙庭掀起了轩然大波。袁家人第一个跳出来质问，数落他忘恩负义，本是袁家人却归于张氏家谱，是背祖忘义。

对于袁家的质问，仙帝拿出了应有的威严，不再给袁家人任何面子，把数万年来袁家的所作所为公布于众，尤其是自己所谓的亲人，在自己当上仙帝后，依仗身份在仙庭作威作福，动则以仙帝亲兄、亲妹的身份说事，弄得仙庭众仙颇多怨言。如今仙帝如此一宣旨，对袁家人来说无异于晴天霹雳，而对于其他仙人，尤其是受过袁家欺凌过的仙人却是最大的福音。

就在张伟旭把袁家人赶出仙帝宫殿群，把张家人迎进之后，夏家家主也识时务地不再拿小凤凰说事儿了。但是，从此以后圣兽精血能提纯血脉的传言却愈演愈烈，四大神兽家族更是因此对仙帝颇多怨言，好一段时间里，仙界动荡不安。好在，仙帝和张逍遥的根基够厚，而四大神兽家族却日渐衰弱，才让仙界慢慢又恢复了平静。

从此，小凤凰在张家的庇护下，健康而快乐地成长起来。张逍遥兄弟俩为张云旷和小凤凰日益增厚的感情而欣慰，同时也为四大神兽家族对小凤凰的疯狂的占有欲而担忧。

时光荏苒，转眼百年过去了。在这百年的时间里，由于张家对她爱护备至的缘故，导致她一直保持着一颗童心。张云旷与小凤凰更是形影不离，张云旷巴不得每一刻都把她留在身边，每一件事都力争为她做到尽善尽美。

几乎仙界的每一个地方都留下了他们的足迹，他们一起在天河洗脚、嬉戏。据说，天河里的水有奇妙的用途，只要妖兽能在天河水里洗一个澡，就能褪去兽皮，成为人类，所以有许多的大妖想尽一切办法地在天河洗澡。说也奇怪，天河里的水只有在天河里才起作用，而一旦离开天河，根本就跟平常的灵水差不多，所以才不致有人偷取天河水。

张云旷又找来一大块洁白的暖玉，请巧匠为她打造了一张云床。她最大的乐趣就是把云床放在半空中，悠然地坐在云床上，坐看身边云卷云舒，坐看仙人们来来往往。每当她独自坐在云床上自得其乐时，都会有一个慈祥的老婆婆在一旁，或打坐或练习武技，还随时解答她提出的问题。这个老婆婆就是张家给她配的护卫了，只是为了更有亲和力，才以这个形象出现而已。

尽管有张家的保护，但是小凤凰赤岭只要一出现在外界，只要是一个人出去，就会受到别人的欺负。特别是四大神兽家族的人，一逮着机会就会对她围追堵截，只为了那一滴精血。有好几次，如果不是张云旷密切关注着她，说不定她就会遭遇不测了。

有一次，赤岭看到张云旷在钻研阵法，没时间陪她，小孩子心性的她就偷偷一个人跑到天街闲逛。可是没想到遇到了夏宇和几个青龙家族墨家的青年才俊也在天街。看到落单的赤岭，哥几个大喜过望，不约而同地跟踪而去。

就在赤岭不注意时，几个人一拳把她打晕，拖到一间店铺里，就要抽取她的精血。好在有张家给她配的那个仙王级护卫，暗中保护她。护卫在千钧一发之际，破门而入，救了她。

还有一次，是夏宇和朱雀家族、青龙家族的十几个年轻人，筹划了好几年，让张云旷得到一个消息，一个他寻找好久都没找到的一种阵法材料的消息，并且消息称这种材料在另一个大千世界，所以张云旷不得不放下赤岭，带着几个追随者就下到那个世界去了。

于是，夏宇和墨家、冯家的年轻人就瞅准时机，把赤岭迷晕，开始抽取她的血。他们因为不知道如何抽取精血，只是把她的血管划破，几个人一人两口地喝。结果，没有达到预期的效果不说，如果不是张云旷心悸不已，毅然回归，救下因失血过多而昏迷的赤岭，赤岭就会香消玉殒了。

当时的赤岭真的是九死一生，眼看着她的生机一点点从身体里消失，张云旷和张家人急得简直就要把整个仙界闹了个底朝天。

就在张家人急的双眼通红，直欲杀人时，太上老君不请自来，在密室里与张逍遥密谈良久之后，张逍遥把张云旷叫进密室，交给他一颗九转还魂丹和一本秘籍——《三花聚顶》！而张云旷却把爷爷给他的家传青帝玦送给了老君。这才救活了小凤凰。

这样的事发生过好几起，张家也严重警告过四大神兽家族的人，无奈屡禁不止，可见四大家族对圣兽精血的执着。

无可奈何之下，仙帝与张逍遥同赤岭商议了一下，确认一滴精血对她没有太大伤害之后，答应四大神兽家族，百年后给他们一滴凤凰精血，才让四大家族这样疯狂的举动收敛了一些。

通过这么多的事，赤岭深深感到了自保的能力都没有的可悲，张云旷也为自己痴迷于阵道而疏于修行，不能切实保护好赤岭而自责不已。好在赤岭本身自带的灵仙界，给了她应急的避难之所，可是这也治标不治本。她本想跟仙人们一样提升修为，无奈仙界没有圣兽的修行功法；而赤岭自己随身带着的《凤舞九天》，也因为仙界的灵气跟她的功法不相契合而进展缓慢。

为了这事，全张家人都在寻找解决的办法。最终，仙帝张伟旭在藏经阁的深处找到了一本最古老的典籍。典籍中写到，本来神界、仙界和人界是一体的，因为古时的神魔大战，导致了整个世界的崩溃，从而分为三个层面和诸多的小位面，而且还各自产生了自己位面之人用以呼吸的圣元、灵气和空气，这就是神界、仙界、人界和三千大千世界、三千小千世界。人间界虽然处于最低级，但是只有在人间界才存在着一些异度空间，在这些异度空间里充满着灵气和圣气，而且数量和质量却是最高的，堪比天地初分时的浓度和精度。

张逍遥和张伟旭告诉张云旷和小凤凰，让他们自己选择是否去人间界寻找机缘。

于是，就在那次夏宇和墨家、冯家的几个小子喝她的血之后，她养好身体，就毅然决然地下界寻求机缘去了。因为下界后体内世界不能带下去，又鉴于张云旷的修为不高之故，所以她把灵仙界交给了粗中有细的张家二哥，把《凤舞九天》交给张云旷贴身保管。而后在张云旷不舍的目光中，纵身一跃，下界去了！

说也奇怪，别的仙人在下界之后，留有本体雕像在仙界，但是赤岭却是带着本体下界，仙界根本没有她的本体雕像！这在仙界又一次造成了轰动。

<< chapter 12

寻 亲

清越的钟声
敲醒了静谧的夜幕
和 笼罩晨光的薄雾

拈花微笑的佛陀
俯视着脚下
芸芸众生相
欲语 还休

合十的手掌
表诉着谦卑、祝福和祈祷
博爱的胸襟
用澄明的眼神
传递慈航普度的心愿
以入世的悲悯
保此岸的安宁

赤岭下界后，张云旷有一段时间有意识地颓废，一个人走过两人曾经走过的所有地方，心中的思念如潮水般泛滥。

有一天，他正无精打采地走到天街，突然闻到一股沁人心脾的酒香，循着香味走去，发现不知什么时候天街新开了家酒肆。酒肆里客如云集，人满为患，他不由呲笑，一向以修炼为重的仙人们，也开始享受这口腹之欲了。

反正自己正颓废着呢，也进去借酒消一消愁吧。他抬腿就走了进去。

要了一壶酒，店家还送了两盘菜，对，就是送的，真是奇怪的酒肆。

张云旷端起酒杯，轻轻抿了一口，哇，好酒啊！只觉得一道清流好似流遍全身，随后有种暖暖的慰贴感，全身的毛孔都贪婪地张开来，争先恐后地吸取着这种暖意，久不提升的修为也好像开始了蠢蠢欲动。

张云旷久久地体会着这种难得的感觉，等他睁开眼睛，发现有近八成的人也都像他一样沉浸在这美妙的感受中。还有人在不顾形象地啧啧有声地品味着菜肴，发出满足的感叹。他乐了，有这么好吃吗？拿起筷子，夹起一根鲜翠欲滴的青菜，刚挨到舌尖，顿时，口水不可遏制地流了下来，他忙把菜丢进嘴里，细细咀嚼，天哪，这是什么人，怎么会做出这么美味的菜！

张云旷感叹着，吃着，时不时抿一小口带来美妙感觉的小酒，心中感慨：这才是神仙应该过的日子啊！

正在他美滋滋地享受这无与伦比的奇妙境界时，店里又进来几个人，大大咧咧地嚷道："老板，来三壶酒！"

他循声看去，原来是死对头夏宇。想到他对赤岭的伤害，张云旷就气不打一处来。他冷冷地看了夏宇一眼，低下头去继续吃菜，却没有了刚才的兴致。

"哟，这不是张三少吗？怎么，你的小凤凰下界了，你耐不住寂寞，也来这里借酒浇愁了？"张云旷不想理他，他倒上赶着过来找碴了。

还没等张云旷反击，好似一阵风刮过来，几人身边已经站着了一位红鼻子大汉。只见他眼巴巴地看着张云旷，小心翼翼地问道："你的小凤凰？我没听错吧？"

张云旷警惕地望着红鼻子："你是谁？"

“哦，哦，对不住啊。我是这家店的老板，没吓着你吧？”红鼻子不好意思地挠了挠头。

“哦，是老板哪。”张云旷奇怪地看着红鼻子。

“那个，小兄弟，这位客人说什么你的小凤凰，仙界有凤凰？”

“嘿，看来你来仙界没多少年吧？”还没等张云旷回答，夏宇抢过话。“别怪我没提醒你，小凤凰可是这位张家三少的逆鳞，碰不得的。哈哈哈！”

还没等他笑完，一股冷冽的寒风吹过，夏宇已经倒在了店门前的街上，嘴角犹在渗出血丝。

张云旷吃惊地看向酒肆老板，只见他的气质大变，犹如一尊战神，视如蚂蚁般的斜睇着夏宇，冷哼一声：“聒噪！”

转过身子，恢复成小心翼翼的样子，弯着腰对着张云旷说：“小兄弟，请坐！”然后高声叫道：“老婆，再上两盘拿手菜来，我跟这位小兄弟喝两杯。小兄弟，尽管吃喝，以后你来，酒菜全部免费！”

张云旷目瞪口呆地看着红鼻子的表演，不知他在唱哪出，但是跟他的小凤凰有关是一定的，只是不知道是好奇呢，还是别有用心。且看他接下来的动作吧。张云旷暗忖。

“小兄弟，能跟我说说小凤凰吗？”红鼻子有点兴奋。

“你，为什么要知道小凤凰？”张云旷沉着地问。有一点夏宇没说错，小凤凰确实是他的逆鳞，谁碰都不行！

“小兄弟，不要误会，我没有恶意的。只是，只是有些好奇，仙界不是没有凤凰吗？对，只是好奇而已。千万不要误会！”看到张云旷越来越严峻的脸，红鼻子的鼻子尖都沁出了汗珠。

“好奇？”张云旷不信。他端起酒杯，小口小口地抿着，不再搭话。

红鼻子眼巴巴地看着张云旷，等了好一会儿，也不见张云旷理他，就尴尬地站起身，知道自己操之过急，真的让小兄弟误会了。他不知所措地站在那里，急得直搓手。

张云旷视若无睹地坐着喝着酒，品着菜。心中也在猜测着红鼻子打听岭儿的用意。说他对岭儿有恶意吧，从他的表现来看，不像；那他这么急切地打听小凤凰的消息，到底是什么用意呢？嘶……难不成……难不成是……张云旷不敢再想下去，身上的冷汗刷地就下来了。

“菜来了！咦？你怎么了？”一位风韵犹存的半老徐娘端着一个菜盘过来，诧异地问红鼻子。看来，这位应该就是老板娘了。

“那个，那个，小兄弟啊，你先尝尝我家内人的拿手菜。以后再说，以后再说。”红鼻子说完，有些狼狈地拉着老婆就走，恍若落荒而逃。

张云旷有些好笑地看着红鼻子的背影，摇摇头，接着吃菜。还别说，这两道拿手菜真不是盖的，比刚才的两道菜不可同日而语，吃得出来，这两道菜是用心做的。

且不说张云旷继续悠哉地吃着、喝着。

红鼻子拉着老婆急步走到内室，做了几个手势，一个结界形成。老板娘惊异地看着他做出结界，不解地问：“就咱们的修为，仙界有谁能听到咱们的谈话？”

“老婆啊，马虎不得啊！你知道吗，我得到小主人的消息了！！”说着说着，红鼻子的眼眶都红了。

“什么？！有小公主的消息了？”老板娘瞪大了眼睛，眼泪随即就洪涌而下，脸上却绽开由衷的笑容。

看着老婆又哭又笑的样子，红鼻子也感同身受，轻轻拥过老婆，夫妻俩一起发泄似地大哭又大笑。

好久好久，老板娘先回过神来，轻轻推开红鼻子，哑声问：“淳义，小公主在哪儿？咱们快点去找她。老主人当年的雷霆之怒，我们可不愿再看到了。”想起当年，两个人都还有些不寒而栗。如果不是老夫人拦着，说不定圣域都会血流成河。而当初推小公主下来的那个女孩，也被自己的家族除名，并且抽出圣根，打下凡界，永坠轮回。说起来，还是嫉妒害人啊！

“对了，小兄弟。”红鼻子淳义大手一抹脸上的泪水，赶紧收起结界，就往大厅跑。等老板娘追上去，却看到红鼻子傻站在大厅——张云旷不知什么时候已经走了。

“怎么了？”老板娘问道。

“走了，小兄弟走了。”红鼻子失魂落魄地说。

“是刚才那个小兄弟？”看着刚才张云旷坐的桌子上放着的仙石，老板娘知道了小兄弟指的就是刚才坐在这里的人，怪不得淳义要她亲手做两道拿手菜呢。

“就是他。可我们不知道他到底是谁，怎么办？”

“想知道他的身份还不容易？”老板娘嗔了他一眼，走到旁边桌子旁，打听道：“两位兄弟，跟你们打听一个人好吗？”

“客气。请说。”其中一个客人有礼地说。

“刚才坐在那里的小兄弟，你知道他是谁吗？”老板娘询问。

“哦，那个人啊。”客人笑道，却没有立即说出答案。

久做生意的人，哪里会不知道这个人的意思。老板娘爽快地说：“淳义啊，这两位兄弟的酒钱免了！”

“哈哈哈，爽快！”客人高兴地说：“刚才那个呀，是咱们仙界赫赫有名的张家三少。”

“张家？就是那个仙帝所在的张家？”老板娘吃惊地问。

“当然是那个张家啦！在咱们仙界有哪个张家敢称为张家的？”另一个客人满怀敬意地说。

夫妻俩对视一眼，知道了身份，那就好办了。以后的重点就是如何跟小兄弟拉好关系了。

“那，两位兄弟，你们知道小凤凰在仙庭的情况吗？”夫妻两人想再多听一些小主人的事情。

“这小凤凰啊……”于是，在两人七嘴八舌的讲述和补充下，夫妻俩知道了小凤凰在张家的宠爱和四大神兽家族的迫害，两人如同听说书人讲故事一样听完了小凤凰在仙庭的种种，一会儿为小凤凰庆幸，一会儿为小凤凰焦急，一会儿又气的直骂娘，一会儿却痛哭流涕……

等送走那两个食客，夫妻俩就赶紧上门打烊，迫不及待地走进内室，从身上拿出一个华贵的镜子，又摸出两块灰蒙蒙的石头，按在镜子两边的槽里，双手结印，往镜子里打入法诀。

三界里，凡人中流通的是黄金、白银；修真者和仙人中流通的是灵石，有时也称为仙石；而在圣界，则流通圣石。不论是黄金、白银还是灵石，都是金光闪闪，卖相很好；但是圣石却达到了返璞归真，就如杜淳义安在镜子糟里的那两块灰蒙蒙的石头，就是充满了澎湃能量的圣石。

不一会儿，镜子中显现出一座富丽堂皇的大殿，大殿的主位端坐着一个威严的老者，老者的面前也摆放着一个同样的镜子。

“淳义啊，有消息了吗？”老者问道。不过看他的样子，也是不抱希望的。

“老主人，我、我们找到小主人了！”杜淳义涕泪交流地说。

“什么？是真的？”老者，也就是老凤凰，一下子从椅子上站了起来。

“是！是真的！我现在在仙庭里，这里……”杜淳义把自己听到的、看到的，一五一十地讲给老主人听，生怕漏掉什么，还不时地让老婆苏韵补充补充。

老凤凰耐心地听完杜淳义啰哩啰唆地讲完后，还意犹未尽地让杜淳义再讲一遍、再讲一遍。最后，竟止不住老泪横流。

等老凤凰平静下来，就安排杜淳义无论如何都要下到人界找到小凤凰，保护好小主人。考虑到小凤凰在仙庭和人界修行太慢，老凤凰施展大神通，通过交流的镜子，传递过来一对小小的铃铛，铃铛里的面积足以称得上一个小世界，里面装满了圣石，简直是一座座的圣石山了。

过了几天，张云旷再一次来到酒肆，不仅是因为酒，还因为他的猜测。

而淳义两夫妻终于盼来了张云旷，心中的喜悦可想而知。两人殷勤地跑前跑后，杜淳义更是将自己的珍藏“玄心液”拿出了两壶。

张云旷不动声色地看着两人忙来忙去，也不去阻止。面对两人不做作的讨好，他能肯定，他的小凤凰跟这两个人有着不浅的渊源，且是好的渊源。

终于，两夫妻忙完了，小心地坐在张云旷的对面，就那样以小狗面对主人似的眼光看着他，他不由“扑哧”笑出声来，一下子缓和了气氛，也一下子拉近了彼此的距离。

杜淳义两人呼出一口长气，相视一笑，同时对着张云旷说：“小兄弟啊，我们真的没有恶意的。”

“知道了。”张云旷笑着说。“但是我想知道你们为什么要打听小凤凰的事。”

“这个，小兄弟，我们能知道你与小凤凰的关系吗？”

这个在仙界不是秘密。这么多年的轰轰烈烈，在仙界谁人不知谁人不晓。但是自从赤岭下界以后，就再也没人敢提及了，因为怕张云旷的牵怒。

“她，是我心爱的人。”张云旷深沉地说。

“什么？心爱的人？”这下子夫妻俩是大吃一惊。“她现在在哪儿？”

两人眼中口中的急切溢于言表，这让张云旷对自己的猜测更加肯定几分。“你们，是她的家人吗？”

“家人？算是吧。”两人犹豫着说。

“算是吧？”张云旷的眼神一利，把陷入沉思的两人吓了一跳。

“不要误会，不要误会。我们只能算是她的家臣。”如果再不说出来，指不定又会生出什么误会来，两人连忙解释。

“家臣？”张云旷惊异地自语。看来，自己的小凤凰的身世不凡啊！

“正式介绍一下，”杜淳义严肃地说：“我们，是圣域之人，也就是你们所说的神界。我，叫杜淳义，圣域酒神；这个，是我的内子，食神苏韵。我们都是凤凰世家王家的家臣。”

“圣域凤凰世家？”能称为世家的，无一不是底蕴深厚的家族，是一般传承的家族无可比拟的，更何况是在圣域，恐怕已经传承无数劫了吧。

“杜大哥，岭儿是凤凰世家王家的什么人？”现在的张云旷的心是悬着的，更充满着矛盾。希望自己的小凤凰来历不凡，可又担心她的身世太高，自己能否配得上。

“岭儿？哦，她不叫岭儿，她的小名叫铃铛，真名叫王艺。是凤凰世家唯一的小公主。当年，因为麒麟世家高家的一个女孩喜欢上了鲲鹏世家的董万里少爷，而董少爷却与我家小公主定有娃娃亲，所以她嫉妒成恨，把我家小公主推下了圣域。结果，当我家老爷知道事情真相后，大发雷霆，整个圣域大动，那个女孩被剥去圣根，永坠轮回。应该是被不知名的东西遮盖了小主人的气机，老主人也算不出小公主到底在哪个界面，就派出大批的家臣家将下到各个位面，寻找小公主。邀天之幸，让我夫妻俩得到了小公主的消息。”说着，杜淳义抹起了眼泪。

让一个大老爷们儿落泪，可见他们夫妻寻找的艰难。

“对不起，张少，我失态了。可是，我们夫妻俩找了一百多年了，这才有了小公主的消息。我，我这是喜极而泣呀。”

“理解，理解。”张云旷也是唏嘘不已。相传，圣兽子嗣异常艰难。通常一代只有一个后代，而且一代相隔数万年都是有的，而生下女孩子的概率更是微乎其微，因为只有女孩子才能继承最多的血脉。由此可见圣兽的珍惜程度。小凤凰失踪后，老凤凰震怒那更加是可以理解的。杜淳义夫妻俩找到小主人后的喜极而泣更是证明了他们对凤凰王家的忠诚度和归属感。

但是，这个娃娃亲是个大问题。张云旷头痛不已。

“张少，不要担心。娃娃亲而已，老爷一定会尊重小公主自己的意见。只要你们俩真正相爱，老爷自会解决。”知道张云旷为娃娃亲纠结，杜淳义安慰道。

话虽如此，张云旷也知道杜酒神是在安慰自己，但他也相信，精诚所至，金石为开。只要能跟他的小凤凰在一起，他有信心克服一切困难。

得到小凤凰的消息后，杜淳义两人放下心来；同时，从别人的口中得知了张云旷与自家小公主的忠贞感情后，夫妻两人商议，还是要把这个震惊的消息告诉老主人。

老凤凰听到这个消息后，高兴得哈哈大笑，才一百多年，自己的小凤凰就有了心爱的人，对于凤凰家族来说，还真是一个利好消息。同时交代杜淳义，鉴于张云旷与小凤凰的关系，为了小凤凰的幸福，让杜淳义酌情改善张云旷的体质，以求未来能无忧地在圣域生活。至于娃娃亲什么的，以老凤凰的话说，一切以小凤凰的意思为主，解除娃娃亲的事交给他了。

因此，两人关闭了酒肆，干脆住到了张家。这下张家几个老家伙和要好的老朋友们高兴坏了，从此好酒不断不说，还有着不一般的美味佳肴全天候供应。玄超和老君更是长住张家不走了，每天，几位老人是推演与切磋交叉着来，用他们的话说是“不亦乐乎”了。

张云旷喝的酒却与他们的不同。每次逢喝必醉，还要全身疼痛三天；疼痛过后，杜淳义的酒又端上来，不喝还不行。十年里，张云旷几乎全是过着这种痛并享受的生活。

直到有一天，夫妻俩留下了大量的玄心液给几位老爷子；给张云旷留下了二十壶加了料的玄心液，叮嘱张云旷一定要一滴不剩地全部喝完，并且说全部喝完以后，他的体质就会有六成转变为圣体，为以后随小公主回圣域打下基础。这时，张云旷才知道这么多年来杜淳义的良苦用心，这更是让张云旷和张家人都感激不尽。

然后，夫妻俩跟张云旷约定好了以后的见面暗语，就提前下界，找小凤凰去了。

而张云旷在随后的时间里，把大部分的精力投入到修行之中，短短数百年，就一举进入大罗金仙之列。

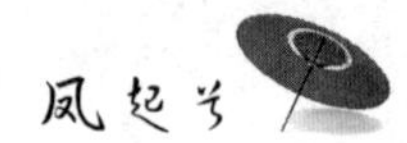

<< chapter 13

三花聚顶

仙乡里的梦婆
舞起摇曳的裙裾
给无依的心
留下晨雾的美丽

花影偷移
漫看晚云疏去
朝朝暮暮化作点点孤寂
——在心里

张云旷位列大罗金仙后，一个瞬间，利用自己的阵法知识，进入到了归位园，开始在无人知晓的情况下，潜心研究起了《三花聚顶》。

三花聚顶是道家顶尖的功法之一，修炼到极致，可以形成三个脱离于本体神识的识海，相当于一个人有一个身体三个识海，三个识海的人有多么变态，恐怕无人知晓。大家只是知道现在的太上老君能把整个仙界全部监控，只因为他已经修炼成功了这个道家顶尖的神通。

这里不得不说一说神识与识海的区别。神识可以有无数，比如佛祖，就能轻易分出神识，下界传佛法，最后再回归识海；而识海却是不同，一个识海相当于一个分身，是独立的，与另一个识海是平等的存在，不属于彼此。

如果能给另外的识海凝聚出真体，不啻拥有两个分身，也就是无形中共有三个生命体。三个生命体什么概念？不死不灭也难以形容。这个修炼起来太难太难，就是太上老君也没有修炼成功。

而之所以称为三花，也就是说三花是一个极限，若贪心想炼再多哪怕一个，就等着自己神经错乱吧。

张云旷调整好状态，开始修炼。首先，就是把自己的识海先分裂成两份，就如同把自己的身体一点点地分成两半，这种痛苦无异于承受凌迟之痛，而且这凌迟之痛还是自己来完成，中途不得中断，更不能昏倒。可想而知，没有大毅力者绝不可能做到。

而之所以选择归位园，不仅是因为归位园没人会来，不会发生有人打扰的情况，而且这里的灵气是全仙界最浓厚的，只有这里才有足以完成这项最艰难的过程中需要的灵气。

经过长达三年的这种非人的折磨，张云旷终于完成分裂。但是分裂成功还不算，还要把两个识海稳固住，就相当于形成两个完整的身体，而这一稳固又是八年过去了；八年后，当两个识海彻底稳固住，张云旷才算是真正松了一口气。他直接躺在地上昏睡了七天七夜。

在令人抓狂的修炼中，张云旷一直以赤岭为动力，才让自己渡过了这难挨的几年。

从昏睡中醒来，他没有立即起身，而是头枕着胳膊，看着天空纷飞的云絮，他的思绪也在天马行空地想着以前的种种、憧憬着以后与赤岭生活在一起的快乐。不知不觉间，对她的思念越来越深，对见她一面的渴望更是越来越迫切。

张云旷悄悄地离开归位园，第一站就是去见太上老君。无论怎样说，老君能把自己的秘籍传授给他，就无形中相当于他的半个师父了，并且，怎么使用，想必修炼成功了的老君会有很好的心得。

“你、你、你，成功了？”刚一见到张云旷，老君手指着他，震惊地问道。

张云旷对老君的反应有些莫名其妙，不解地问："是啊。怎么了？有问题？"

"臭小子！"老君笑骂道，"才十几年吧？就真的成功了？"

"是啊，老君爷爷，您不知道，那分裂的痛苦真不是一般人能忍的啊！"张云旷龇牙咧嘴地说。在长辈面前，他一直都是真性情表露的。何况他已经在心中肯定了老君的师父地位，尽管还不知道老君是个什么意思。

"那你分裂识海用了几年？"老君抚了抚胸口，还顺便拍了拍，好像怕心脏跳出来似的。

"三年。"

看到张云旷淡定的神情，老君真的有些牙疼，三年？老子用了二十三年！唉哟，心脏真的受不了了！

"稳固用了多少年？"怎么听怎么有种咬牙的感觉？

"八、八年。"看一下老君的神情，张云旷小声地回答，还边用手怯怯地比画了一下。

此时的老君，脸色发红，手也抖个不停，八年？八年就稳固住了？不信，一万个不信！

"你、你，把识海放开，升到头顶！"

"升？升到头顶？"张云旷诧异了。识海怎么能显露到外？

"不会？"这下老君心中好受了一些，这个妖孽，终于有不会的了？八年啊，才八年就把另一个识海给稳固了，知道老子我用了多久吗？四百年还要多！不过，这恐怕跟他心无旁骛的修炼有关。自己的这四百多年里，也不仅仅是稳固识海，因为有那么多的事情要做的。

"知道三花聚顶的真谛吗？不能只埋头修炼，还要领悟里面的精髓。不然，你就把识海放在身上而不知运用，那你炼它干什么？"说到这里，老君有点恨恨的感觉。

"这个……"张云旷不好意思地摸了摸鼻子。然后恳切地向老君鞠了一躬，说："恳请老君爷爷教我。"

老君满意地点了点头，问："张云旷啊，你这是从哪儿来的？"

"我，我是直接从归位园来的，还没回家呢。"张云旷老老实实地回答。

老君更加满意了，不错不错，能饮水思源，品性不错。于是，对于这个自己早就看好的小伙子更加上心了。

他和蔼地说：“这样吧，你先回去，休息几天，等我的召唤再来。届时，我会传你三花聚顶的使用。”

张云旷唯唯应了。只不过在心里想，咱们不都是随时可以交流的吗？怎么还要过几天呢？想不通老君的意思。没关系，那就等着呗。

拜别了老君，张云旷施施然地先回去张家的大本营——仙帝宫殿。在张家，当张逍遥和张伟旭看到气息不一样的张云旷时，不由相视一笑，看来，这个小孙子是成功了。两个人老怀大慰。

“旷儿，看起来你是成功了吧。刚才老君给我们交流过了。今天呢，你先回去休息。明天你的玄机子爷爷会来，跟你说点儿事。”

张云旷的笑容一顿，玄机子一般是不出浮岛的，只有发生大事了，才会离开自己的浮岛。他总是说天机不可泄露，如果出来溜达，就会有好多老朋友找他聊天，他也许会无意中说出不该说的话，那样，就会担些不该担的因果。

所以，仙界中知道他的人很少，只在高层有些关于他的传言，比如张家之类的高门大阀和四大神兽家族，下位仙人们一般不知道玄机子的存在。

同时，也只有张逍遥是玄机子唯一的知交。关于这个，全仙界也只有仙帝和张家寥寥几个人知道而已。

因此，玄机子到来，才真的是无事不登三宝殿。

第二天一大早，玄机子就到了。看到玄机子精明和慈祥的面容，张云旷一直以来都很称奇，本来这两种气质在一起是违和的，但是发生在玄机子的身上却偏偏再自然不过了。

“旷儿，玄爷爷问你一句，你要实话实说。”玄机子与张逍遥和仙帝打过招呼后，就开门见山地对张云旷说道。

“嗯！”张云旷顿时摆出洗耳恭听的架势，三个老人都欣慰地笑了。

“旷儿啊，你这几年的修炼有什么心得没有啊？”玄机子和蔼地问。

“心得？”张云旷茫然了。“我只是一门心思地修炼了，只想着快点成功，没有什么心得。”

“你还是太年轻啊。”玄机子感慨地说。平常修炼的时候，都是边修炼边总结的，而张云旷这一次由于当时老君传他三花聚顶功法时告诉过他，炼成以后就可以下界去陪赤岭了，才导致张云旷急切地想要尽快地修炼成功，所以在修炼的过程中就顾不上体会和总结了。

看到张云旷不好意思的样子，玄机子笑了，这也充分证明了两个孩子的感情，这在无情的仙界是难能可贵的。至少不会像别的仙人一样，只有为达目的不择手段的冷酷和残忍。

所以，张道遥才会与张伟旭、玄机子以及太上老君和几个为数不多的志同道合者建立数万年的情谊，并且个个成就不凡，就是因为他们深深知道，修仙，不能本末倒置，只有做好为人的本分，才能在晋级中不会被心魔所趁，而至走火入魔。仙人，首先是人，做好了人，才能成为潇洒的仙。

“好了，好了，旷儿啊，等一会儿老君到后，你要好好向他请教。刚才他可是说了，会视你的修炼情况来制定一下后续的功法，你可要好好学。”玄机子和张道遥认真地交代道。

“我会的，放心，爷爷们！”张云旷也认真答道。

几乎是话音刚落，太上老君就到了。他对着张云旷上上下下打量了又打量，把张云旷弄得不知所措，手都不知该放哪儿了。

“你小子，是妖孽中的妖孽！你们不知道哇，这小子，才十一年就完成了两花，只不过不会聚顶。知道我用了多少年吗？将近五百年！五百年啊！我还自认前无古人后无来者。哈哈！跟这小子比起来，我就是个笑话！”老君自嘲完，又爽朗一笑：“不过，我也算不错的，据说，这个秘法，自上古以来修炼成功的寥寥无几，而且，就那几个成功的，最少的也修炼了上千年！”

“真的？！那咱家旷儿岂不是悟性最高的？”张伟旭兴奋地说。

“那还用说？哈哈哈！”几个老头儿都开怀大笑。

“来！旷儿，爷爷来教你怎么聚顶！”太上老君意气风发地大声说道。

待老君和张云旷进入密室面授机宜以后，张道遥和张伟旭、玄机子识趣地去别的房中聊天去了。

且不说密室里，老君详细地为张云旷讲解怎么样把识海聚于头顶，又怎么样来运用离体的识海。而来说一说玄机子对张逍遥兄弟俩说出的老君的打算。

“老张啊。”玄机子一上来就跟张逍遥来了个语重心长，把张逍遥兄弟俩都吓了一大跳，这是怎么了？怎么这么个语气？

看到兄弟俩的表情，玄机子腹中大乐，但是面上却很严肃地说：“你们俩是不是感觉老君想要收旷儿为徒？”

“难道不是？”哥儿俩疑惑地问，老君的这种种做法不就是收徒的节奏吗？

“哈哈，你们被表象迷惑了。”玄机子也为几个老友打的哑谜给逗乐了。这一个个的整得跟什么似的。“其实呀，老君看中的徒弟是赤岭小丫头！”

“赤岭？”“小凤凰？”张家兄弟惊奇不已。

“当然啦！如果不是想收小凤凰为徒，你以为老君那么尽心尽力地教导小旷儿？”玄机子微笑着说，也为老君的迂回策略造成的误会可乐。

“为什么？”

“你们不知道，老君也是发现小凤凰灵体属火，并且体内含的是圣火，对炼丹那是天生的好料啊！老君说如果可能，她以后在炼丹上的成就绝对会超过他。”

玄机子的惊人的话，让张氏兄弟目瞪口呆。

密室里，老君把自己的心得毫无保留地教给张云旷以后，才吞吞吐吐地问道：“小旷儿啊，爷爷问你一件事好不好？”

对于刚才教授自己时严肃至极的老君此时小心翼翼的表情，张云旷严重表示看不懂。

“那个，你的小凤凰下界去已经不短的时间了吧？你有什么打算？”

“老君爷爷，我会尽快把另一个识海凝炼成功，然后下界去找她。”张云旷眼中的热切让老君也唏嘘。

“好哇！这样，你下界找到小凤凰后，把这个给她。”说着，老君把一本书递给他。

张云旷接过一看，是一本《灵草篇》，看着书的成色就知道这本书的年头肯定短不了。但是，把这本书给赤岭？为什么？

看到张云旷疑惑的眼神，老君斟酌着说：“我观小凤凰不仅是无垢仙体，体内更是蕴含有圣火，这是超越一切灵体的存在，更是炼丹最了不起的体质。所以我想收她为徒，但是这也要小凤凰自己喜欢炼丹才行。你先把书给她，如果她喜欢最好，我会把衣钵传给她。依她的体质和悟性，一定会比我的成就高。如果她不喜欢，那就算了。”说到最后，老君叹了一口气，如果那样，就太、太可惜了！

“比你还高的成就？”张云旷吃惊地问。

“傻孩子，你以为九品炼丹师就是最高的？错啦！在圣域，哦，就是神界，九品炼丹师只是最基层的炼丹师，在圣域被称为圣级一品，往上就是二品、三品，而每一品又分为上、中、下三个等级。我的等级也就是在圣级一品中等而已。”

“圣域？神界？”张云旷好似有了一点明悟。随即认真地说：“放心吧，老君爷爷，我会引导她的。”毕竟，炼丹师有多么的吃香，他是深有体会的。

老君又沉吟了一下，拿出一块玉简，说：“旷儿，这是我一生收录的丹方，往上不敢说，仙界以下，绝没有比这更全面的丹方了，我把它取名为《乾坤丹方》，你也找个机会交给她。”说完，郑重其事地交给了张云旷，张云旷也无比虔诚地接过，要知道，这是一个老人家的毕生的心血啊！

接下来，张云旷就开始练习聚顶之法。只见他闭目盘坐，渐渐地，两个虚影在头顶显现出来，又慢慢地凝实，刚开始可以看出，这是两个盘坐的人，只是五官朦朦胧胧的，不是那么清晰。

接下来，好像是谁在雕刻一样，首先是高挺的额头，接着是深邃的眼眸、挺直的鼻梁和棱角分明的嘴唇——两个“小张云旷”盘坐在张云旷的头顶上！

老君静静地坐在他的对面，直到他凝聚完成，他才对睁开眼睛的张云旷说：“好，现在凝聚成功，那么，你用意念，让其中的一个穿过屋顶。”

张云旷又闭上眼睛。

“不能闭目！”老君及时喝道。

张云旷忙睁开眼睛，但是无论如何也调动不起来那两个“小人”。一会儿，他就急得额头出汗了。

老君也不开口，只是老神在在地看着他折腾。

终于，张云旷的精气神好像用完了，也不能让两个小张云旷动一下哪怕一根小手指。他无力地看向老君，想让老君给点提示什么的。

谁知老君慢慢地站起来，对着他说：“就这样练习，什么时候能让化作你自己的两个识海如臂使指，什么时候我再教你怎么样运用。”说完，把双手往后一背，走了！

张云旷无语地看着老君的背影，还以为有什么诀窍呢，原来还是要一点点来呀！

没办法，继续吧！

一天、两天、一月、两月、直到一年以后，他终于能让两个小张云旷动一下手了。当那两只手能抬起来时，他激动得跑到老君的浮岛上，一来是向老君汇报成绩，再来就是想要显摆一下。

不巧的是，他来的不是时候，老君正在开炉炼丹。一般情况下，老君炼丹只要几个时辰，可是这次，据童子说，他已经进入丹房两天了，也不知道炼的是什么灵丹，要费这么长的时间。

张云旷也不回家了，就坐在丹房外，继续练习他的“如臂使指”。虽然他也活了几百岁了，但是，在漫长的仙人寿命中，几百岁也只相当于小孩子。所以，他像是找到一样有趣的玩具一样爱不释手，不得不说，以这样的心态来修炼，真的可以起到事半功倍的效果。这不，继能动一只手之后，两只手也可以动起来了！

正在他惊喜万分的时候，老君的丹房打开了。

望着老君疲惫的样子，他不由心中一酸，忙上前去搀住了老人。老君欣慰地笑了。尊老爱幼并懂得感恩的人，永远值得帮助。

“旷儿，随我来。”老君直接说。

张云旷随着老君来到内室。老君从袖中拿出一个玲珑剔透的小小玉瓶，对他说：“旷儿，这就是我刚才炼制的凝神丹，对你的神识的提升有着很大的作用。你要记住，一次只能吃一粒，如果识海有肿胀的感觉，那就说明有用，再接着吃一粒，吃三粒后，停用一年。你刚修习三花聚顶，识海的损伤不容忽视，这凝神丹是特地给你炼制的。”

说完把玉瓶放到他的手中。张云旷拿着玉瓶，心中的感动无以言表，只是眼含热泪，愣愣地站着。

看到他的表情，老君笑着说：“再给你一个小小提示，找你的爷爷学习一种法术，叫袖里乾坤；再找你的仙帝爷爷学习缩地成寸。学会了这两种法术，对你下界找到小凤凰有很大的帮助。”

张云旷的眼睛一亮，不知道爷爷们竟然会这样的法术，简直太实用了！他高兴地向老君告别后，迫不及待地就往家里赶。

张云旷走后，老君直接一下子盘坐在原地，开始了用灵气恢复损耗的元气。

平日里，由于张逍遥两兄弟刚刚团聚，一是为了弥补多年来的分离，所以常常在一起像往年一样地切磋；二来呢，在他们这个高度，已经不想着再更进一步了，其实在仙界也没有了再进一步的可能，所以他们更感兴趣的是推演一些年轻时异想天开的法术。还别说，比如无中生有、咫尺天涯、缩地成寸、袖里乾坤等等法术还真的让他们推演了出来。这更让他们乐在其中。

等张云旷回到家里，两位爷爷已经等在家里。刚才老君在入定之前已经向他们讲了张云旷的事，而两兄弟推演法术也是为了后代的。鉴于张云旷的天赋惊人，悟性更是惊人，兄弟俩也不担心他一下子学习太多接受不了。

于是，张云旷平时的修炼中，已经把修为放下，以专心学习各种法术为主，尤其是三花聚顶，是重中之重。

老君给的凝神丹，张云旷吃第一粒时，感觉识海肿胀的厉害，还伴有轻微的刺痛，可是当肿胀消失时，他才发觉识海又扩大了一圈，识海分身又凝实了几分。当他把三粒凝神丹吃完，识海分身已经跟本身差不多大小了。

经过他的不懈努力，终于在一年后他已经能让两个分身跳舞了，老君又教他用意念给分身穿衣，当然了，这衣服并不是真的衣服，只是灵气凝结而成。

又一年过去了，就是老君也分不清了两个张云旷哪个是真身，哪个是分身时，老君就让他把其中一个永驻真身，另一个外派出去。

当张云旷分身在天街上行走时，所有的人都以为是他本人，分身本来就全面继承了他的所有记忆和修为，看得出来才不正常。更特别的是张云旷的分身可以随意隐身，就是仙帝也看不出来，这就太神奇了。

就这样，当他找到赤岭时，当他知道赤岭觉醒了本源意识时，当怀中切实感受到赤岭的温度时，他真的恍如隔世，才对于失而复得有着那么大的感动。

<< chapter 14

收 留

独立小桥风满袖
凭栏远眺雾沾衣
一寸思量千万绪
几许残梦到天明

阴霾除
展笑眉
乱花飞絮春已归
闲花笑人应弦起
醉舞明月犹相随

——《鹧鸪天》

张云旷如珍如宝地抱着怀中小小的人儿，两个人小声地叙着离别的种种，这旖旎的氛围，让尖尖也不忍心插入进来。

“旷哥哥，你下来了，怎么修为没掉呢？”赤岭倚在张云旷的怀里，感受到他身上澎湃的能量，诧异地问。

“我修炼了老君传我的三花聚顶，现在的这个只是我的一个分身，本尊还在仙界。”

“啊？分身啊？”赤岭感觉怪怪的。

“你想什么呢？即使是分身也是我好不好？感觉都是一样的，等准备好以后，本尊就会下来，到时分身和本尊可就要合二为一了。”张云旷敲了敲她的小脑瓜，嗔道。

“哦，这样啊。这还差不多，要不然，总感觉怪的很。”赤岭小小地吐了下舌头。“对了，旷哥哥，我现在是不是跟以前大不相同？”

“没事，只是外貌变了一些，其他的都一样，你永远是我的小岭儿！”说着说着，张云旷的眼睛又含情脉脉了。

赤岭小脸红红地推开他，站起身来。张云旷也随着站起来，手臂轻轻地环过她的腰，一同看向远处的水面。

“岭儿，你吸收的怎么样了？”张云旷关切地问。

“当然是完全吸收了！”赤岭一副也不看看我是谁的小模样，让他的心中又爱又怜，不由紧了紧放在她腰上的手。

“不要大意，焚神火种不是那么容易被驯服的。你再看看。”张云旷有些担心地说。

“好。我再看看。”赤岭也认真起来。说完，仔细地感应着自己的身体内部，那小小的火苗静静地在丹田处，偶尔冒出一点火星，把丹田内的元气压缩得更紧凑、更纯净。但是她还是感到有一点点的违和。

看到赤岭皱了下眉头，张云旷紧张地问：“怎么了？是不是有异样？”

“嗯，看起来很好，可是我总感觉有些违和。”赤岭边思索边回答。

张云旷一听，急了，忙一个流光进入赤岭的丹田，倒把赤岭吓了一跳。

张云旷进入丹田后，认真地观察起焚神火种来。只见焚神火种有条不紊地压缩、凝炼着元气，没有什么不对呀。

又过了几个时辰，突然，有那么一个小小的火星迅速向识海窜去，偷偷地捋取一点神识，又迅速地窜回。张云旷一看大怒，焚神火种一定是诞生了灵智，并且灵智还不会低，不然，不会想出先假装被炼化，然后再慢慢地让赤岭没有觉察地偷取她的神识的方法，如果这样下去，别说炼化火种为自己所用，恐怕最后被炼化的反而是赤岭，焚神火种就会鸠占鹊巢了。

想到这里，张云旷顿时出了一身的冷汗。幸亏啊幸亏，赤岭不愧是圣兽，感觉就是不一般。

闪身出来，张云旷对赤岭说了这个严峻的情况，赤岭也被深深地骇住了。这个火种看来不是区区地级，有可能超越了地级，而达到了天级。好在丹田是自己的主场，在赤岭惊觉的情况下，焚神火种不可能翻盘，更何况它已经被炼化了至少百分之七十，不然也不会被赤岭收入体内。

接下来，赤岭又开始了再一次的炼化，张云旷则在丹田内小心地盯着，防着焚神火种做垂死挣扎。

经过三天不停地炼化，终于，焚神火种一声尖叫后，被赤岭彻底炼化。火种是真的有了不低的灵智，炼化后，首次变幻为一个头顶火形的小男孩。

在火种变幻为人形后，第一时间便把自己的所有功能都一五一十地传递给了赤岭。让赤岭惊喜的是焚神火种除了在炼丹中可以提升成丹几率外，还可以远攻，也可以近守。远攻能在五十米以内焚灭一切敌人的识海，近守则能在全身形成一个火的结界，让敌人的攻击在两米内化为虚无。当然了，这个敌人的修为不能高出赤岭三级。也就是说，仅仅凭借着焚神火种，她就能越级战斗。赤岭喜不自禁，哈哈，从此以后，焚神火种正式成为自己的一个底牌！

张云旷也欣喜不已，赤岭越强，自保的能力也就越强，亲人们也就越放心。

“岭儿，你们继续历练吧。我会在你的丹田里，但是，不到万不得已，我绝对不会出现。因为那样，你就达不到历练的目的。”张云旷说完就消失了。

赤岭的心中一阵空虚，但是一想到他一直都还在，也就释然地一笑。

招手叫过尖尖，两个人开开心心地继续了历练之旅。

两人边走边收集灵草和各种宝贝，尖尖把自己的寻宝功能也大大增强了。以前是被动寻宝，现在则是在跟赤岭的关系慢慢转变为亲情中，来主动锻炼自己的能力，所以效果是不可同日而语的。它的望气瞳也在缓慢进化着，以前是达到三级，通过这段时间的锻炼，已极度接近四级。达到四级的望气瞳，能一眼望穿所有的外在包装，直接看出本源，更能一视三千里，深入地下的灵脉也能一眼看出等级。

对于尖尖的进化，赤岭是由衷为它高兴。

他们就这样乐此不疲地在秘境里游乐，偶尔遇到前来秘境历练的修行者，他们尽量避开，实在避不开的，也不主动去招惹。只有少数想要打劫的，他们也不怕，打得过就反打劫，打不过就跑。

有一天，在一条大河边，他们正沿着河边走，尖尖的一双眼睛紧盯着河底，据他自己说，锻炼望气瞳的唯一方法就是不停地观、望，一点点地积累经验。

“姐姐，这条河里没有好东西啊。”尖尖看了一会儿，失望地说。

“没关系。随缘就好。不要累着了。”赤岭关心地说：“就这样望啊望，成功一次大概能进步多少呢？我看你望来望去挺辛苦。”

“不要紧，姐姐。望准一样宝物，大概能进步百分之一左右，视宝物的价值而定的。如果能望出一条灵脉，哪怕是下等灵脉，我也能进步百分之十。”尖尖唏嘘着说，想到灵脉，眼中直冒精光。

“哈哈哈，小财迷，哪有那么多灵脉被你发现呢。”赤岭指着尖尖的财迷样，乐了。

“嘿嘿。”尖尖不好意思地摸了摸自己的小脑袋，也笑了。

突然，在不远处传来一阵打斗声。他俩对视一眼，迅速掠过去，藏身在一棵大树后，向前望去，只见四五个男人围着三个女孩子，边打边挑逗。

“嘿嘿，小妞们，只要你们陪大爷们乐乐，大爷就不要你们得到的宝物。怎么样？”一个黄脸大汉猥亵地说，眼睛还不时地瞄向三个女孩子的胸部。

“无耻！下流！”一个穿着粉红色衣服的女孩子气得语无伦次，只会用这个词骂道。

“无耻、下流？小妞，不知道男人不坏、女人不爱吗？只要你尝到哥的坏，你就会喜欢上这种感觉的。来，试试呗。”另一个矮个子大汉一边无情地挥动手中的长剑，给穿着紫色衣服的女孩子的身上划出一道血槽，还一边说着不堪入耳的话。

高个子女孩对着两个同伴说：“不要分心，我们冲出一条血路！”说完，锐利的眼神一凝，手中的长鞭唰地挥出，长鞭上的倒刺在一个青衣大汉的脸上留下一条血痕。看得出，这个高个女孩子应该是三人中的领头人。

青衣大汉一个踉跄，闪开了一个缝隙，三个女孩子趁机冲了出来。方向却正是赤岭和尖尖的藏身之处。

五个男人一看女孩子们冲出了他们的包围，顿时大怒，咆哮着紧随其后，黄脸大汉边跑边凝聚出一团雷电，用力甩向三人。

只听一声惨叫，其中穿着粉红衣饰的女孩应声倒地，后背鲜血淋漓，一片模糊，眼见没有了生息。

另外两个女孩回头一看，眼泪唰地就下来了。三人来自三个家族，是最好的闺密，每次历练都是三人结伴，如今却命丧于此，两人顿觉唇亡齿寒，心中一片冰凉。但是，粉衣女孩的死却也激起了两人的血性。

高个女孩伸手拉住伙伴，转过身来，狠戾地对着五个大汉说："混蛋！你们就不怕我们的家族报复吗？！小小的许家竟然偷袭我们三大家族的嫡系，你们都活得不耐烦了吗？！"

"你认出了我们？！"黄脸大汉大吃一惊，随即又凶狠地说："既然认出了我们，就更不能留下你们了。兄弟们，杀了她们，没有人会知道是我们杀的。如果放了她们，才是我们家族的噩梦！"

听到黄脸大汉的话，另四个大汉立即拿出各自的最强招数，朝着剩下的两个女孩就打了过去。而两个女孩则绝望了，本以为能唬住他们，进而放了自己，谁知竟会是这个结果！

赤岭怜悯地看着她们，如果自己不出手，这两个女孩铁定会殒落，她用征询的目光看向尖尖，尖尖一耸肩，小声说："看他们的修为，应该不高，你可以救下她们的。"

尖尖的话给了她信心，她转过身来，朝着几人走去，大声喊："住手！"

几个男人没想到这个时候有人来，一个愣怔，待看到只是一个小女孩时，又一个个放下心来。他们不再理会赤岭，继续径直把招式往那两个女孩身上使去。赤岭不禁大窘，有点气急败坏地凝出一条水龙，拦在了两个女孩与大汉之间。

两个女孩这个时候有些喜极而泣，不管是谁，只要能挡住眼前的劫难就行。她们两个迅速地跑到赤岭的身后。

这时，几个大汉才正视这个打抱不平的小女孩。他们骇然地看着面前的水龙，从水龙的凝实程度来看，这个女孩的修为远远高于他们，他们家族的老祖已达凝璇镜，也只是能凝聚一道水柱而已，而面前的却是栩栩如生的水龙！这之间的差距不是一般两般的大，怎么办？

几人面面相觑，不知该打还是该逃。他们脸上不由露出警惕而又害怕的神情来。

赤岭看到他们的表情，心中有了把握。她有些不屑地说："怎么？还打吗？"

"不打了，不打了。请姑娘饶命！"几人连声说，并相互打了个眼色。

赤岭没看到几人在打眼色，正想放过他们，却听两个女孩急声说："不可，不可！小妹妹，你放过他们，他们会在别处暗中下手的。"

"可是……"赤岭心想，我跟他们也没什么深仇大恨，不好赶尽杀绝的吧。

可正在这时，其中的一个人却趁着赤岭犹豫的时候，一个火球打了过来，倒把赤岭吓了一跳，也把她的火气惹起来了。本来她真的是想放过这几个人的，可是他们却趁着自己犹豫的时候偷袭，这就是品性问题了。这种没品的人当然要清除啦！

赤岭眼神一冷，你不是会用火吗？难道我不会用？她一个火鸟飞过去，一下子就把那个用火球攻击她的大汉给烧成了火人。

听到火人的惨叫，另外的几人脸色发白，本来还在想着如果偷袭成功，说不定仍能杀人夺宝。说白了，尽管几人看出来赤岭的修为肯定很高，但毕竟是女孩子，在对敌经验很少的情况下，偷袭的成功率一定很高。谁知事与愿违，偷袭不成，几人的下场可想而知了。

"哼！本来想饶过你们的，是你们自己害了自己！"经历了一百多年仙界的无情，也让赤岭的心跟着冷了。虽说她不会武技，但是法术了得，几个火球就彻底地毁尸灭迹了。

两个女孩眼看着几个对自己来说有很大威胁的大汉，就这样灰飞烟灭，了无痕迹，看向赤岭的眼神充满了恐惧。

赤岭无奈地看了她们一眼，就这样的胆子也敢出来历练？

她一招手，尖尖飞快地跑过来，钻进她的怀里，只露出一个小小的脑袋。两个人就这样施施然地走了。

两个女孩好久没有回过神来。等她们清醒过来，赤岭和尖尖早已经走的远了。

“淑娴，她，她怎么走了？”紫衣女孩问高个子女孩。

“嗯？怎么了？”高个子女孩，也就是淑娴惊异地问道。

“她，她不应该护送我们的吗？”紫衣女孩自以为是地说。

“她凭什么要护送我们？”淑娴更加诧异了。“罗莹红，人家不求回报地救了我们，我们应该感恩的，哪能还要麻烦人家送我们？”

“那如果我们又遇到危险怎么办？不是说送佛送到西吗？就这样不负责任地走了，招呼也不打一声。哼，没教养！”紫衣女孩一脸的鄙夷。

淑娴是真的被紫衣女孩罗莹红的话和态度给恶心到了。交往了十多年，只有今天才看出她的自私本性。以后一定要离她远点儿。

看到淑娴没说话，罗莹红自认有理，仍在喋喋不休地报怨。淑娴不再理她，把好友熊倩草草地埋葬之后，就快步走到前面。

躲在暗处观察的赤岭听到紫衣女孩的话，心中万分不快。本来，赤岭是想着两个女孩修为不高，在这个秘境里说不定还会有危险，自己也许能帮助几分的，毕竟是第一次救的人，也不想她们再有不测。谁知听到紫衣女孩这样的话，把尖尖也气得不轻。

“喂！淑娴，咱找到的那个宝贝呢？怎么分？”罗莹红见淑娴大步流星地越走越快，忙大声喊。

“什么？宝贝？！”一个粗嘎的声音叫道。几乎是一眨眼，一个虬冉老头出现在她的面前。

“啊！”罗莹红吓得大叫，“淑娴，救我！”

老头一把抓住罗莹红的胳膊，恶狠狠地问道：“什么宝贝？在哪？”

“你放开我！放开我！”罗莹红只是喊叫，另一只手紧紧地抱着自己的头。

老头一个把掌掴在她的脸上，打断她的尖叫的同时，她的脸迅速肿起，嘴角也慢慢渗出血丝，眼睛向上一翻，晕了！

“晦气！”老头把罗莹红向地上一抛，气道。“嗯？对了，她刚才叫什么人救她。看来，她还有同伙，并且，宝贝一定在她的同伙身上。”老头一边自言自语，一边向四周搜索。

很快，一个一身劲装的高个子女孩出现在他的视线中。老头或许是修有什么步法，只见他几个闪动就到了高个子女孩身边。

其实，高个子女孩淑娴不是没有听到罗莹红的喊声，但是她以为是罗莹红的小小伎俩，更何况她也不打算再与这个自私的女孩有交集了，告诉自己以后能离她多远就要离多远，所以就没有回头。也就没有看到紫衣女孩的话真的引来了一个劲敌。

老头的突然出现，让她吓一跳的同时，更加戒备起来。

“丫头，快说，宝贝在哪？”虬冉老头虎视眈眈地瞪着淑娴。

淑娴的心里咯噔一下，糟了，好不容易得到的宝贝要保不住了。但是……她脑子一动，坦然地对着老头说：“宝贝？是这个吗？”说着，从自己的腰间拿下一个小巧的锦囊，从锦囊里拿出一个灵气勃发的果子。

老头看她这么容易就拿出一样东西，当然不信。但是一看到这样的果子，顿时眼睛都绿了。这个果子，别人或许不知道，他可是二级药师，炼制增寿丹的主材料——生死果，他怎么会不知道呢？还有，自己已经是七十高龄了，如果再不服用增寿丹，恐怕再过个几十年就会坠入轮回了。这个果子真是雪中送炭啊！

他一把抢过生死果，有了这颗生死果，他虽然因为等级不够，自己炼制不成增寿丹，但是他可以拜请高级炼药师，甚至炼丹师为他炼制，大不了自己给的报酬多一些罢了。从自己五十岁后，就开始收集各种灵材和灵石，几十年下来，收获颇丰，应该可以请得动吧。

“好吧，看在这生死果的份上，你走吧。”老头的心情大好时，自然会宽容一些的。

淑娴轻舒了一口气，对着老头点点头，快步离去。唉，这次历练真的是多灾多难啊，好在真的宝贝还在自己手中，算是一个补偿吧，可惜了好姐妹熊倩，在这次历练中殒落，也不知该怎么跟熊家交代。至于紫衣女孩罗莹红，这么自私又自以为是的人，以后还是少见，不，是不见为好。

就在她即将走到秘密出口时，罗莹红带着一个身着白衣，看起来玉树临风的年轻人急速跑来。

“站住！王淑娴，好哇，你想携带宝贝溜走？要知道，宝贝也有我一份！”一看到王淑娴的身影，罗莹红就开始气急败坏地叫嚷。

王淑娴转过身来，冷冷地看着罗莹红。“好像宝贝是我自己得来的吧。在跟赤蟒搏斗中，你们出过力吗？说好的，你们两人不要赤蟒守护的东西的，现在觊觎起宝贝来了，你好意思？”

“我不管，反正见者有份。”罗莹红理直气壮地说。随即娇滴滴地对着白衣男子说：“陈公子，你看啊，她不明摆着欺负我吗？你可要为我做主哇。对了，陈公子，你杀了她，杀了她宝贝就是我们的了。”说着，还抱过白衣陈公子的手臂撒起娇来。王淑娴诧异地看着罗莹红的表演，什么时候她认识了一个陈公子？竟然还撺掇这个所谓的陈公子杀了自己？由此，王淑娴更看不起罗莹红了。

那个陈公子面带微笑，但显然，笑根本就不达眼底，甚至，眼中还有着鄙视和厌恶。这些是那个罗莹红看不到的。

“这位姑娘，罗小姐说的对，见者有份。还请姑娘把宝贝拿出来。”陈公子“彬彬有礼”地说。

“哦？本姑娘不明白，即使见者有份，跟你陈公子有什么关系？”王淑娴的面容更冷了。

“我说有关系就有关系，你区区一个筑基境，即便是达到大成，也比不过我练气境小成吧。你不知道修行界强者为尊？那，本少就教教你！”说完，陈公子撕掉虚伪的面皮，一道冰刃就朝王淑娴射来。

王淑娴本来就很警惕，见到冰刃飞来，一个斜转身躲过了。陈公子见王淑娴竟然躲过去了，又是三道冰刃以更快的速度飞过去，这下王淑娴闪躲的就有些狼狈，其中一道冰刃还划破了她的左肋，鲜血噗地就飙了出来，把王淑娴疼的一哆嗦，用手紧紧地按住伤口，动作慢了下来。

这边赤岭看到这个紧急情况，就要上前救助，尖尖却拉住了她：“姐姐！”对着她摇了摇头。赤岭知道尖尖是为了刚才听到的紫衣女孩的话，这时还在生气着。小声对尖尖说：“尖尖，这个女孩跟那个紫衣女孩不一样。如果咱们不救她，她必死无疑的。”

就在说话的这一会儿，王淑娴身上已经有了好几处伤，身上鲜血淋漓，脸色煞白。陈公子以一种猫捉老鼠的戏谑心态在玩，边上紫衣女孩罗莹红则说着风凉话："淑娴哪，把宝贝给陈公子吧，我看你也保不住。算啦，看在咱俩多年的交情份上，我会帮你在陈公子面前说上几句好话，让他不杀你。"

本来，王淑娴就有些支撑不住了，此时又听到罗莹红的话，气得一口血喷了出来，气息更加萎靡。心想，这次历练真的不值，好友死了，自己眼看着也要死。也罢，就当下去陪好友了。但是，即使是死，我也要与他们同归于尽！想到这里，她就要拿出爆烈弹。

爆烈弹里面装的是练气镜以上强者的一股元气，扔出去就能爆炸，只有家族里有练气镜以上的高手才能灌注。灌注一个爆烈弹要练气镜强者三分之一的元气，而凝璇镜强者虽说只要五分之一，或者六分之一的元气，可是元气储存本就不易，所以没有哪个家族有那个闲情来灌注更多的爆烈弹，一般一个家族有个一二十个就算是奢侈的。因此，只有大家族的女孩子出门，母亲们才会让自己的女儿拿上一个，最多两个，以备不测时哪怕死去，也不能污了清白之用；而且，还能在危险时出其不意地偷袭敌人。

"不好，陈公子，她要扔爆烈弹！"好姐妹罗莹红一看她的动作，就知道她要孤注一掷了，忙提醒姓陈的公子。

与此同时，赤岭也一个飞掠，随手甩出几把金色的小剑，直刺陈姓男子。一个凝璇境的手段哪是小小练气境所能抗衡，只见几把小剑同时命中目标，没入陈公子的身体里，陈公子一声不吭地倒地，抽搐了几下，了无生息了。

他身边的罗莹红一看陈公子倒地，一脸的不解，待看到赤岭扶起王淑娴，哪里不知道发生了什么。她眼珠子转来转去，脚步轻移，就要悄悄地溜走。

"站住！"赤岭背对着她，冷声喝道。

罗莹红一怔，只好停下脚步，顿了一下，转身就扑过来，对着几乎昏迷的王淑娴哭喊："淑娴哪，你怎么了？不要丢下我呀！"还挤出了几滴眼泪。

"住口！"赤岭不耐地说。这个女孩真是不知道家里人怎么教育的，想来教育出这样的人的家庭，也不会是什么好家庭。

"多……多谢！"王淑娴吃力地对赤岭说。可是转头看到罗莹红，一脸嫌弃地说："你走吧。以后请不要再来找我。"

罗莹红吃惊地望着她，想不明白一向让着自己的大姐姐一样的人会用这种语气、这种眼神对她，顿时泪眼婆娑地说：“淑娴，你不能怨我，谁让你自己走不叫我？我、我也是气不过才找上陈公子的。”说完，还委屈地小声啜泣起来。

“怎么？还是我的错了？是我叫你觊觎我的宝物？是我叫你勾搭陈公子？是我叫你让陈公子杀了我？”王淑娴气得浑身颤抖，连声质问。

“我，那也是你逼我的，谁叫你不说分我宝贝的。”罗莹红小声说。

“分？”王淑娴的脸越发地白了。“你知道是什么宝贝吗？本来我是想，我得到了宝贝，怎么的也得让你们两个也有收获，准备着把咱们收集到的灵草和灵果都给你们的……”说着，王淑娴说不下去了，由于失血过多，又说了这么多话，精神严重不济，眼看就要昏倒。赤岭忙往她的嘴里塞了一颗丹药，眼见的，王淑娴的脸色很快好转，慢慢红润起来，精神也恢复了七八成。

罗莹红吃惊的眼睛越睁越大，好东西啊！如果自己能讨要个几颗，不，十几颗，拿回家，父亲一定会夸我的。她越想越兴奋，对着赤岭就说：“还有这个灵丹吗？给我一些。”

赤岭无语地看了她一眼，没理她。

“喂！跟你说话呢，怎么不理人？”罗莹红生气了。“没教养！”

对于这个看不清、拎不清的人，王淑娴捂住额头，真的怀疑自己的眼光，以前怎么就没发现她是这种人呢？

赤岭实在不耐烦了，一挥手，一个火球，让她彻底哑火。

王淑娴看着罗莹红变成了一堆灰，不发一语。她也不是一个受虐狂，更看清了形势，自己一个小小的低层修行者，想在这个弱肉强食的世界里生存下去，心软是最要不得的。一个自私成性的人，犯不着为她报屈。

“恩人，我能追随你吗？”王淑娴认真地说：“我是不能回去了。两个同伴都死了，回去我没法交代，更是可能会给家族带来麻烦。我愿意给你当侍女，跟你走。请恩人答应！”说完，挣扎着爬起来，跪在地上。

赤岭沉吟了，她真的不习惯有个生人在身边。可是，正如王淑娴所说，她回不去了，后果不是她一个小小的女子能承受的。而如果不答应的话，她必然生存不下去。再说，自己也很欣赏她的性子。

“你真的能舍弃你的父母？”赤岭不相信。

“恩人，如果我能达到一定的高度再回家，相信我的父母一定会原谅我。”王淑娴坚决地说：“我发誓，从今以后效忠于恩人，一切以恩人为重！若违此誓，愿灰飞烟灭！”

“好吧！”赤岭也不是一个磨叽的人，既然她有此决心，收留她做个伴也不错。“这样，为免以后麻烦，我给你改个名字吧。从今以后，你就叫王如玉。”

“如玉谢主人！”王如玉对着赤岭磕了三个响头，算是正式成为了赤岭的人。

“对了，主人，我得到的宝贝是这个。”王如玉拿出一个玉环，递给赤岭。

“哦？就因为这个所谓的宝贝，让那个女孩反目？”赤岭好奇地拿过玉环，细细地观察起来。“你炼化了？”她随口问道：“知道有什么功能吗？”

“主人，我已经炼化。这宝贝叫五行环，输入元气，能召唤出五个五属性的傀儡。并且，五个傀儡可以组成五行阵，可以帮我困敌、杀敌。”

“那不错。是什么等级？”

“我只知道，我什么修为，它就什么修为，如果它们结成五行阵，可以越两级。”王如玉老老实实地回答。

“还可以。你收好了，好好运用，它应该是你的一大助力。”赤岭把五行环还给她。她愕然地拿着五行环，本以为赤岭会要，还准备着收回自己的神识呢。看来，这个主人不是个贪财之人。心中轻松一口气。

赤岭好笑地看了她一眼，她的心中会有什么想法，一眼就能看出来。这是个没有花花肠子的姑娘，还不错。

<< chapter 15

云深不知处

远处的山
是深深浅浅的绿
掩映在山水间的炊烟
倾诉着遗世的孤独

层层的梯田
如旅人的脚步
渐行渐远
渐近却杳

叮咚的溪声
伴着远游的思绪
徜徉于林梢、云间……

两个人彼此的好感上升，让尖尖也高兴起来。“姐姐，咱们走吧。”

“主人，这里就是出口。”王如玉恭敬地说。

“出口？”赤岭诧异地看着那个所谓的出口，那是一团灰色的雾，跟她进来时的漩涡有着不同。她考虑了一下，李心和夏宇、大鱼徐还在那里等着自己，若自己从这里出去，岂不是跟他们分开了吗？

“咱们不从这里出去。”赤岭说。

“还有别的出口吗？”王如玉惊喜了，如果真的从这里出去，势必会与熊家和罗家的人碰面，还能解释得清吗？不从这里出去，肯定不会与他们见面，事情就不会闹得不可收拾。

“从我来的地方出去吧。”赤岭拍板道。

两人一动物就离开了这个地方。茫茫大地上，三人的身影显得那么孤单。也不知为什么，前来历练的修行者都不见了。

“主人，怎么不见一个人？”王如玉奇怪地问。

“不知道啊。真是奇怪。嘿，管他呢。咱们还能趁机多找些灵草什么的。”赤岭不在意地说。

“姐姐，我感觉前方有好东西！”突然，尖尖叫道。

“真的？”赤岭眉开眼笑。尖尖说的好东西，绝对是上档次的好东西，这下发了！

说着，赤岭拉着王如玉，跟在尖尖的后面就往前跑去。尖尖边跑边感应，一会儿往左、一会儿往右，把赤岭都绕晕了，还没有找到。

正在他们像无头苍蝇一样乱转时，一阵喧哗传来，他们不由精神一振，有情况！

渐渐地，可以看到，前方零零散散地有几十个人站成一排，三五成群，在大声地议论着什么。

“看，升起来了，升起来了！”有人兴奋地大声喊。

“不知道会是什么？”声音充满了担忧，这是比较谨慎的人。

“一定是好宝贝！看满天的霞光！”越来越多的人加入兴奋的大军。

赤岭循声望去，前方是好大的一片大海，大海的中央一点一点地升起一根桅杆似的东西，海面眼看着慢慢地沸腾起来。桅杆越升越高、越升越高，桅杆下面的底座也露出了水面，那是一个圆形的泛着银灰色光泽的金属底座，接着，更大的圆盘样的底座也露了出来，还是一层一层的，犹如塔楼。

当塔楼脱出水面，出现了一个个拱形的小桥，小桥分布在塔楼的四周，直通塔楼；小桥的下方是一个硕大的广场，广场上影影绰绰地有好多的人，有的站在飞剑上飞，有的坐在一个石碑前看着石碑上的字，甚至还有几处打斗，更多的人在激烈地交谈。

这时，已经有不少人迫不及待地飞过去了。当他们接近广场时，突然一个个像下饺子似的掉进海里，不见了踪影。

这让后面的人警觉地停下了脚步。未知的危险让跃跃欲试的赤岭也停下了欲飞过去的身形，她怀里的尖尖睁大了眼睛，仔细感应着。

“不对，姐姐，宝贝不在这里。”尖尖断然说。

尖尖的话音还没完全落下，突然，一阵轰鸣骤然响起，大海中心的塔楼倏地无限放大，一时间地动山摇，大海的边缘地带像是裂开了一个大口子，练气境的人已经学会了御气，大部分都可以凌空飞行，只是视丹田内的元气量而定飞行时间而已，所以，几乎是瞬间，练气境的人纷纷飞起，筑基境的修行者全部都一个个惨叫着落到了大裂缝里，一部分反应慢的练气境强者也随着落下一段后，再迫不及待地飞了上来，却也有几个被急速扩张的塔楼给辗压。

所幸，赤岭在那紧急的一刹那间，就一把抓住王如玉，往上空斜飞而去，不仅没有被碰到分毫，更是远离了危险区。

看到眼前惊心动魄的一幕，王如玉的脸惨白惨白的，还以为自己会跟两个同伴一样长眠于此了。想到这儿，她满怀感激地看了赤岭一眼，主人又救了自己一命啊！心中更加坚定了一个信念：此一生，命归主人。一切以主人为重，永不背叛！

赤岭后怕地看着前方发生的惨剧，尖尖也是心有余悸地呆愣着。

终于，尘埃落定，只见大海已经不见，一滴水都不见了，取而代之的是一座比山还要峻伟的塔出现在原地。广场仍旧在，却没有了影影绰绰的人，显得空旷、寂静！

更加诡异的是，一个个的小桥上却各伫立着一只雄伟的怪兽：有的似虎却有着狼的身体；有的如狼却头顶着鹿茸；还有的似熊却身披豹子皮……不一而足，个个体形高大，像是被造物主拼接而成的，给人一种极其怪异的感觉。

所有存活下来的人都目瞪口呆地看着眼前的一切，不敢相信自己的眼睛，不敢相信眼前所发生的，可是自己的同伴被这座巨塔吞噬是不争的事实。

“弟弟！”直到一声撕心裂肺的痛呼，才把呆掉的人们唤醒过来。接着，更多的痛呼出声：“儿子啊！”

“妈妈！”

“徒弟！”……

赤岭叹了一口气，尖尖伸出小脑袋，用小手抚了抚她蹙起的眉尖，小声说：“姐姐，不关你的事。”

赤岭紧了紧抱着尖尖的手臂，又把尖尖的小脸贴向自己的脸颊，心中暖暖的。

王如玉也紧紧地偎在赤岭的身边，心有余悸地看着这如末日般的景象。

渐渐地，人们的情绪得到缓解，不由地看向罪魁祸首，看向广场上骇人的动物。

不久，就有几个艺高人胆大的试探着落向广场上，刚有人落入广场，就听见一个雄浑的声音说道：“各位有缘人，欢迎来到苍澜秘境。我是秘境主人苍澜真君。此处乃秘境中心，此塔名苍澜圣塔，塔分九层，在第九层有秘境的境核。如果有人能够进入到第九层，并且炼化了境核，这个秘境就属于谁。但是，在圣塔中丧命的，会成为秘境的傀儡，请各位三思而后行。好了，祝各位好运！”

在修行者中，有这样一种不成文的叫法：金丹境会被称为真人，元婴境以上呢，通常被称为真君。

由此可见，这个秘境的主人生前也许是个元婴境高人。而能留此秘境的，又显然不止元婴境那么简单。

“怪不得，我二叔那年来此秘境后，说起这个塔的。他当时只是炼气境小成，没敢进塔，才逃得一命。据我二叔说，当年有凝璇境强者都消失在了塔内，想必是成了塔中的傀儡了。”这时，一个大概二十多岁的年轻人悄声跟同伴说道。

赤岭一愣，哦，看来这个什么塔出现过不止一次啊。这么说，这个游戏不那么好玩的样子，一次都没有人过关，难度不是一般的大。

这时，几乎所有幸存下来的人都站在广场上了。看着眼前桥上狰狞的怪兽，修为不高的人都偷偷咽了口口水，如果连怪兽这一关都过不去，更别想进到塔里去了。

也有一些对自己修为有信心的人。只见一个瘦削的黑衣人一纵身，跃上了一座小桥，这座桥上守桥的是一头像是狮子的怪物，只是它的腿却是明显的马腿。

这个人是凝璇境强者，他不慌不忙地拿出一把剑，左手一掠剑身，挽了个剑花，直指狮身马腿怪物，狮身马腿怪物一声大吼，口中吐出一道水柱，包裹住长剑，长剑以肉眼可见的速度被一块一块地腐蚀掉了。黑衣人顿时大喷一口鲜血，看来这把剑应该是他的本命法器，法器受创，本人也受了不轻的伤。

但是，黑衣人一抹嘴角的血迹，厉目圆瞪，又祭出一个环形法器，他高举法器，用力一摇晃，法器放大成一个大大的圆圈，他大喝一声："咄！"圆圈嗖地往怪物头上套去。

圆圈套住怪物后，黑衣人又大喝道："收！"圆圈勒住怪物的脖颈，迅速地收紧，怪物怒吼连连，却也挣脱不掉，它的怒吼声越来越弱，最终无力地倒在地上。

怪物倒地的一瞬间，化作一道流光，冲进了黑衣人的身体里，黑衣人的精神一振，修为更进一步，显然已进入凝璇境圆满之境。他不由哈哈大笑，大步流星地走过小桥，消失在塔里。

见到这一幕，所有的人都大喜过望，一个个争先恐后地选择一个小桥就冲了过去。

赤岭跃跃欲试，正当她脚步移动，也想跨上一座小桥时，张云旷急速现身，顾不上打招呼，开口就说："岭儿，慢着！"

赤岭看到无良"师父"又以吓人似的方式出现，嘟着嘴说："坏哥哥，又吓我！"却也停住了脚步。

"岭儿，对于未知的地方，应该多一分警惕。你先在这里不要动，我去看看究竟。"说完，也不等赤岭回应，就消失了。

"姐姐，很奇怪，我怎么没感觉到一点宝物的气息，也看不到宝物存在应有的景象呢？"这时，尖尖困惑的声音传来。

赤岭诧异地看着尖尖，"没有宝物？也许吧，毕竟刚才那个苍澜真君也没说这里有宝物，他只是说境核在这里的。但是，刚才你没见到旷哥哥吗？”

“旷哥哥？他不是走了吗？”尖尖也诧异地看着赤岭。

赤岭看到尖尖的小傻样，不禁扑哧笑出声来。旁边的王如玉也诧异地问：“刚才有人在吗？”

“哈哈！”赤岭干笑了两声，不说话了。

“主人，我们不去吗？”王如玉看到几乎所有的人都进去了塔里，也有些心动。但是主人未动，她肯定也是不能去了。

“等等看。”赤岭也没有多做解释，只是淡淡地说。

过了一会儿，张云旷出现在赤岭的身边。奇怪的是，他的脸色不太好。

“怎么了？”还没等他说话，赤岭就拉起他的手，仔细检查起他的身体来。敢情她还以为张云旷受到伤害了。

张云旷拉过她乱摸的小手，说：“我没事。咱们走吧。这个塔中有一个残魂，他诱惑那些人进入塔内，是为了吸取他们的灵魂来修补他的残魂，而达到以后夺舍或者转为灵修的目的。”

“什么？还有这样的事，这是什么邪恶的法术，吸取别人的灵魂来修补自己？”赤岭大吃一惊。

看到突然出现的人，尖尖高兴地跳到张云旷的怀里，张云旷也微笑着抱起尖尖，对着王如玉点点头。王如玉看到赤岭和尖尖的态度，哪里不知道这是自己人，再看到张云旷神出鬼没地出现，可见修为不是一般，所以她敬畏地站在一边，不敢有任何举动。

张云旷一手抱着尖尖，一手拉起赤岭的手，就往反方向走去。

“嘿嘿，既然来了，何必要走呢？”这时，一个阴恻恻的声音传来。紧接着，一阵狂风刮过来，卷起尘土，形成可怕的沙尘暴。很快，沙尘暴中幻化出一张巨大的脸，看不出年龄，眼睛却是赤红色的。

“哼！就你这残魂也想留住我们？”张云旷呲笑一声，转过身，抬手射出一道亮光，只听沙尘暴里一声刺耳的惨叫，沙尘暴犹如被扔进去一颗炸弹，“轰”地就爆炸开来。

赤岭和王如玉嘴巴半张，震惊地看着爆炸的沙尘弥漫整个天空。而他们四周却纤尘不染。显而易见，两个根本不是一个级别。

“好了，岭儿，这下可以进去了。”张云旷轻松地说。

说着，张云旷的手一挥，塔身一阵光亮闪过，里面的人一个一个地全部都跌了出来。跌出来的人有几个还想要冲进去，却被一道无形的墙阻挡住了。无奈之下，所有的人都脸色难看地四散走开，甚至还有人骂骂咧咧，殊不知刚才若不是张云旷，他们早已没有了活命的机会。

“旷哥哥，咱们还进去干什么？”赤岭不解地问。

“岭儿，那个残魂有一点还是说对了，在第九层确实有着这个秘境的境核。咱们现在上去，你把它炼化了，跟你的灵仙界融合，可以提升灵仙界。”说着，张云旷牵起她的手，抱着尖尖，就向塔里走去。王如玉也忙跟上。

一路畅通无阻，所谓的傀儡什么的一个也没有出现。很快，他们就上到了第九层。

第九层是个空旷的大厅，整个大厅除了中央有一个石碑外，一览无余，没有一点东西。

炼化一个石碑，对于赤岭来说，稍嫌大了一些，所以所费的时间也就长了一些。不过时间是最好的催化剂，几天以后，眼见得石碑一点点缩小，最后消失在她的手掌中。

接着就是灵仙界与秘境的融合，这个就比较麻烦了。想想看，两个世界融为一体，不是简单的交叉与重叠，而是真正意义上的融合。这简直是不可想象的。

这个过程，尖尖和王如玉体会的最直观。在他们看不见的地方，到底发生了什么，他们不得而知，只是能听到剧烈的轰鸣声不间断地响；然后，就是张云旷皱着的眉头能夹死蚊子；而赤岭呢，倒是老神在在地紧闭着眼睛，嘴角不时露出痛苦、惊喜、疑惑、理所当然等等表情，看得另外几人随着她的表情，心情一会儿喜、一会儿愁地跌宕起伏。

就这样过了不知多久，终于等到赤岭睁开了眼睛时，几人早已是趺坐在她的身边，自顾自地修炼起来。

赤岭抿嘴一笑，悄悄地走到张云旷身边，跪坐在他的身后，双臂环住他的腰，把脸贴在他的背上，闭上眼睛。张云旷早在她坐过来时就从入定中醒来，感觉到她依偎过来的身体，嘴角漾起温柔的笑意，任由她的依恋流淌在心里。

他们静静地坐在那里，任何的言语都显得多余，任何的人都不可能再添入这个唯美的画面。

苏醒的尖尖和王如玉就这么呆呆地望着他们，一时间，一切都静止了，浓郁的柔情充斥了整个空间，就连流动的空气也不忍打扰，变得似有似无。

直到张云旷轻轻拍了拍她的小手，所有的人才猛地惊醒。张云旷回眸一笑，转身把赤岭扶抱起来，两个人就这么回望着彼此，眼中只有彼此，心中也只有彼此。

“旷哥哥，咱们什么时候回家？”赤岭的眼中闪现出孺慕之情。

张云旷知道她说的是自己的张家，这么多年来，对于家这个概念，只怕她是停留在仙界里那一百多年来所住的地方。

这时，他想起了酒神和食神两夫妻。也不知道他们两个现在在什么地方，在凡人界是否找到他们的小主人。如今赤岭在自己身边，他们是否知道呢？看来，此间事了，也是时候去凡人界了结因果了。

想到这里，张云旷柔声说：“岭儿，等你修为提升到渡劫，咱们就回去。好吗？”

“啊？还要等多久呀？我现在才凝璇境。旷哥哥，我想爷爷、想爸爸、想妈妈、想小爷爷、还想玄爷爷老君爷爷……”赤岭嘟着小嘴念叨。从她苏醒了往日的记忆，张云旷发现她是越来越回到以前娇憨的模样了。不过，他喜欢！

“那你不怕以前的坏人了？”张云旷试探着问。他想看一看以前谈血色变的小家伙，如今会不会还像以前一样。

“怕。但是，我会学会很多东西，到时他们再来惹我，我会打到他们怕！另外，我不是还有旷哥哥你吗？我想，现在的你已经能自己保护我了吧？现在，就在此刻，我宣布，张云旷，将是我永远的贴身保镖！”说完，她的小耳朵如染上了色彩，由粉红慢慢变成了鲜红，接着蔓延到脸颊，但是她还是坚定地望向这个一直驻在她心底的男人。

听到赤岭犹如宣示般的告白，张云旷心中的喜意再也按捺不住，他一把抱起岭儿转了几圈，笑声声震千里：“哈哈哈，我的好岭儿，旷哥哥是你永生永世、生生世世的保镖！岭儿！岭儿！我太高兴了！太高兴了！！！”

赤岭把头埋在他的颈窝，闻着他身上的清香，心中的满足溢满整个身体、灵魂。

尖尖在一旁高兴地蹦来蹦去，如玉羞红着脸也不停地拍手庆贺。

把他们瞬移到塔外，赤岭显摆似的双手一张：“欢迎来到我的世界——灵仙界！”

塔外，眼前的一切已经跟原来的秘境大不相同，但是也跟原来的灵仙界有着许多不同。只见重重叠叠的翠山之中，连山成片的茶树夹杂在桃树、李树、梅树等果木之间，茶树与果树枝桠相连、根脉相通，茶吸果香，花窨茶味。这是以前的灵仙界所没有的景色，想必是秘境所独有，被灵仙界融合后保留了下来。

“岭儿，境外还有几个人在等你，去见见他们吧。”

赤岭才猛然想起了李心、夏宇和大鱼徐他们。她不好意思了，对王如玉说：“如玉，等会儿给你介绍几个人认识，以后咱们一起去闯荡江湖！”说着说着，神采飞扬了起来。

说走就要走时，被张云旷拦了下来：“别急，岭儿，还有一件事没办呢。”转头看向尖尖：“尖尖，还想做灵仙界的界灵吗？”

“可以吗？”尖尖兴奋地问：“能跟姐姐永远在一起，我当然愿意啦！”

“那好，我现在就为你转化。会有一些眩晕，只一会儿就好。”张云旷认真地说。

“嗯嗯，我不怕。”激动的尖尖连声说。

“噢，还得舍弃你现在的肉体。”张云旷更加认真地说。

“舍……弃肉体？”尖尖的脸一下子白了。“痛吗？”

看到尖尖可怜巴巴的小眼神，张云旷严肃地说：“肯定有点。”

“嗯，痛就痛吧，我忍！”尖尖视死如归的神情感动了赤岭、取悦了张云旷。

“好！”这下张云旷是真的放心了。灵仙界可以说是赤岭的心血。刚开始时，灵仙界只是一个荒芜的小世界，应该是她的家人给她锻炼之用的，来到仙庭以后，在她与张云旷一百多年的努力下，逐渐丰满起来，成为仙境中的仙境，可想而知，灵仙界对他们的意义。如今能够有个忠心的界灵，是求之不来的。

只见张云旷双手挽起手势，由慢到快，渐渐地速度越来越快，到了最后只能看见一片残影。而尖尖呢，不一会儿，大睁的眼睛迷茫起来，随后就不知不觉地闭上了，“扑通”一声倒在地上。

赤岭心疼极了，一路走来，从初识时的狡黠，到再见时的为它疗伤，再到共同经历战斗，共同寻找宝贝，可谓是同甘共苦的相互依赖的伙伴。而从此以后能够成为真正意义上的自己人，她的心中也是乐意之极，可是，看到它痛苦，心疼的感觉却是实实在在的。

这个过程时间不是太长，却是太熬人的神经，就连王如玉这个跟它相处不过寥寥数天的人都有些不忍。首先是要先让它成为灵类，而成为灵类，不仅是要灵魂剥离肉体，还要完整无缺；然后就是在它的灵魂里铭刻上复杂的阵法，让灵魂凝聚不散，而形成灵体；接下来就是它的望气瞳了，好在望气瞳属于先天的，这个功能可以说是深印在灵魂里的天赋神通，张云旷要做的就是让它的望气瞳不受一点损伤地回归到灵体里；最后，也是最重要的一环，就是把灵仙界的界心，也就是那个大殿，炼化进灵体的最核心部位——心脏，让它以后可以自如地掌控灵仙界。

这一切，最痛苦的是灵魂剥离这一环，动物跟人一样有着三魂七魄，要把三魂七魄从身体的各个部位抽离、再凝聚，无异于承受酷刑。这个过程，尖尖是受老罪了，可是一想坚持下来就可以永远在姐姐身边，它的毅力空前强大，这点让张云旷也不由侧目。

等到尖尖再次睁开眼睛，它的模样已是大变——只见一个五六岁的小正太正眨着萌萌的大眼睛观察着四周，欣喜的眼眸好似会说话一样，表达着自己的兴奋之情。

“不要着急。”张云旷拦住要抱住尖尖的赤岭。“还有最后一环。来，尖尖，把眼睛闭上，放开心神，岭儿，你把神识分出一部分，一缕太少，毕竟这个灵仙界对你来说最要无比。把神识放入尖尖的心脏部位，对，全包裹住，然后炼化它。”

随着张云旷的话语，尖尖和赤岭配合着一步步地完成了这个仪式——正式成功！

等赤岭和尖尖醒过来，两个人心中都有着明悟，并且，犹如两人已成一体的感觉让他们心领神会地相视一笑，尖尖消失在她的体内，立即开始与她神识交流。能随时在识海中交流，这样的感觉让两个本来就无间的人乐此不疲地说个不停。有所觉察的如玉羡慕地看了一眼又一眼，但是不敢说出什么。

张云旷不是不知道如玉的心思，但是她的忠心有待考察。如果她真的用心来陪伴岭儿，他不介意给她一些好处。

赤岭把秘境里历练的众人移走后，收起灵仙界。张云旷几个出现在李心、夏宇和大鱼徐的面前。

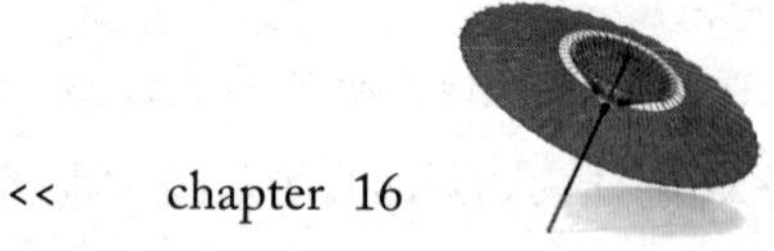

<< chapter 16

未知的旅途

静默的天空
俯瞰春阳下苏醒的泥土
以无声的气息
催促着生命的成熟

宇宙在世界深处
奏响巨大的赞美的歌
唤醒了无量的希冀
和希冀里无量的灵魂

闪烁的离合的星光
是你的召唤吗?
让花香浮动
在徐徐开启的眼眸

对于他们的突然出现，并且看到多出的人，三人有些吃惊，但也在意料之中。

身在秘境，如果没有一些偶遇之类的，就不算出彩。只是三人从来没有见过张云旷，面对张云旷的出尘和俊逸，李心顿时心跳加速，面泛红光；大鱼徐则是惊叹着造物主的神奇，怎么会有如此钟灵毓秀之人；而夏宇就如遭雷击一样了，往日的种种又浮现在眼前，尤其是他看着自己时那戏谑的眼神，简直让夏宇有种以头跄地的冲动。

张云旷闷笑，以更无耻的声音介绍："噢，是熟人，对了，这位也是熟人。"说着，拉过赤岭，认真地说："介绍一下，这，就是赤岭，那个小……"

"别说了！"夏宇大叫，这时要是还不知道自己认下的主人是小凤凰，那就真是实实在在的棒槌了！天啊地啊，来个雷劈死我吧！

赤岭恍然大悟，原来自己的宠物是他啊，真是风水轮流转，今天在我家！如果不是夏宇模样大变，她也不会误打误撞，把自己的"仇人"收为小弟，哈哈哈，心情不要太爽哟！

"不说也行。"张云旷收起戏耍的心思，严肃地说："只要你以后尽心尽意地保护她，我既往不咎。如果你还有别的想法，那就不是在仙庭的时光了！"

夏宇低头不语，好一阵子，垂头丧气地说："我知道轻重，放心，夏宇也不是以前的夏宇，我只是主人的坐骑兼保镖而已。"

"保镖？不不不，你还不够资格！"赤岭打断夏宇的话，傲娇地一仰头，不客气地说。

张云旷爱怜地摸摸她的头，微笑着，不说话。他们谁都没有发现，看着眼前的张云旷和赤岭亲热的样子，李心的眼中闪现的那一道不一样的精光。

"姐姐，这位哥哥是谁呀？你怎么不介绍给我呢？"李心乖巧地上前一步，把赤岭的胳膊抱在自己怀里，撒娇似地嗔道，同时，更是暗暗瞟了张云旷一眼。

"哦，不好意思，忘记跟你们介绍。这位是我的……旷哥哥。"她一咬嘴唇，羞涩地说。"旷哥哥，这位是李心，我的好姐妹，这位是大鱼徐。"

大鱼徐郑重地上前一抱拳："见过公子！"

"嗯。"张云旷点点头。这些人对于他来说，是低微到尘埃的小人物，但是看在岭儿的面子上，给个点头都已经是大恩。可惜，有人不那么想。

"旷哥哥，我是李心，你可以如叫姐姐岭儿一样，叫我心儿。"李心迫不及待地跑过来，仰着小脸欢喜地说，满眼的小星星清晰可见。说着，就去抱张云旷的胳膊。

张云旷嫌弃地一甩袖子，轻斥："请自重！还有，旷哥哥只能是岭儿一个人能这样叫，你，还不够资格！"

李心没想到会是这么个情形，心中委屈极了，眼眶一红，顿时眼泪欲滴。她把泪眼盈盈地看向赤岭，目的明显。

赤岭嗔怪地瞪了张云旷一眼，揽过李心的肩膀，轻声细语地安慰："心儿妹妹，别放在心上，旷哥哥就是这样的人，等以后熟悉了就好了。"

李心眼睛一亮，对呀，自己还是太心急了，所谓欲速则不达嘛。哼，等到那一天，不让你跪倒在本姑娘的石榴裙下，你还不知道本姑娘的手段！

想到这里，她噙着泪水笑了，那种雨打梨花般的娇媚别有一番滋味。

"好了，岭儿，旷哥哥还有事，就不陪你了。记住，修行不辍，才能早日回家。"张云旷说完，不等赤岭挽留就赶紧消失了。这个猿精的心太大，但是也不能明着提醒岭儿，只能在暗中保护了。

赤岭对于张云旷的离开，只难过了一会儿，她知道如果一直靠旷哥哥，自己有了依赖，难免会懈怠，修行是不进则退。为了早日回家，还是以修行为重，历练为辅。

想到这里，招呼几人继续前行。大鱼徐现出原身，让几人坐在他的身上，渡过了大湖。在大湖边，赤岭几人与大鱼徐告别，就再次踏上了历练之路。

这一天，几人说说笑笑间来到了一个小镇。这个小镇很是贫穷，几乎个个面黄肌瘦、衣衫褴褛。

赤岭茫然地四顾，怎么这个镇的人都像乞丐？哪怕一个穿着得体的也没有；而且，他们走过了整个镇子，连一个买卖东西的都没有看到。不正常，太不正常了！

王如玉走到一个老人跟前，询问道："老人家，这个镇子有客栈吗？"

却见那个老人顿时脸色惨白，连连摇手，一句话也不说就急步走开。如玉诧异地回望一眼赤岭，莫名其妙地耸耸肩。再次走到一位中年人面前，还没有来得及开口呢，就见那人扑通一声跪倒在地：“饶命啊，大仙！”

几人大吃一惊，一个个哭笑不得，这都还没说话呢，就叫起饶命来了，什么情况？

就在几人面面相觑时，只听得一声嚣张的声音震耳欲聋：“呔！哪来的鸟人？”

夏宇一听，大怒，本来在仙庭他就是个无法无天的纨绔，而今竟然有人比他更嚣张，顿时让他怒火中烧，一顿脚，就冲向声音的来源处。

一个满脸横肉的大汉敞着衣襟，下身穿着短裤，肩上扛着一把大铁锤，站在小镇唯一的大街尽头。他看到夏宇竟然是凌空飞冲过来，眼神一凝，心中打起了鼓，可别踢到铁板了吧。

但是形势不容他退缩了，因为夏宇已经一个大耳刮子打了过来。他忙闪躲，可惜，无论怎么样闪呀躲呀，大耳刮子依然扇在了他的脸上。

大汉的脸以肉眼可见的速度，迅速地肿起来，并且一口血水夹杂着几颗牙齿喷将出来。他止住踉跄的脚步，口齿不清地大喝：“好、好、好，你等着，我广山派饶不了你！”话音还没落，就飞遁出了几十米远。

夏宇心中大快，不屑地冷哼了一声，转身回到赤岭身边。

“年轻人啊，快走吧，广山派是仙家门派，他们向来没有吃过亏。今天你打了黑罗汉，说不得广山派会来人要你们的命啊！”正在夏宇得意时，那个老人走过来劝道。

“要我们的命？那也看他广山派有没有这个本事！”夏宇不由哂笑。

“老人家，谢谢你。你能告诉我你们为什么这么穷吗？”赤岭柔声问道。

“唉，一言难尽啊！”老人摇摇头，说：“你们还是赶紧走吧，再不走，等黑罗汉搬来广山派的仙人，你们就走不了啦！”

赤岭几人对视一眼，看来这个广山派在此地是个惹不起的庞然大物，而此镇的人之所以生活的这么困苦，应该跟此派有关，不然也不会如此视之如猛虎。是走还是解决这个吃人的虎呢？赤岭思忖着。

“姐姐，”尖尖传递来一个讯息：“这个地方有一条中级灵脉。”

赤岭一听，大喜过望。灵脉在任何世界都是根本，一个世界是不是富饶，跟这个世界孕育有什么品级的灵脉有着不可忽视的关系。如果修仙者能够在一条灵脉上，哪怕是在灵脉旁边方圆百里的地方修炼，都会有着事半功倍的效果。

虽然灵仙界里只有几条她和张云旷收集来的小形灵脉，但是就这几条小形灵脉所形成的环境，也是一般世界所不能比拟的。此时尖尖看出这里有一条中级灵脉，怎么能不让赤岭惊喜呢？

所以一听到这个讯息，赤岭急切地说：“在哪里？快带我去！”

然后对夏宇几个说：“跟我走！”说完就朝着尖尖指引的方向飞掠而去。

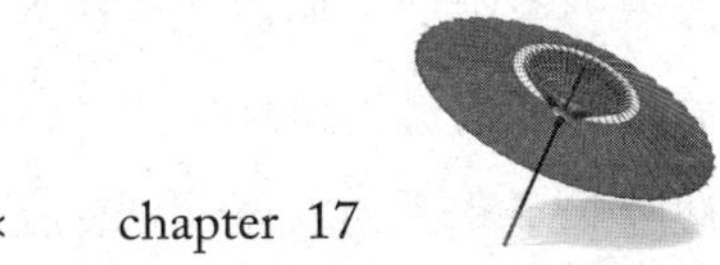

<< chapter 17

普越山脉

黄昏的夕阳
挥洒着最后的绚烂
披着霞光的云朵
如你的笑靥

轻轻拂过脸颊的细风
抚平微蹙的眉尖
远方青黛如云的山
亮了寂寞的心
活了停滞的思绪

带着重拾的欢快
迈着轻盈的脚步
踏过草坪
放飞笑声中的风筝

眼前是连绵不断的山脉，墨绿的色彩充斥着整个眼球，他们几个在外围山中就找到许多蕴含有十足灵气的草药和树木。如玉边感叹边不停地采摘着这些往日苦寻不得的好东西；李心也是兴高采烈边采边哼起了欢快的歌谣。只有夏宇不屑一顾，他紧跟着赤岭，遇到比较险峻的地方变化为虎身，让赤岭骑着轻松过去。

赤岭坐在虎背，微笑地看着、听着，心情无比放松。

她沉浸在这大自在中，不知不觉间，天地一片空明，心中一片空明，丹田内的元气开始向着顺时针涌动起来。夏宇察觉到赤岭顿悟的状态，不由放慢脚步，静静地停了下来。

这时的天地间最为纯净的各种元素都犹如龙归大海般，洪勇着汇聚到赤岭的体内，经过经脉流入丹田，化为七彩的元气。元气在丹田内规律地旋转着，越转越快，越转越快，很快地，浓郁的元气凝聚成了一滴元气水滴，犹如一滴水滴入滚烫的油锅内，顿时掀起了滔天的巨浪，整个丹田沸腾起来，元气漩涡也以光速般的速度飞快地旋转，第二滴、第三滴……元气水滴越来越多、越来越多，雾状元气越来越少。最后，丹田慢慢平静下来，整个丹田里没有了一丝元气，只有薄薄的一层液体浅浅地平铺在丹田的底部——凝璇期小成境达成！

赤岭睁开眼睛，退出空灵的境界，欣喜地内视着丹田内那还不到丹田容积百分之一的液态元气，长吁了一口气。哈哈，终于到凝璇境小成了！虽然从小成到大成，需要把丹田里的元气液体全部充满，但是这也只是压缩再压缩的过程，也就是时间的积累而已，比产生第一滴元气水滴要容易不知多少倍。

夏宇静静地伫立着，扭头看赤岭从入定中醒来，心中大喜——由于灵魂契约的缘故，他的修为也是突飞猛进：初化形为人形时，他的一切都是从零开始，虽说有神兽的底子在，但是因为在仙庭抽掉了仙根，剩下的只是本能而已。今天，就在刚才，因为赤岭修为精进的原因，他的修为也进入到了凝璇境初期，相当于一个孱弱的人一个仙果下肚，瞬间成为一个精壮的武士。他不禁庆幸，这个主人拜的好哇！看来，返回仙庭的日子可期啊！

不说夏宇的感慨，李心和王如玉更是一脸的艳羡，这一入定，修为大进，不是任何人都有这个待遇的。

“这个赤岭是不是老天的宠儿啊？！”李心的心中复杂莫名。

突然，几道人影从他们的上空风驰电掣般掠过。几个人只有王如玉的修为最低，她羡慕地看着凌空飞行的人影。

赤岭看着几人的表情，心中也有了不一样的感觉和决定。她拿出一瓶凝气丹，这是她以前炼制的，递给王如玉，说："如玉，这个凝气丹你先拿去用，应该可以帮你尽快到达炼气境的。"

王如玉惊喜地拿过玉瓶，拜倒在地："谢主人！"要知道，这凝气丹不是一般人能够拥有的，它是从筑基境到炼气境必不可少的冲关仙丹，不知有多少人卡在筑基境顶峰不能进入炼气境，如果有了这凝气丹，就会有七成的几率到达炼气境。凝气丹不仅是冲关灵丹，而且是炼气期最好的辅助灵丹，它能让修者快速吸收元气，进而更快地提升修为。在她的家族，举全族之力也不见得能得到一颗，更何况这是有价无市的宝物。今天，主人一甩手就给了自己一瓶，这得是多么大的恩情啊！

李心不动声色地看着如玉手中的玉瓶，好似不在意地说："哎呀，如玉，这是姐姐的心意，你就好生拿着，提高自己的修为，也好在姐姐需要你的时候出一份力呀。"

赤岭和如玉都是一愣，相视一眼，赤岭笑道："心儿妹妹说的对，如玉，提高修为是第一重要的事，遇到事情不能自保是很恼火的事。"

"是呀是呀，自保是小事，如果成为拖累就不好了。"李心娇笑连连。

如玉怎么听怎么膈应，只好淡淡一笑，不再接话。

赤岭本来想着李心刚刚修成人形，修炼也才开始，送给如玉的东西当然也少不了她的，可是听着她的话，心中竟然有着警示，让她开始以审视的眼光看待起李心来。如果李心知道自己一时的嫉妒让赤岭对她产生了不一样的感觉，想必她会后悔不迭吧。

夏宇冷眼旁观，他本就是有着七窍玲珑心，不然也不会在仙庭那种把尔虞我诈当作寻常的地方，混得风生水起。而今李心心中的小九九，他哪能不知道。但是，张云旷临走时给他传音，让他只是保护好赤岭不受到伤害就好，其他的，让赤岭自己处理，只有自己经历过了，才能明辨是非曲直，在以后的日子里才能不会受到不必要的伤害。因此，他一声不吭，只是在心中给自己加了一道警惕之弦。

接下来的气氛有些异样，谁都没有说话。李心小心翼翼地看了赤岭一眼，在赤岭的脸上没有看出什么，心中暗松一口气。她不认为赤岭能听出自己的话中之意，好歹自己也活了好几百年，肯定不是赤岭一个十几岁的小姑娘能看透的。想到此，心中大定，开始若无其事地跟如玉攀谈起来。

在她们俩有一句没一句的闲聊中，几人不知不觉地登上了一座大山的顶峰。这里的灵气越发的浓郁，但是不知什么原因，植被很少，整个山头怪石嶙峋，甚至有几处的泥土中半露着精金，在阳光的照耀下闪烁着幽暗却炫目的光芒。李心惊喜地把几块裸露的精金收入囊中，又埋头寻找起其他的好东西来。

赤岭走到另一边，极目远眺，见下方的山谷中一片建筑物掩映在郁郁葱葱的树林中。从上往下俯瞰，只见一个高大的山门耸立在谷口，四周是一圈小房，拱卫着中央几幢超大的别墅。正中央的一幢别墅占地最广，几乎是整个山谷的三分之一。左方是一武场，隐约可见武场上有许多人；后方是一大片灵草园，呈梯田式排列着不同的灵植。

赤岭不由感叹，把门派建立在这个灵气浓郁的山谷，真的是好眼光。

“姐姐，灵脉就在这座山的下方。”尖尖肯定地说，“在地下六千米左右。”

赤岭有些犯难，如果把灵脉抽走，那人家门派不就遭受了无妄之灾了吗？咱跟人家又没有结怨。可是，没有发现也就罢了，你说，如果有一堆财富就在眼前，自己却不去取，是不是有点傻呢？太让人纠结了！

正在赤岭纠结不已时，就像有什么感应一样，再或者说是下面谷中的人修为太高的缘故，一道人影急速地飞掠上山头。赤岭几人吃惊地看向飞掠来的人，那是一个马脸的中年人，说他是马脸，是因为这人的脸也太长了点，而且，此人一种久在上位的威严自然散发出来，让人有种仰视的感觉。

“你们是谁？”马脸人皱着眉头，一脸不耐地问。

夏宇眉头一挑，带着一股玩世不恭的味道说：“怎么，我们是谁跟你有什么关系？”

马脸人的眉头皱得更狠了，严厉地说：“你是谁家的孩子，怎么这么跟大人说话？！这个地方，方圆万里，都是我们广山派的地盘，你们没经过我们广山派的允许，来这里又是采摘灵植，又是采集灵矿，还说跟我没关系？”说着说着，马脸人更加生气，一股灵压扑面压向几人。从灵压的威力来看，此人应该是结丹境高人。

夏宇胸中一窒，差点吐血。明显的，马脸人恼火着刚才他的不恭，灵压着重还是针对他来。

“前辈息怒。”赤岭忙说：“我们是外地来的，不知道这里是贵派的地方，有冒犯之处还请前辈见谅。”

马脸人目光一凝：“外地来的？”接着不动声色地问道：“刚从下面的小镇来的？”

“是。请前辈……”赤岭的话还没说完，就被马脸人打断：“这么说，我派弟子黑罗汉是你们打的喽？”

赤岭心中大叫不好，这人显然是那个黑罗汉的后台了。怎么办？

马脸人不等确认，就长啸一声，下面山谷中迅速又飞上来三道人影。

三道人影上来后，先跟马脸人见礼：“见过马师伯！”可见此派等级森严。而马脸人真的姓马，似乎也是题中之意。

“这几个人正是打伤黑罗汉的罪魁祸首。他们实力不强，就给你们几个练手了，杀了即可。”马师伯一副高人作派，淡然说道，说完竟然不屑一顾地径自飞下山去，走了。

三人扭头看向赤岭他们，一看几人最高也只是凝璇境，并且还是个漂亮的小女孩，而自己一方却全是凝璇境，而且有两个还是凝璇境大圆满之境，顿时个个战意盎然，争先恐后地亮出各自的法宝就冲了上来。

夏宇还好些，以前不管是欺负人也好，是被人欺负也好，好歹有过战斗的经历；赤岭在那个苍澜秘境内有过几次打斗，不说战斗经验有多么的丰富，至少不会手忙脚乱；王如玉也有着不少的历练，历练中争夺资源的战斗更是数不胜数。

而李心就不行了，做灵猿时，几百年来只困守着一个紫玉山，只有别人求她要紫玉幻石的，唯一让她忧心的就是化形了，哪里有过争夺，更别说战斗了。因此一看到几个修士气势汹汹地打将过来，吓得一下躲到赤岭的身后。

首先是夏宇，剑眉一竖，手中凭空出现一把宝剑，三尺青锋闪着冷芒。这几人最低也是凝璇境，法术高强，如果不拿出武器，很难在他们手上走上几招。对上他的是一个手拿长棍的短打打扮的矮个子，一根棍子挥舞着，大叫："仙人指路！"棍子直接点向夏宇的眉心，棍子的前端隐隐吞吐着一层气圈，气圈形成了一把匕首的模样，眼看着就要刺中夏宇。却见夏宇冷冷一笑，前身微微后仰，右手长剑迎向棍子，左手结了一个手势，一个硕大的风刀作为奇兵，对着矮子就一刀砍去。白虎一族本就以风为属性，就如凤体生来属火一样。风，是本能，更是虎族的天赋神通。显然，矮个子没想到对手还会有风刀，一个措手不及，整个右臂连同半个身躯唰地就离体了，里面的内脏隐约可见。矮个子一个惨呼倒在了地上，手中的兵刃也不翼而飞。

同时，赤岭对上一个臂缠红绫的女子，红绫女子如看猎物一样盯着赤岭，给她造成了很大的压力。但是偌大的压力，更是激起了她的高昂战意。突然看到猎物以一种兴奋的眼神看向自己，让红绫女子非常诧异。但诧异归诧异，她的动作却不慢。只见她的红绫迎风飞长，一瞬时就犹如巨大的布幔，遮天蔽地，把赤岭盖在了布幔下，并且迅速收紧，把她紧紧地裹在了里面。说时迟那时快，布幔越收越紧，甚至，赤岭都感觉到了窒息。她慌忙祭出焚神火种，焚神火种刚一祭出，红色布幔轰地一下化为灰烬。红绫女子触不及防之下，口中"哗"地喷出大片鲜血，顿时倒地，萎靡不起了。

这边，王如玉在跟一个黑衣人游斗。黑衣人由于由头至脚全身裹在黑布里，分不清男女，更是一声不吭地甩手就是一个绿色的藤蔓，藤蔓像是有着生命般疾速冲向若云。如玉深知绝不能让藤蔓缠住，一旦缠住，那就是要命的事了。她几乎是刹那间飞遁到另一边，黑衣人如影随形，也飞快地跟上。就这样，如玉边逃边甩出赤岭给她的几张保命用的灵符，两人一追一逃，绕着山顶就游斗起来。黑衣人也不猛追，就那样不紧不慢地边躲边追，不像是生死大战，倒如同嬉戏一般。

而李心呢，她本来是拿定主意躲在赤岭的身后，绝不参战的，可一看到红绫遮住了赤岭，便立即退出，远远地观战。也幸亏广山派只来了三个人，如果多一人，她便没有这么悠闲地坐山观虎斗。

其实，这场打斗也只是一瞬间的事儿，夏宇的对手倒地，眼见是活不成了；红绫女子也由于本命法器被毁，心神俱创，重伤之下，连拿出疗伤丹药也没了力气，正犹如离了水的鱼儿，只有出的气没了进的气，随时就会毙命。两人心领神会地一人一剑，全给杀了。

说来也是广山派的几人太轻敌，谁能想到相差了这么多修为的打斗，竟然会如此逆袭！

杀了矮个子和红绫女子后，赤岭两人的眼光投向与如玉游斗的黑衣人。这时一追一逃的两个人还在不紧不慢地表演。等黑衣人回头看向战场时，才发现那边战斗早已结束，并且是不可思议的结局。黑衣人愕然地停下了，吃吃地说：“你、你们杀了他们？”

赤岭和夏宇微微一笑，玩味地说：“是啊。你是继续打呢，还是投降？”

黑衣人仰起头，好一会儿后，突然灵气一振，外面裹着的一层黑布唰地崩裂，露出里面一身深蓝色劲装，看得出来，这是一个二十岁左右的年轻女孩，靓丽的脸上配着一双入鬓的剑眉，不仅没有一点不和谐，而且还平添了飒爽的英气。

面对几个人吃惊的眼光，女孩儿一笑，顿时整个山顶就如同春天里的花园，明媚、灿烂。“诸位，我叫黄丽。”她抿嘴笑道：“这座山叫普越山脉，此地仅是普越山脉的外围。而广山派只是一个小门派而已，只有一个元婴境掌门坐镇。但是由于此派广收门徒，导致良莠不齐，致使方圆百里的百姓深受其苦。”说着，她沉吟了一下，眼圈有些泛红，接着说：“我家就在山下的那个镇，我爹是镇长。有一天，广山派掌门找到我爹，要求镇子里每月供给广山派五千斤粮食和一千两黄金。”看到赤岭他们吃惊地张大嘴巴，她停顿了，在赤岭的示意下，她接着又说：“由于我爹不愿意，他、他把我爹残忍地活着剥了皮，可怜我爹惨叫了两天才咽气！”黄丽说到这里，已泣不成声。

赤岭他们几个听到此处，个个义愤填膺，对于广山派掌门的暴虐感到匪夷所思，天呐，这还是人吗？怪不得那个马性长老一言不合，一个“杀了即可”，就要结束别人的性命。如此视人命如草芥，看来这个广山派都是一丘之貉。

“我本来是普越山脉内围云霞宗的弟子。听到我爹的事情后，急忙赶回。因为我修为尚低，当时只是炼气境，所以师父让我在路上以黑布裹身。谁知在离家还不足十里时，被广山派的一位结丹境长老以我资质好为理由，给抓到广山派，做了他的一名弟子。喏，这两个人就是他的另外两名弟子。挺不可思议吧，这个广山派就是这么的霸道和可笑。可是，他们在普济山外围就是霸主般的存在，你们可能也见到了镇子现在的情况，全镇人的生活都无以为济了，还要每个月给广山派上供。唉！”黄丽以一声无奈的长叹结束了她的话。

赤岭沉默了，不知该说什么好，她只是挥挥手，对夏宇说：“去，把那两人的尸体处理好。”

夏宇走过去，扯下两人身上的储物袋，一把火毁尸灭迹。

黄丽这时苦笑了，知道自己在这几人面前印象不是太好，自己也不想找不自在，就想着跟他们告辞：“诸位，我要回到自己的宗门去了，就此告别。”说完，一个闪身，往山脉另一方飞掠而去。

“姐姐，我……”李心期期艾艾地走到赤岭跟前，说：“我不是怕死，只是我功力尚浅，怕给你们添乱，才……”

“不要紧，心儿妹妹，姐姐没有怪你。”赤岭柔声说。

“那，姐姐，我也想快些提升修为，你也给我一些丹药呗。”李心打蛇随棍上地要求道。

赤岭看了她一眼，不动声色地说：“哦，当然好，但是现在我身上也没有了你能用的灵丹，等以后我炼制好了再给你。”

李心不禁大失所望，接着眼睛一亮：“不要紧，如玉的分给我一半不就行了？”

“呲，我说李心，你也太拿自己当回事了。如玉的灵丹凭什么给你一半？主人已经说了以后会给你，你急什么？”夏宇最讨厌不知轻重的人，他又是少爷性子，能给李心什么面子？

“喂，你一个奴才，想教训我？”李心更是嗤之以鼻：“我又没找你要，你多什么嘴？”

赤岭这时的脸色非常不好，没想到这个猿精如此跋扈，当初的可人劲儿都是假的吗？当即就说：“什么奴才？！咱们是一个整体，都是一家人，谁都不比谁高贵。修行的路上应该相互扶持，不分彼此。以后这样的话绝不许再说！”

看到赤岭发怒，夏宇和如玉的心中是一暖，李心则喏喏应是，眼中的怨毒却几乎成实质，只是她及时垂下了头，没人看见。

“看来，这个广山派不是什么好人，那我收取此地的灵脉就算是釜底抽薪，不给恶人留下滋生罪恶的温床。”赤岭眼神一凝，厉声说道。

说完，她就使出遁地术，消失在山中。留在山顶的三人则分成两派，李心独自坐在一块岩石上，不知在想什么；夏宇和如玉在低声地说着修行上的事，主要是如玉在虚心向夏宇求教。李心不时抬头，漠然地看着相处融洽的两人。

灵　脉

新绿的嫩叶
冲破冬的束缚
给大地
绘上第一笔春的色彩

粼粼的波光
被欢快的鱼儿荡起
含苞的花蕾
打开了春的扉页
写下全新的希望

灵巧轻盈的风
带着春的气息
感受着感动
远处悠闲的小调
让心情
与鸟儿一起飞翔

赤岭越往下潜，越感觉到浓郁的灵气扑面而来，后来甚至形成了液态，扑簌簌地打湿了衣服，她贪婪地呼吸着这纯净的灵气，丹田内的元气液体越来越多，只一小会儿就达到了三分之一的体积。如果不是想着尽快收取灵脉，真的想就此修炼下去，也许很快就能达到凝璇境大圆满，甚至能够结丹。

在尖尖的指引下，赤岭用了最短的时间到达灵脉。只见一条望不到对岸的泛着金光的乳白色灵脉出现在眼前，如同大海，又如同山脉，跌宕起伏，磅礴大气，震人心魄。

这时的尖尖已站在赤岭的旁边，也是小嘴微张，震撼地看着这条巨大的灵脉。两个人都没看到，这时，张云旷已快步走向灵脉，用手触摸时，明显感觉到了灵脉蕴含的惊人的灵气能量。

他回过头来，对赤岭说："快，岭儿，就像咱们以前收取小型灵脉时一样的手法，我在旁辅助你。"

听到张云旷的声音，赤岭欣喜地跑向他，乳燕投巢般的扑到张云旷的怀里，仰起脸，兴奋地说："看，旷哥哥，尖尖的感应真的没错，这真的是一条好大的灵脉呢！"

张云旷宠溺地说："是，咱们的尖尖不错，我的小岭儿更是个有福的人！当务之急是收取灵脉。来，一起努力！"

两个人一起认真地结起手势，尖尖也在一旁准备着随时把收取的灵脉收到灵仙界里。

时间一分一分地过去，两人沉浸在繁多而复杂的手法中，不敢出一丁点的差错，不然就会功亏一篑。很快，赤岭的脸上渗出了细密的汗珠，脸色也越来越苍白，但是她咬牙坚持，专注地结着手势。

这条灵脉要比以前收取的小灵脉大了太多，几乎是小灵脉的几倍，所要付出的精力就要更多。这对张云旷来说容易，但是赤岭毕竟修为有些低，而灵脉是要收到赤岭的灵仙界，所以主力还是赤岭，如果没有张云旷，甚至她都要打消收取这条灵脉的想法。

渐渐地，赤岭的手法慢了下来，张云旷心疼地想要放弃时，尖尖把小手贴在

她的身上，抽取灵仙界的力量，灌注到赤岭的体内。顿时，赤岭精神一振，又赶上了以前的节奏。

也不知过了多长时间，只有尖尖知道，灵仙界里的灵植都开始耷拉脑袋了，有的甚至出现了枯萎的现象，这是抽取灵仙界灵气太多的缘故，但是他不能停下，哪怕灵仙界的灵气抽取完，只要这条灵脉能收到灵仙界，那些枯萎的灵植也都会重新焕发生机和活力。

好在，就在尖尖打算加大灵气输出时，灵脉开始了一点点地往灵仙界转移。这时，就不需要太大的精力了，只要保持着这个速度就行。尖尖终于松了一口气，迅速回到灵仙界，开始协助着把灵脉引到灵仙界的地底。

终于，终于，灵脉完全进入了灵仙界，张云旷和赤岭长吁了一口气，相视一笑，赤岭一下跌坐在没了灵脉的地上。张云旷忙拉起她，说："快进入灵仙界，就在灵脉旁修炼，会收到意想不到的效果。"

然后，两人一下就消失在原地。灵仙界里，赤岭盘坐在灵脉上，运转《凤舞九天》功法。这时的灵气如风暴般刮起一阵旋风，汇聚到赤岭的头顶，俯冲进她的体内，丹田里的元气液体肉眼可见般涨起，很快，液态元气充盈了整个丹田。

灵气继续下灌，丹田里的液态元气被气旋带动的越来越凝实，渐渐地，有些液态元气转化为了固体，气旋越转越快，液体越来越少，固体越来越多，最后，所有的液态元气全部转成了固体。这时的元气已不能称之为元气了，姑且称之为灵元吧。

丹田里的灵元旋转得越来越快，已经找不到它的运行轨迹。慢慢地量变转为质变，随着这种变化，灵元凝成了一个大大的圆球，圆球越转越小，越转越小，最后凝成一个拇指大小的七彩小球，在丹田里滴溜溜地旋转——这个小球的形成标志着赤岭顺利进入结丹境，而小球就是她的内丹了。

赤岭进入结丹境的时候，她胸口上的凤凰印记也越来越亮，仿佛就要振翅高飞，特别是凤凰的那双眼睛，熠熠生辉，冲破了苍穹，射入遥远的天际。

这两道光冲破层层云雾，直射到圣域，在圣域引起了极大的波动。也就是这时，老凤凰才可以算出小凤凰的位置，并且知道了这两道光是自己家小公主的。也就在这一天，老凤凰大筵宾客，拿出了珍藏多年的好酒，喝了个酩酊大醉。而同时，在董家，董家老祖也似有所感应般，令董家小世子董万里火速准备，等到算出结果，就能即刻出发。

进入结丹境后，赤岭并没有停止修炼，她头顶上的灵气风暴仍然继续，更多的灵气在丹田内转化为灵元，在旋转的内丹的带动下进入到内丹里，成为内丹的一分子。一般情况下，等到内丹上形成一个金色的圆圈，就是进入小成之境；两个圈，是大成之境；三个圈，即是圆满之境。之后就要破丹成婴了。

随着赤岭忘我的修炼，她的境界稳固下来，并且更进一步，内丹上隐隐约约出现了第一个圈，这个只能看出大概形状的圆圈，是一只绕飞的凤凰图形。

直到这时，她才睁开眼睛。旁边，是一直为她护法的张云旷，她朝着他露齿一笑，这时的赤岭，有着不一样的气质，灵动中带着一丝沉稳，有了那么一点儿高人的风范了。

突然，在张云旷的身边出现了一道耀眼的光，光亮过后，又一个张云旷出现了！两个张云旷会心一笑，走到一起，合二为一。

赤岭张开小嘴，吃惊地看着眼前这个匪夷所思的情形。张云旷看着她的小模样，伸手敲了一下她的脑袋，说："岭儿，怎么，不认识我了？"

"嘿嘿嘿，吃惊，是吃惊。"赤岭不好意思了。本来嘛，早就知道会有这样的情景出现，还会感到不可思议，这让她有些害羞。

"噢，对了，旷哥哥，不是本尊不能下界吗？你的修为是封住了，还是掉落了？"赤岭关心地问。

"你忘记我是阵法师了吗？呶，这是我遮蔽气息的阵盘。"说着，张云旷从胸前衣襟里拿出一个很小的罗盘似的挂件。赤岭好奇地凑过去，拿在手中仔细观察，想不到这个小小的东西会有这么大的用途。

看到胸前黑黑的小脑袋，张云旷止不住满怀的爱意，环住她的腰，紧紧地抱在怀里，呢喃着说："岭儿，我的岭儿，让我好好抱抱。"

伏在他的怀里，赤岭嘴角含笑，也用双手抱紧了张云旷的腰。两个人静静地享受着这暖暖的感觉，谁都不愿意从这样的氛围里走出。

"旷哥哥，我好像苏醒了以前的记忆。"赤岭仰起脸，用手轻抚着他的脸颊，小声地说。

“你不是已经苏醒了吗？”张云旷闭着眼睛，享受着赤岭的爱抚，不愿醒来。

“是、是圣域的记忆。”赤岭更加小声。

“什么？！”张云旷一惊，猛地睁大眼睛，“真的？什么时候？”他一叠声地问道。

“嗯，就在刚才。旷哥哥，我是圣域凤凰世家的人，我姓王。”赤岭认真地说，接着嘴角一撇，眼中含泪，委屈地说：“旷哥哥，我是被人推下来的。”

张云旷心疼地拂去她的泪水，说：“其实，咱可以换个方向来看这个问题的。如果不是把你推下来，我上哪去找这么好的道侣呢？”

赤岭听到他的话，不由扑哧一笑，脸色红红，害羞地扭捏着说：“谁是你的道侣了？”

“怎么？是谁说要我做她永生永世的保镖的？不做你的道侣，我怎么能做你的贴身保镖？”说着说着，他情不自禁地捧起爱慕已久、期待已久的红唇，缓缓地印上去。

两张唇轻颤着贴在一起，张云旷无师自通地慢慢用舌分开那香甜的嘴唇，深深地吻住赤岭。赤岭双手攀住张云旷的脖子，软倒在他的怀里。渐渐地，也是沉浸在这个深吻里。

良久，就在她快喘不过气时，两张唇才不舍地分开。赤岭羞涩地把头埋进张云旷的怀里，不愿意出来。张云旷紧紧、紧紧地抱住怀里的珍爱，一时间，竟有些感动得想要流泪。

直到尖尖不放心，跑到灵脉这里，才打断了两人的恩爱。赤岭把脸更深地埋在张云旷怀里，只有张云旷含笑对尖尖说：“嗯，有事吗？”

尖尖有些不好意思，他偷偷地看了赤岭一眼，说：“没什么事，我只是有点担心姐姐，才过来看一看。没事没事，我走了。”说完，逃一般跑开了。

张云旷闷笑了好久，才轻轻搬过赤岭的身体，调笑道：“小岭儿，你是不是不准备出来了？”

赤岭用手打了他一下，才从他的怀里离开，但是还是不敢抬头。

等到两人出来，赤岭还害羞着。张云旷也不敢再调笑她，只是跟她絮絮叨叨地讲些她走后，自己在仙庭里的事，着重讲了杜淳义夫妻俩不辞辛苦找寻了她一百多年的事。听到这里，赤岭非常感动，但是对于两人现在在哪里，她也不清楚，只能等她的修为最低达到出窍境，能够更加切实感悟到天地大道，才能回去现代，一来找寻杜淳义夫妻，二来也好跟过去的因果来个了结，不至于在渡劫时遭受心魔的侵袭。

然后，两人出了灵仙界，一个瞬间就回到了山顶。

山顶上的三人一看到赤岭出现，并且张云旷也跟着来到这里，神情各自不同。夏宇是纠结；如玉是惊喜；李心则是两眼放光，心跳不已了。

李心几个健步冲到赤岭和张云旷的身边，仰着小脸兴奋地说："啊！旷哥哥，你来啦！心儿可想你了！"

张云旷看了她一眼，不动声色地后退一步，站到赤岭的身后，一声不吭。

"旷哥哥，心儿修炼可用功了，现在已经是凝璇境了哟！"李心越说越起劲。

赤岭用手揉了揉太阳穴，不知该拿她怎么办。

张云旷看到了赤岭的为难，正色道："李心姑娘，请叫我张公子，或者叫我少爷，或者叫我姐夫都行。我是赤岭的未婚夫。"

李心的脸色唰地一下煞白，她用受伤的眼神看向张云旷，然后以哀怨的语气说："姐夫？哈哈，姐夫。我以为你懂我的心的，你为什么看不到我的心？！"说完，痛哭着跌坐到地上。

也许，李心是真的喜欢张云旷？赤岭心中想到，面对痛哭的李心，她的心里也不好受，但是，爱人是绝不能相让的，自己的感情绝不能亵渎。所以，赤岭只能冷静地对李心说："心儿妹妹，我想，爱一个人是没有错，但是，最重要的是两情相悦，单方面的付出是不行的。你还刚刚修为人形，也才刚刚开始修炼，只相当于人类的小孩子，对于感情尚无定性，人生的路很长，特别是对于咱们这样的修仙者，寿命就更长了，现在不要想这些，以后等你的修为提高，并且知道了自己真正想要的是什么时，你会找到爱你、你也爱的道侣。"

"你懂什么？你不也才十几岁？你凭什么教训我？"李心歇斯底里地喊道。说完，不顾一切地站起身，往山里跑去。

夏宇冷眼看着李心的表演，心中反感至极，没好气地对想要追李心的如玉说："你追什么追？这段时间受她的窝囊气还不够吗？亏你忍受了这么久。"

如玉停下脚步，不好意思地说："噢，其实，其实也没什么啦，她也就是强势一些。"

张云旷含笑看着两人，心中好笑。看来这次下界夏宇是因祸得福也说不定，不只是性情大变，昔日的纨绔子弟习性越来越少，而且还学会了关心别人。以后跟着赤岭和自己，肯定会彻底跟过去告别的。

赤岭对李心的离开，却是无可奈何。本来以为她是个娇憨的小女孩，可是结识以来的种种，却越来越显露出的她自私、自以为是的性格。这种性格实在太不讨喜，所以对她的印象大打折扣，离开也好，太闹心。

接下来，张云旷以探路为由离开了三人。走前嘱咐几人一切以安全为重，千万不能把自己置于险境。

赤岭打算寻找一处安全的地方让如玉跨入炼气境。如今夏宇随着她的提升而提升至凝璇境大圆满之境了；而如玉即将进入炼气境，这是一个分水岭，跨过去了，就能成为真正意义上的修仙者，跨不过去，以后的路上就不能让她跟随了，毕竟他们是要回到仙庭的，不可能带着一个凡人。

然后几人就往山脉深处行去，一路上，为了训练若云，只要是低级的妖兽都是若云来，所以如玉的战斗能力和技巧一天天成熟，修为也更为接近炼气境，只差临门一脚就可以顺理成章地成为炼气境修士了。

<< chapter 19 

雪心城

窗外的蝉儿
在树叶下唱着怀旧的歌
树叶舞动身姿
用和声伴奏

月亮挂上树梢
给叶儿披上朦胧的面纱
笑语盈盈处
树叶把月光订成一页页的书
让夜幕去读

我把树叶洗净
沏成一杯苦苦的茶
任它慢慢滑过喉咙
留一丝淡淡的清香
回味　悠久

这天，登上一座山峰，极目远眺，他们发现在不远的地方有一座不小的城池。既然城池建在山脉中，就肯定有着修行者，那么，修炼的场地应该是有的。于是，三人决定进入城池后，寻找到灵气浓郁些的地方，就让若云尽快冲关。

远远地，就能看到城池的模样。这是一座很大的城池，城墙全由精铁铸成，散发着幽冷而坚硬的气息。高高的城墙上方，镶嵌着三个大气磅礴的字“雪心城”。城门外排着两行长长的队伍，而城门口有两个护卫兵在收入城费。

赤岭不知道这里收的是什么样的流通币，就让夏宇去打听一下。等夏宇的期间，听身边的人在说着什么庆典之类的话语。

“知道吗，咱们雪心城主今年的千岁大宴，不仅邀请了各大城主，而且听说还有几个大妖也在邀请之列。”一个中年人悄声对自己的同伴说。

“什么？还邀请了大妖？哦，百年一次的兽潮快来了吧，雪心城主可能是想借此机会拉拢一下，希望兽潮当中能对雪心城网开一面吧。”此人猜测道。

“难说，雪心城主一向与人为善，说不定他真的有这样的想法。可是，妖就是妖，翻脸比翻书还快是它们的品性。说不得结果会怎么样啊。”中年人感叹着说。

赤岭正听的有兴，夏宇回来了。他对赤岭悄悄地说：“主人，此处收取的入城费分为两种，一种是凡人，收取一两黄金；一种是修真者，收取一块灵晶。”

灵晶，是灵石的伴生石，内含少量的灵气，约是初级灵石的五分之一左右。一般的修真者是用初级灵石来加速修炼，只有贫困些的散修才不得不用一些灵晶来凑数，聊胜于无嘛。

而赤岭他们的手中只有灵石，且最低也是中级灵石，还是尖尖无聊时从灵脉旁捡拾着玩的。怎么办呢？赤岭眼珠一转，调皮一笑，对着那两个谈话的人说：“大叔，打扰一下。”

两人回头一看，是三个十几岁的小孩子。那个中年人慈祥地笑着说：“不打扰，不打扰。小姑娘，有什么我们能帮你们的吗？”

一听大叔的话，就知道是个不错的人。她用一种可怜巴巴的语气说：“大叔，我们出来时没有带钱，你能借给我们三个灵晶，让我们进城吗？”

“哦，哦，没关系，大叔这次进山猎了几头不错的猎物，几个灵晶的钱还是有的。”中年大叔笑了，看来他们真的收获不错。说着，把三个灵晶递给赤岭。

赤岭高兴地接过来，对中年大叔甜甜一笑，说：“大叔，你们一定好人有好报。”

两个中年人对视一笑，不约而同地说：“谢谢，借你吉言啦！”说完，几个人都开怀地笑了。

赤岭在他们不注意时，把一个小小储物袋放到中年大叔的怀里，里面装着几十块中品灵石和两瓶凝气丹，每瓶有十颗凝气丹。从赤岭的观察中知道这两个人都跟若云一样到了筑基境的顶峰，如果有一两颗凝气丹也许就能跨入炼气境。而这两个人人到中年了还卡在这里，应该是力不从心了，长此下去，进入炼气境的机会会越来越渺茫，终其一生，也只能是黄土一捧的结局。今天，他们的一个小小的善举，得到的不仅是好心情，更是一个不可多得的机缘。就如赤岭所说“好人一定有好报”。

很快，几人进入了城里。与两位大叔告别后，三人漫步在大街上，浏览起来。

这里的街道很宽，大概有五六辆车并排行驶的宽度，街道两旁商铺林立，只不过，据他们的观察，左边的商铺一律售卖修真者使用的各种法器、丹药、符篆、各种灵材等等，而右边的商铺售卖着凡人用的各种没有一点法力的东西。两种商铺以街道为界，泾渭分明。

几人兴致勃勃地左边看看、右边瞅瞅，小孩子爱热闹的心性表露无遗。尖尖也出来了，以赤岭的话说，是让他也感受一下这份热闹。

街道非常热闹，卖凡人商品的商铺个个都有一个伙计在大声吆喝，如同赛歌；卖修真者商品的商铺却鸦雀无声，形成了两个极鲜明的对比。两边各不相干，却也相安无事，真是奇哉怪也。赤岭不解地走到街道中央，这才发现，在街道的正中央有着一道无形的界线，把两边分成截然不同的空间，互不相扰。真的让人啧啧称奇。

他们走进一家卖丹药的商铺，里面有着空间阵法，从外面看去，只是一间小小的门店，进去才知道这是一个有着一千多平米的两层建筑。第一层摆满了一排排的透明柜子，柜子里面是各种或用玉瓶或用瓷瓶装着的丹药。仔细看去，都是低级的丹药，最高也就是二品上等的清目丹。

几人一看就没了兴趣，正准备离开，这时一个老者从楼上下来，和声叫道："各位小友，如果下面没有各位想要的丹药，可以上二楼来看一下。二楼有二品、三品的丹药，并且本店的镇店之宝四品灵丹破障丹，如果各位需要，也是可以商量的。"

赤岭一听，来了兴趣，领先跟随老者上了二楼。二楼只是寥寥几个柜子，却被装扮得富丽堂皇，每个柜子里只装两到三个更加玲珑剔透的玉瓶，让人一眼看上去就知不凡。特别是中央地段，一个大气、豪华的与众不同的不知材质打造的柜子矗立着，里面只有一个玉瓶，看来，这个就是老者所说的四品灵丹"破障丹"了。

赤岭好奇地凑上前去，一股淡淡的清香沁人心脾。她对老者说："老人家，能拿出来让我看看吗？"

"这个……"老者有些为难，看来他不是主人，也许只是一个管事。赤岭了也不为难老者，连忙说："没关系，没关系，我也只是好奇而已。"接着问道："老人家，这个破障丹多少钱呢？"

"一百万初级灵石，或者一万中品灵石。"老人说。

赤岭目瞪口呆，哇！这么贵！炼丹师这个职业真赚钱啊！那自己也算是四品炼丹师了，如果把炼制的丹药都拿出来，岂不是富可敌国了？哈哈哈……

她正在 YY 着呢，老人已经在说："小友，这边还有不少的二品、三品灵丹，请这边看。"

赤岭回过神来，说："老人家，贵店收购灵丹吗？"

老者愕然一愣，诧异地问："收购？哦，你们有灵丹卖？"

赤岭看出老人不是个奸猾之人，所以才想着卖出一些，毕竟自己炼制的灵丹到底价值几何，心中还真没有数。

"是啊，我手中有不少三品、四品灵丹，贵店能吃得下吗？"赤岭调皮地看着老人更加吃惊的表情，觉得太有意思了，不由乐了。

"真的？"这时，一个尖利的不和谐的声音插进来，这个声音如同拉错音的二胡，刺耳至极。

夏宇和如玉一听声音，立即站到赤岭身前，做出防御姿势。赤岭紧紧拉住尖尖，不动声色地看向刚从内室走出的一个人。此人看不出性别，高瘦的个子，穿着一件水蓝色的长袍，似个男子，却偏偏把头发分出一绺搭在前额。

只见此人几乎一路小跑着，向赤岭他们冲过来。走到近前，才看到此人的尊容：一双大眼睛水汪汪的，极好看，但是上眼皮却皱巴巴的，怪不得会用头发遮挡；一个挺直的鼻子，给人正直的感觉；往下看就惨不忍睹了，一张血盆大口中生着一嘴的大黄牙，偏偏还是突出的大龅牙！——安在这样一张脸上，太不和谐了！

“是你们有灵丹卖吗？”这样的声音听着就是受罪。

“不，你听错了。”赤岭毫不犹豫地说。说完举步就要离开。

“唉，又是这样。刘伯，我不说话了，你全权负责吧。”难听的声音充满了无奈。

老者，也就是刘伯，忙上前拦住了几人，一脸歉意地说：“小友，不要生气。这是我家主人，因为从小被毒物所伤，才成了现在这个样子，请不要见怪。我家主人是个好人。”

赤岭止住了脚步，对此事好奇起来。她不解地问：“你家就是卖灵丹的，难道没有好的解毒丹吗？”

“怎么没有，可惜都试过了，只能解到这样的程度。唉，我家主人多么好的一个人，偏偏要受这样的罪，天道不公啊！”刘伯深深地叹道。

“就没有别的办法了吗？”

“最后一次，老主人找到皇朝四品顶尖炼丹师胡大师，老主人把全部家财都送给了他，才得到一个准信，只要有五品灵丹除尘丹，用神兽血为引，方可彻底解除此毒。天呐，全大陆，胡大师是最高的炼丹师了，我们上哪找那五品的灵丹啊？更何况还得要神兽的血为引，这不是天方夜谭吗？胡大师还说，如果十年内解不了，主人就会……唉，为此，老主人受不了打击，一病不起了。”刘伯更加凄苦地说。他之所以说这么多，是因为听到赤岭这么小的女孩子，都能随随便便拿出四品灵丹来卖，私心认为她的师父恐怕最低也是四品丹师，或许是隐世不出的五品、六品炼丹师，说不定能解主人的毒。

赤岭听出了他的意思，可惜自己也只是能炼出四品灵丹，从来没有试过炼制五品灵丹。她对刘伯抱歉地摇了摇头。

刘伯眼神一黯，不由得流下了两行浊泪。而这时的店主人走到刘伯身边，轻拥了一下老人，笑着对老人摇摇头，用口形说："没关系，刘伯，我习惯了。"

简单的一个动作，却让赤岭的心中没来由地一痛。一冲动，话冲口而出："我可以试试。"

"你？"刘伯吃惊地看向赤岭，"你是炼丹师？可以炼制五品灵丹？"店主人也是一脸吃惊地看着她。本来修仙者就是要夺天地之造化，一般大气运的人都会有着大机缘，再说，在修者眼中没有年龄的差别，有时看着只有二十来岁的人，却有着几百岁都是常见的事。对此，两人眼中却没有不相信，他们一致认为也许这几个看起来十几岁的年轻人，说不定都已经几百、上千岁也不一定。

店主人沉吟了一下，然后做了个稍等的手势，迅速地跑到内室，拿出一本书递给赤岭。这本书是他的祖上传下来的，他从小就有着很不一般的炼丹天赋，在炼丹一途有着不同寻常的领悟力，可惜也没有炼成这个技巧。今天，有了一丝希望，他也看出赤岭是一个秀外慧中的女子，不妨拿出来，说不定她能炼成，不仅能帮助自己，而且还结了一个善缘，何乐而不为呢？

<< chapter 20

三叠技

青山绿影
凉亭小酌
弯弯垂钓小桥

怪石嶙峋
松柏苍劲
湍急流水声彻耳

画中叙天地

赤岭不解地拿过来一看，薄薄的一本书，泛着黄，好像一碰就会碎的样子，书皮是为了保护书而另外装上的。她轻轻地翻开，只见扉页上写着“三叠技”，里面详细写着这一炼丹手法。

此手法是远古传下来的，炼丹过程中，如果用此三叠技，不仅可以大大提高炼丹速度和效率，并且灵丹还能形成丹晕。有丹晕的灵丹有百分之九十以上的吸收率，一般灵丹的吸收率只有百分之五十至六十，最好的也只是百分之七十左右，所以只此一项就让人趋之若鹜。但是，这一手法的修炼，由于条件苛刻，要求精神力特别强大的人，能精准地把握叠震的规律，才能在炼丹中达到所能达到的目的。因此，鲜少有人能炼成，以至于只留下了此本即将消失的书籍，失传将会是它最终的命运。

赤岭越看心中越是惊喜，这太难得了！如果学会了这种炼丹技巧，炼制五品灵丹还不手到擒来？

正当她专心致志地研究三叠技时，一张纸条递过来，她抬头一看，店主人正用满怀希冀的眼光看着她，伸出的手中有一张纸。她接过来一看，只见上面写着：我家有几间修炼室，你的朋友可以去那里修炼；你可以去我的炼丹室研究这个。

赤岭高兴地笑了，本来还想着找个安全的地方让如玉冲关的，这真是踏破铁鞋无觅处，得来全不费功夫。“好！如果我学会了这个三叠技，炼制五品丹应该没问题的。放心吧！”

看到赤岭信心满满，主仆两人的心中激动不已，特别是刘伯，一时间老泪纵横。他本是看着主人长大的，这份感情不是一句话两句话能表达出来的。而店主人十几年来饱受痛苦，更不是一句话两句话能表达的。

面对主仆二人的激动，赤岭决心一定要学会三叠技，让店主人尽快脱离痛苦。

夏宇和如玉自去修炼、冲关。赤岭和尖尖走进炼丹室。炼丹室里被布置了一个小型聚灵阵，所以灵气浓度几乎是外界的四至五倍，这对于修炼、炼丹都有着好处。这个大手笔不是一般人能够拥有。看来，这个店主人还是个商业奇才，在老主人把全部家产都送人之后，还能快速积累起这么大的家业，不简单！

赤岭静下心来，慢慢参悟三叠技；尖尖则回到灵仙界，兴高采烈地打理着灵仙界里的一切。

此时的灵仙界生机盎然，尤其是自动投进小河里的火莲子，此时已经生根发芽，一个个小小的荷尖伸出了河面，犹如一群小孩子在河面上嬉戏；灵稻都已经成熟了好几季，被尖尖收集到仓库里的库存都可以养活好几万人；而成熟的各种灵果、灵草不知有多少了，给赤岭炼制灵丹提供了源源不断的材料。

在此期间，赤岭反复用三叠技来炼制五品灵丹，不止除尘丹，还有老君《乾坤丹方》里的五品灵丹还阳丹、启灵丹。都说万事开头难，的确，三叠技里的第一叠，不仅要找准叠荡的韵律，而且还要用高倍神识来观察丹鼎里的药材，让药材应着叠荡的韵律，完成提纯、凝液的过程。这个度很难把握，就这第一叠就费了赤岭半年的时间。

接下来，就是在第一叠的尾声中，第二叠要快速而自然地衔接上，快一分、慢一分都会前功尽弃。第二叠的主要作用是让凝液顺着叠荡的韵律旋转起来。这个过程最难的就是衔接。

第三叠不仅要自然衔接上第二叠的韵尾，而且要让凝液在韵律中固化、成丹、分丹，然后出丹。

整个过程中，第一叠和第三叠是最难的。赤岭第一次用三叠技完成整个炼丹，历时一年半。第一次成丹，是启灵丹，共成丹九颗，全部有丹晕。

她顾不上休息，接着开始第二次炼丹，如果不是她进入结丹境，已经辟谷，并且她的手中有着很多恢复体力及神识的灵丹，若想不停地炼下去，绝无可能。第二次因为一个小小的失误，失败了；第三次，成功；第四次成功……不得不说，这个小丫头有着妖孽般的炼丹天赋。

就这样，她在炼丹室里，不停歇地熟悉三叠技，直到把三叠技融入日常炼丹的习惯里，才停下来。时间已经过去了三年多。

看到身边无数的玉瓶，赤岭疲惫地笑了。虽然体力和精力还可以，但是心理上的疲累是难免的。她稍微整理了一下，才知道这三年废寝忘食的炼制成果有多么的惊人：二十一瓶除尘丹、四十瓶启灵丹、十七瓶还阳丹。

她没有立即出去，而是再一次启动聚灵阵，盘坐在阵内开始修炼。不一会儿，就达到了空灵境界，修为噌噌地往上涨——三年的积累一朝暴发，不到两天就进入了结丹境大成，之后还没有停歇，直到大圆满顶峰才慢慢停了下来。

她睁开眼睛，轻呼一口浊气，气定神明地站起来，把丹瓶一一收起来，拉开炼丹室的大门，走了出去。

沐浴在久违的阳光下，她惬意地伸了伸腰，把手放在眼睛上，从指缝中看向外面。突然，一声痛哭声猛然传来，把她吓了一跳，忙顺着声音找去。

在一间内室中，夏宇、如玉和刘伯都在，一张大大的卧榻上，店主人面色苍白地躺在上面。夏宇因为在侧面，所以第一个看到赤岭。他忙走过来，小声对她

说："主人，店主人可能不行了。"

赤岭走上前去，刘伯让出位置，让她便于查看。她仔细端详了一会儿，说："刘伯，把这个给他吃下。"说着，拿出一颗还阳丹，递给刘伯。这时，她相信，也许是冥冥中的定数，自己在炼制时，还就选择了还阳丹，这不，派上了大用。

还阳丹下肚，不一会儿，店主人就苏醒了。他吃力地张开眼睛，看到赤岭后，由衷地笑了，嘶哑着嗓子说："我就知道，我命不该绝。"

"先别说话，保存体力。等你状态调整好，就可以服用除尘丹了。"赤岭虚按住他要起身的动作，说。

"除……除尘丹炼制出来了？"刘伯不可置信地失声叫道，一把抓住赤岭的胳膊，然后倒头就要跪下。赤岭忙拉住他，把这个激动得不能自已的老人扶坐在床边的椅子上。床上的店主人也是滚滚的泪水滑落在枕头上。

两天后，夏宇贡献出了自己的一滴血，店主人服下了除尘丹。不一会儿，一股恶臭袭来，他的身上，尤其是头上，涌出了大股的脓血，从他的七窍里、全身的毛孔里和不能自禁的大小便里喷出。

赤岭他们早在恶臭袭来时就跑出去了，所以没见到他狼狈不堪的样子，这多少让店主人的难堪少一些，再次见到赤岭他们时不至于太尴尬。

等虚弱的店主人再次出现在赤岭面前时，依然惨白着的脸却已经恢复了原貌，原来这是一个翩翩佳公子。他一见到赤岭，倒头就拜："张云曦拜谢恩人！"

"哦，原来你叫张云曦。快快起来。我也该谢谢你，不是你的三叠技，我也不会晋升为五品丹师。"赤岭诚心诚意地说。

"恩人，云曦尚不知恩人大名，不知可否告知？"张云曦文绉绉地说。

赤岭闻言一笑，客气地说："云曦兄不必客气，我叫赤岭。以后云曦兄叫我赤岭即可，千万不要再叫什么恩人了。"

夏宇听两人客气的话，不耐地说："你们也不要客气来客气去的了。都相处几年，老熟人了。刘伯，你的拿手菜卤猪蹄，快拿来给我主人尝尝才是正事。"说完，还刺溜一下嘴，当真是馋相十足。

如玉抿嘴偷笑，被夏宇狠狠地瞪了一眼，她也不恼，只是笑眯眯地。

赤岭奇怪地看了夏宇一眼，相处了这么久，从来没见他这么享受口腹之欲过，今天这是怎么了？难不成刘伯的卤猪蹄有着不同寻常的味道？虽说修真者达到一定高度，对所谓的食物不再有需求，但是偶尔满足一下，在枯燥的修行生涯中有着不可少的情趣。

所以，当赤岭把很有兴趣的眼光投向刘伯时，他带着荣幸之至的神情，连声说："好好好！我这就去，这就去，只要你们喜欢，我天天做给你们吃！"说完，一溜烟地跑了出去。难为他这么大年纪还能跑这么快。

这时的如玉，修为达到了炼气境大圆满，让赤岭也吃了一惊。三年时间，如玉能达到这个高度，而她的悟性也只是平常，可见她的努力。

赤岭拿出一瓶启灵丹，递给如玉，说："如玉，这是五品灵丹启灵丹，可以帮助你提高领悟力，在修行一途能走得更远。"

如玉默默地接过丹瓶，眼中含泪，扑通一声跪下，哽咽着说："谢主人！我王如玉以心魔起誓，此生必不负赤岭主人，愿做主人永生的奴仆，为主人死而后已！"说罢，头重重地磕在地上，发出"咚咚"的响声。一般修行者，最怕的就是心魔，通常所说的走火入魔，就是心魔在修士晋级中乘虚而入，而导致功亏一篑，晋级失败事小，甚至会因此丧命却是大事。此时如玉以心魔起誓，可见她矢志追随的决心。这让赤岭欣慰之余，更加怜惜。直到此时，赤岭才下定决心一定要带如玉回仙庭。

拜别赤岭，如玉起身去到先前张云曦为她准备的修炼室里，服用启灵丹，开始了又一次的修炼。相信要不了多久，她会有着极大的进步。

这边，夏宇也是眼巴巴地看着赤岭，眼中的渴望是再明显不过。赤岭好笑地也给了他一瓶，看到他兴高采烈地也去了修炼室。才对张云曦说："云曦兄，我这里有延寿丹，虽然只是三品，但是我在里面加了万年玉髓液，所以效果要比一般的延寿丹要好很多。你给刘伯服用，相信他在有生之年会迈上更高级别，就自然不会愁寿命的问题了。"

正兴致勃勃拿着卤猪蹄进来的刘伯刚好要跨进门槛，听到赤岭的话，手中的木盘刷地往下掉落。好在几人都不是凡人，特别是张云曦，动作最快，一指点去，木盘就停止了坠落。赤岭看着失态的老人，取笑道："哈哈，刘伯，我还想要尝尝你做的卤猪蹄呢，你把它扔了，我可就吃不着了呀。"

刘伯全身颤抖着，嘴唇也哆嗦着说不出话来，只是老泪扑簌簌地往下掉。如果不是他的生命就要走到尽头，他也不会这么着急着要让主人摆脱痛苦，如今主人好了，而自己也有了再陪主人的希望，他怎么会不激动？他一步一步地走到赤岭跟前，就要跪下去。张云曦忙拦住他，说：“刘伯，理应我跪。我感谢上苍，是上苍把赤岭妹子送到咱们家，咱们才有了希望，以后的日子还能有你继续陪我；我更应该感谢赤岭妹子，是赤岭妹子给了我们第二次生命。妹子，以后，哥哥的命是你的！”

看着失态的两主仆，赤岭也是被他们的挚情所感动。她伸出手来，对着张云曦调皮地说：“我正好没有哥哥，你来的正好。哥，以后妹妹的钱问你要、妹妹的衣服问你要、哥的好东西都是妹妹的，还有……”她装着思考的样子，那娇憨的小模样把主仆二人一下子逗笑了，刚才的压抑一扫而空。

“好，好，哥的一切都是妹的。终于有个妹妹让我疼爱了，我太高兴了！”张云曦激动得一把抱住赤岭，连转了几个圈，把赤岭高兴得也是哈哈大笑。

刘伯看到这一幕，更是老怀大慰。等到兄妹俩闹完了，他走到赤岭跟前，倒身下拜：“老奴刘邦拜见小主人！”

赤岭吓了一跳，兄妹俩忙扶起老人，嗔怪道：“刘伯！你是我们的长辈，以后可不能再这样拜来拜去的了。”

刘伯欣慰地应道：“好，刘伯以后不这样了。”

“咦，刘伯，你叫刘邦？哈哈，你不知道古时汉朝的皇帝也叫刘邦呢。”赤岭小孩子心性，和刘伯开起玩笑来。

张云曦听完，一脸的古怪，让赤岭摸不着头脑。

“咳，咳，没错，老奴即是那个刘邦。”刘伯语不惊人死不休地说，把赤岭真的吓了一跳。天呐，用匪夷所思也表达不了此时她的惊异了。

看到赤岭吃惊地张着大眼睛，不可思议地望着他，刘伯笑了：“那是很久以前的事了。不提了，好汉不提当年勇嘛。也是我的福缘深厚，当时在弥留之际，遇到老主人，他把我救下，又教我修仙功法，带我来到了他的世界，方才有了现在的我。”

难得的洒脱出现在一个寿命将即的老人身上，而且还是一个曾经那么叱咤风云的人物，让赤岭不由感慨万千，这才是拿得起、放得下的真汉子、真豪杰！由一个万万人之上的皇帝，甘心当一个下人，并且还如此忠心耿耿，这该是一个多么大的胸襟，才装得下一个这么广阔的胸怀啊！

“来，来，小主人，这是我特意给你做的卤猪蹄。我可是花了好多钱才从猎人那里买来的箭猪肉，是三级妖兽呢。”刘伯故意岔开话题。

赤岭兴致勃勃地拿起一个卤猪蹄就啃，真还不是一般的好吃，简直可以称得上世间美味了。她一时间吃的满嘴流油，张云曦宠溺地拿着湿毛巾在一旁细心地照顾着她。

“对了，哥，你现在什么修为了？”赤岭边吃边问，张云曦把她嘴角的一点碎肉擦掉，说：“由于剧毒在身，限制了我的修炼，现在才元婴境小成。”

赤岭吃惊地望着他，如果不是剧毒在身，他该有多高的修为？

“哥，你今年多大？”

“三十三岁。”他平静地回答。

赤岭又是吃了一惊，一个身中剧毒的人在这么短的时间里还能修炼到元婴境小成！这是多么逆天的大哥啊！

“哈哈哈，妹，你傻了？”张云曦看着她越张越大的嘴，戏谑道。

“是，我是傻掉了。哥，你太了不起了。对了，哥，你还是炼丹师吧，几品？”

“准确来说是三品，偶尔也能炼出几颗四品。呶，店里那颗四品破障丹就是我炼的。”

赤岭伸出大拇指，说：“哥，你牛，你太牛了！”

兄妹俩正聊得兴起，突然，刘伯又进来，说：“主人，小主人，外面有两个猎人，知道咱们家大量收购猪蹄，想跟咱们签订合约，他们猎到的箭猪肉全都卖给咱们家。”

“那，就全收了吧，猎人也不容易，不过箭猪齿咱们用不着，让他们卖给炼器铺吧，也能多挣点。”张云曦吩咐道。

刘伯应声走出去。赤岭心中一动，刚来雪心城时，遇到过两位好心的猎人大叔，这也是两个人，如果是那两个猎人大叔，跟他们打个招呼也不错。想到这里，对张云曦说："哥，咱们一起去看看。我们刚来的时候得到过两位猎人大叔的帮助。如果是他们，我想去跟他们打声招呼。"

张云曦点头应下，为自己的妹妹有着感恩的心而高兴。

<< chapter 21

故　人

时间急速地走过
把梦幻藏在心底

如果你偶然想起了我
请拨响你手中的竖琴
任缤纷的落英飘洒

我的心就会穿过黎明
如
绿叶上初醒的露滴
蓬勃出无限的光华

兄妹俩走到客厅，看到两个人坐在大厅里，正跟刘伯商量着事。赤岭一看，顿时大喜，还真是那两个猎人大叔，她高兴地走进去，对两人说：“大叔，真的是你们！”

两人回过头一看，一个小姑娘蹦蹦跳跳地跑进客厅，定睛一看，都笑了。

“哟，是你啊，小姑娘。谢谢你！如果不是你悄悄给我们的凝气丹，我们现在还卡在筑基境，别说现在能猎到三级妖兽，有没有命在也说不定呢。”中年大叔慌忙站起身，迎上前来，就对着赤岭鞠了一个大躬。

“哎呀，别那么客气。你们也帮了我们呀。帮你们这么点小忙，不值一提，不值一提。”赤岭连连摇手，谦虚地说。

张云曦跟着走进来，坐到主位上，延手对两人说：“请坐。妹，你也坐过来，叙旧也不在这一时。”一副大家风范显露无遗。

几人分座位坐下，刘伯躬身对张云曦和两位猎人介绍说：“两位，这是我家主人。主人，这就是想要与我们家签订合约的猎人。”

话刚说完，两位猎人一同站起身来，斩钉截铁地说：“不用签合约了，以后我们猎到的箭猪都送给你们。这位小姑娘对我们有着救命的恩情，些许小利对这恩情来说，值什么！请不要拒绝，这是我们的一点心意！”

张云曦看向赤岭，询问她的意思。如果她同意，他也不会亏了这两位的辛苦。

“两位大叔，你们打猎也很辛苦的，如果不要钱，哪来的资源修炼呢？”赤岭说。

“你给我们的灵石，我们还没有用完呢。”大叔微笑着说：“你就不要担心我们了。我们这几年也积攒下一些，足够我们用的了。”

“那好吧。”赤岭也不矫情，爽快地说：“不过，以后我给你们什么，你们也不能拒绝。”

两人对视一眼，也爽快地说：“好。我们是朋友，朋友给的东西我们不会拒绝。”说罢，伸出手来，手心向下，叠放在一起，赤岭也把手叠放上去，然后示意张云曦，张云曦也走过来，把手放到赤岭的手背上，几人相视着，由衷地畅快大笑，笑声充满整个大厅。

刘伯眼角含泪地看着眼前的情景，也由衷地笑了。多少年来，主人一个人忍受着折磨、忍受着孤独，还要安慰自己。如今能听到他如此畅快的笑声，老主人的在天之灵一定也很欣慰吧。

以后的日子里，两位猎人以百倍的精神继续锻炼着自己的猎杀技能，为张家提供了源源不断的猎物和各种灵草。而赤岭不仅给了他们足够的修炼灵丹，让他们的修为一日千里地提升，短短几个月，就把修为提升至凝璇境；而且，在张云曦的多方考察下，充分了解到两位猎人重义气、知恩图报的性格，让他们也住进了张家，从此结束了两人经常风餐露宿的生涯。对此，两人更是把这个家当作自己的家，把家里所有的人都当作自己的亲人，尽心尽力地为这个家贡献力量。

经两人自我介绍，中年大叔叫卫太初，年轻一点的叫周光平。赤岭他们自此改口叫他们“卫叔、周叔”。本来两人是想要认张云曦和赤岭为主人的，可是两人怎么说也不肯，他们只好作罢了。

说着说着，就到了一年之尾了。刘伯为今年年节有一大家子人感到特别开心，以前家里哪儿有这么多人一起过日子？俗话说人多力量大，这不，年节的东西几个年轻人一趟就买回来了。望着家里堆积如山的物品，老人的嘴整天都乐呵呵的，想着法子做出好吃的东西。再加上自己的寿命增加后，在启灵丹的帮助下，又有着用之不竭的修炼资源支撑，他的修为也是突飞猛进，此时跟夏宇一样了。这一切的一切，怎能不让他乐在心里呢？

夏宇在众多资源的帮助下，成功晋级为结丹境大圆满；如玉也突破炼气境，现在成为凝璇境大成期高手，不日即可晋升为大圆满之境了。他们两个时不时地跟随卫、周二人进入广云山，通过与妖兽的战斗，增强自己的战斗力。特别是如玉，通过启灵丹的开发，悟性上了不止一个台阶，领悟力大大增强，修炼起来事半功倍，让夏宇也起了好胜之心，比往日的修炼更加认真。

最让赤岭大开眼界的是张云曦，在赤岭拿出高品灵石，把聚灵阵提升后，他在聚灵阵里只修炼了两个月，就顺利地进入元婴境大圆满，然后顺理成章地、无惊无险地突破元婴，成为一家子里第一个出窍境强者！两个月啊，连跨三级，并且还有一个大级别跨越！赤岭都有些怀疑，这个刚认的哥哥是不是上天的宠儿，哪有这么快的晋级速度？！

再看自己，只差临门一脚也能成为元婴境高人了，可惜，总觉得差那么一丝丝勉强，不敢晋级。唉，各人有各命吧，她安慰自己，好在这个逆天天才是自家哥哥，她反而觉得很自豪。

在赤岭他们安心在雪心城张家修炼时，张云旷不是按他说的探路去了，而是提前来到现代，他想找到杜淳义夫妻，好让他们放心。杜淳义在他的眼中，不仅是赤岭的家人，更是一个可敬的兄长，他们夫妻的大义和忠心给张云旷留了很深的印象。

<< chapter 22

无意插柳

是人生的驿站
还是命运的祝福
使我走近你的
是你的笑容
和仙乡里梦婆悠扬的笛声

我想
是我陶醉了吧
清澈的笛声中
我分明看见
命运的赠品
闪光在春日的夕阳里

走到现代化的城市里，张云旷并没有什么感触。赤岭成为万青荷的这一世，出生在一个小县城，并没有大都市的繁华，简简单单的几条街，最高的楼层也只有五六层，在郊区甚至有着低矮的小瓦房。

由于没有一个切实的线索，他只好一点一点寻找。

不论什么人轮回，都会先蒙蔽掉原来的记忆，这不是如凡人所说喝了孟婆汤什么的，而是天地法则使然。至于有人说什么觉醒前世记忆什么的，有些纯属哗众取宠，而有些就是有着不一样的经历，造成了法则的松动，有了那么一丝记忆也是有的。

因此，张云旷就只好用自己的超能神识来一点点排查，毕竟，法则线在他的眼里是有迹可循的。

第一天，他走在一个乡村的小路上，这里绿树成荫，田野里的庄稼迎风摇曳，小路上不时走过淳朴的农民，有的甚至还会冲他打个招呼，让他有种不一样的体会和感觉。

他一路含笑，为这里的好风景给了他的好心情。随手结出一个手印，为这里的空气增添一丝清新；随手洒出一些灵气，为这里淳朴而好客的农民改善一下身体。就这样，他走走停停，尽情享受着不一样的异地风情。

“这什么破木头，烧也烧不着、砍也砍不断！”他正一步一跳地走在小村庄的泥泞小路上，突然听到一个妇人的抱怨，接着就从一个小院落里飞出一根漆黑的一尺多长的棍子。由于刚下过雨的缘故，棍子一下插到泥里，露出一截在外，好像在啮牙嘲笑。对，就是好像看到、听到它在嘲笑。

张云旷疑惑地走过去，拿起黑木棍，刚一接触到木棍，突然一种血脉相连的感觉涌上心头，还有着找到失散多年的亲人喜极而泣的冲动！

他不知不觉地就把脏兮兮的木棍抱在了怀里，那种血脉相连的感觉更加浓厚了。他仿佛沉浸在一种幻境里，里面是恢弘的鏖战场面。不同种族的人在一棵擎天大树上激战，几乎一片树叶就是一个战场。各种法术、各种武器一同开火，战死的躯体如同下饺子一样刷刷地掉落。大树终于不堪重创，一片片树叶、一根根枝条、一块块树干被剥离。终于，千疮百孔的大树轰然倒塌。

就在这时，张云旷猛地惊醒过来，一丝明悟出现在脑海，几乎就在瞬间，他知道了——他就是那棵大树！很诡异的认知，让他悚然而惊。

望向怀中的黑色木棍，才发现，毫无生机的漆黑木棍却在慢慢地复苏，一层淡不可见却存在的绿色一点点地加深，犹如昙花盛开时的那一刻的速度，很快，绿色充溢了整个木棍，渐渐地，一个个嫩芽冒出头来，紧接着，抽出了一根根柔弱的枝条。

就在木棍抽出枝条时，木棍怵然缩小，嗖地一下进入张云旷的体内，并且还一鼓作气地冲进识海，还人性化地在两个识海中作了一会儿选择，一头扎进其中的一个识海，落地生根了！

张云旷正哭笑不得时，一段信息铺天盖地地涌上。他不由闭上眼睛，仔细观看并体会起来。

原来那棵擎天大树叫世界树，又叫青木。那次鏖战就是远古时期有名的神魔大战。神魔大战以神界的惨胜而结束，从此魔界众生被驱逐到无尽深渊。而青木作为主战场的原因，遭到了毁灭性的重创，消失了。

但是，青木作为世界树，却也有着自我保护的手段，它并没有真的死去，而是擎最后之力把树魂送入到一处秘境，为自己留下一线生机。主树干却流落到各界，开始了流浪的生涯。

无数劫以来，树魂也开始了轮回，渐渐迷失了本性，作为三界的一分子生存下来。这不是青木的本意，却又是青木所希望的。

今天，机缘巧合之下的相遇，终于，树魂找到了树干，一切又回到了原点，却又与原点不同，青木没有了原来的气魄，经神魔大战一役和无数劫的流浪，青木深切感受到了平安即福的真谛，它不再苛求原来的荣光，只要安乐地生存下去，就心满意足。

这点，跟作为曾经是树魂的张云旷的本意相同，两者就此又完美地契合在一起，他甚至能听到主树干那满足的叹息。

由此，张云旷更加知足了，有了心爱的人，有了可爱可敬的家人，又找回了曾经的本体，还有什么比这些更让人留恋的？所以，当他走到小县城，就如闲廷漫步，惬意地走在大街上，走在赤岭或许走过的路上，听着赤岭或许喜欢的歌曲，心中有着强烈而温柔的情感流淌。

他去看了被赤岭救过的小男孩，却在那个家里没有听到一点关于对万青荷的话题。这让他很是不解，正常的情况下，不是应该把救了自己孩子的恩人挂在嘴边吗？更何况这件事刚发生不久，在现代的时间算来，也仅仅过了两三天的样子。

百思不得其解之下，他也没有做什么越俎代庖的事情，这一切疑点还是留待赤岭回来后自己解决吧。

他也去看了万青荷的父母，那是一对慈祥的老人，由于白发人送黑发人的悲哀，两位老人憔悴异常。他看到两位老人互相扶持着，去万青荷的墓地，一坐就是几个小时，就那么呆呆地看着心爱的女儿生前甜美的遗像，一动也不动。两位老人谁也不劝谁，任由老泪纵横。

他怕长此下去，对老人的身体有着不可弥补的摧残，所以在老人的饭食和饮水里加入了不少的灵丹。先是考虑到老人的凡体承受不住灵丹庞大的药力，加的是凡丹，以调理身体为主；后来发现两位老人虽然年纪大了，可是灵根却是很好的三系灵根和四系灵根，尤其是父亲，竟然有着变异冰灵根和木、土两系灵根并存。于是，他就开始给老人们加入低级的灵丹。

万青荷的哥哥和嫂子，在不停地为了万青荷的事奔波。在他们的只言片语中，他了解了事情的真相，那个所谓的疑点也真相大白。当即就把他气得直欲毁灭了这个小县城。他在心中说：“岭儿，如此肮脏龌龊的事情由我来解决，你只要做一个快乐的小女孩就行了。”

<< chapter 23 

无解的救人事件

是一颗尘埃
微小得闯不过一层薄薄的纸
命运，在纸的另一面

你说，愿是风
飞过，才自由自在
偏偏有那么多的羁绊
你无力飞翔

你说，愿成雨
没入大地，才是回家
常常却是泪成了雨
落在我的心上

事情还得从万青荷救人的那一刻说起。

这个小县城是实际意义上的小县城，贫穷是它的特点，贫富差距最直观地体现在环境上。由于县领导一味追求经济效益，在房地产风刮起时，就跟风而起，一时间，整个县城犄角旮旯里都被盖上了房子。但是他们对文化、娱乐却不重视，县文联更是形同虚设，导致一个县城没有一处可以供群众休息、娱乐的场所。孩子们只有去县城唯一一家超市的游乐场；年轻人的娱乐就是在各个商店来回转悠；老年人则结伴去庙里烧香拜佛。

但是，在县城的东面，却有着一个高档小区，这个小区有着县城唯一一座超过六层的楼房——九层楼房。民间传说着县领导的意思是：九九归一，是个吉数。其实，小区不仅有着这座九九归一的高楼，而且，在高楼的后面，还有着一排排的欧式别墅群，这个别墅群里住着谁，小民们是不知道的，只是知道这个小区住着县里的少数几家富人，其余的都是各个单位的大大小小的头目，是县里有名的富人区。这里的娱乐设施很齐全，但是只给本小区的人使用，外面的人一概不许进入。

万青荷的一个高中同学就住在这个小区，曾应邀来到过这里，进去后才窥得全貌，原来九层高楼犹如起着古时的隐蔽墙一样的作用，里面才是大有乾坤。只见里面一幢幢的别墅威风凛凛地耸立着，显得那么富丽堂皇，每幢别墅都间隔着十米多宽的小路，小路上停着零星的私家车，哦，或许也有公车。与她上大学的大城市里的富人区也不遑多让。真的让她叹为观止。

那天，也是住在这个小区的那个同学邀了几个同学，为她的订婚宴买几套衣服。女孩子嘛，总是喜欢群居的，奉行独乐乐不如众乐乐的。

几人约定在九层高楼前集合。万青荷去到时，已经来了两个同学，三人就在楼前说笑聊天，等着其他的人。

她不经意地往上看了一眼，突然看到一个大花盆从高空坠落，而下面正好有一个小男孩蹲在地上玩耍，她想都没想，冲过去，一把推开小男孩。结果，小男孩得救了，而她，却被大花盆砸了个正着。顿时，鲜血从她的头上喷了出来。

看到一瞬间倒在地上，鲜血迅速染红地面的万青荷，两个同学失声尖叫起来。而这时，那个得救的小男孩由于被万青荷一把推远时跌倒在地，也大声地哭喊，小男孩的头是擦着地摔倒的，不巧的是手臂又磕到了路旁的花池边上，也许是骨折了，毕竟小孩子的骨头是很脆弱的，所以他的叫声是那么的凄厉，一时盖过了周围所有的声音，包括万青荷的两个同学的尖叫。

很快，从不远的店里冲出一对老夫妻，他们一把抱过小男孩，急切地叫着“乖孙、乖孙”，然后，恶狠狠地四顾，厉声说：“谁？！是谁把我的孙子推倒的？！”待他们看到倒在血泊中的万青荷时，愣住了，又看到旁边的大花盆，一下子似乎明白了，但也一下子傻眼了。

好在还有一个明白人，大声说：“快叫救护车！”

一阵忙乱后，万青荷和小男孩被送到了县医院，随行的有万青荷的两个同学和小男孩的爷爷奶奶。

由于万青荷失血过多，送进医院不到五分钟就宣告不治。听到消息赶来的双方家长，在医院里有着不同的反应。

万青荷的父母和哥哥、嫂子最快赶来，老人一听小女儿不治身亡，当时就昏倒了，她的哥哥嫂子强忍心痛，忙和医护人员一起另开了一间病房，把两位老人扶进去，检查身体，可不能这边妹子没了，两位老人再出什么事，让一家人可怎么受得了？

正当夫妻俩忙得团团转时，一阵喧哗传来，不一会儿，一对大约三十多岁的夫妻冲进两位老人的病房，冲着万青荷的哥哥万青木就是一拳，顿时就把万青木打懵了。只听那个男人嘴里不干不净地嚷道：“妈的！竟敢把老子的儿子推倒，我儿子的胳膊断了，你们得负责医药费！”

此时，万青木夫妻俩还没整明白到底咋回事，这时妹妹的两个同学也跟着来，其中一个同学说：“错了！错了！是青荷救了你儿子，一个大花盆砸下来，青荷把你儿子推开，花盆砸到了青荷！”

万青木一听，当时就不乐意了：“怎么，我妹妹为救你儿子，送掉了自己的性命，而你不问青红皂白，上来就不讲道理地打人，还有没有王法了？就算没有王法，还有没有良心了？”

那个男人一听，有些不好意思，但是也没说话，只是悻悻地哼哼两句听不清的音；而那人的老婆却继续嚷嚷：“我不管，就是你妹妹推倒我儿子，导致我儿子骨折的。你们不要以为你妹妹死了，就说是为了救我儿子，我们不承认！还有那两个老不死的东西敢让我儿子受伤，我也饶不了他们！”

听到这里，刚刚苏醒过来的万妈妈顿时又是一阵气急攻心，再次昏倒。

这时，不知什么人报警了，几个脸色严肃的警察走进病房，一个狭小的病房挤满了人。看到两位老人有缺氧的现象，万青木连忙对抢救父母的护士说："请你们院长帮忙找间大点的房间，这里人这么多，两位老人受不了。"

护士点点头，走出去，不一会儿，站在门口说："各位，这里房间太小，请你们去会议室。"

于是，在小男孩妈妈骂骂咧咧的叫嚷中，一队人都进了医院会议室。万青木留下妻子照顾老人，在妻子担忧的目光中也走进了会议室。

刚进会议室，就看到几个警察正与小男孩的父亲亲热地聊天，万青木的心就是一沉。他深深知道，在这个小县城里，几乎每个单位的头头脑脑们都有着千丝万缕的关系，看来，自己妹妹的救人举动，不仅没有人领情，而且自己家还要担上不小的麻烦。

他叹了一口气，向其中一位像是带队的警察说："同志，我是……"还没说完，就被那个警察打断："同志？你他妈才是同志！怎么说话呢？"

万青木一愣，这才想起，现在已经不是以前的称呼了，他忙道歉："对不起、对不起！我错了，我错了。领导，请原谅我的无心之失。"

警察瞥了他一眼，不满地说："说！怎么回事？"另一个警察拿出一本记事本，开始了记录。

旁边万青荷的同学说："领导，我目睹了全过程。"

"你是谁？让你说话了吗？！"一声呵斥传来，万青木和那位同学朝发出声音的方向一看，小男孩的父亲一脸的厉色，凶狠地看向万青荷的同学，另一个同学吓得拉住她的胳膊，小声说："小玉，不要说了，咱们走吧。"

带队的警察看了小男孩的父亲一眼，不轻不重地说："罗主任，你先消消气，我问清楚再说。"

小男孩的父亲，也就是不知哪个单位的罗主任，轻哼了一声，不再说话。警察转过身来，对万青荷的同学小玉说："说，你叫什么名字？"

"王筱玉。"

"性别？"

王筱玉翻了个白眼，不满地大声回答：“女！”

那个做记录的警察闷笑着掏了掏耳朵，带队的警察看了她一眼，继续问：“与死者什么关系？”

一说到“死者”两个字，万青木和王筱玉的眼泪唰地就下来了。王筱玉哽咽着说：“我，是万青荷的同学。”

警察看着流泪的两人，无动于衷地说：“你不是说你目睹了全过程吗？那就说说全过程吧。”

王筱玉擦了一把眼泪，说：“我和万青荷、高莉正在九层楼下等宋容容，突然一个大花盆从楼上坠下来，万青荷一看，花盆就要砸到地上正在玩耍的小男孩身上，她一把推开小男孩，结果花盆砸到她的头上。”说到这里，王筱玉止不住哭出声来。

那个警察一愣怔，看了罗主任一眼，说：“罗信仁主任，是这样吗？”听口气，警察对这个罗主任有了一点鄙视。

显然，罗信仁没有了解事情的真相，就开始找万家麻烦的。听到王筱玉的话，他也愣了一下，看了自己老婆一眼，他老婆接到自己老公的信号，一拍大腿，号哭着扑过来，一把推开王筱玉，对警察说：“杨大队啊，别听这个死妮子胡说！她的同学她当然会向着，还想拿我的儿子讨好卖乖，没门！怎么着？想让我们抵命啊？警察同志，你英明，一定要查清楚啊！”一个不小心，她也叫出了“同志”这个称谓，把杨大队气得瞪了她一眼。

杨大队沉吟了一会儿，说：“我们只是治安大队的，没有权利来为你们判定。这样，你，”他指着万青木，问：“你是万青荷的什么人？”

“我是她哥哥万青木。”万青木也不清楚司法程序，只能茫然地回答。

“哦，万青木是吧？好，你呢，也不要太伤心，人死入土为安，现在是夏天，尸体也不好久放，先把妹子埋葬了，把两位老人的身体照顾好。如果真的像王筱玉所说，你可以让她写一份证词，你呢，把证词和起诉书一起递交到法院，我们会协同法院调查真相。还有你，罗信仁，你先把孩子的伤治好。至于事情该怎么办，你比我清楚。好了，暂时这样吧。”说完，杨大队招呼几个警察，一起走了。

万青木呆愣地看着杨大队带着几个警察扬长而去。罗信仁心领神会地拉着老婆也走了。王筱玉和高莉走到万青木跟前，说："万大哥，你放心，我们会写好证词交给你。青荷也死得太不值了。"说着，两个女孩的眼泪又下来了。一个活生生的人，就这么没了，看来，不仅白救了一命，说不定还要因此打官司，多么讽刺的一件事！

万青木谢过两个小姑娘，伤心欲绝地回到病房。病房里，老人都已经醒来了，老母亲正就着儿媳的手喝水，老父亲怔怔地坐在床上，脸上老泪纵横，嘴里在喃喃地叫着："青荷，青荷……"他忙快步走过去，轻拍老人的胸口，小声说："爸，不要伤心，你和妈都是学佛的佛弟子，该知道因果报应。妹妹是救人而去的，她一定会有好报的。俗话说救人一命，胜造七级浮屠，她一定是去极乐世界享福去了。"

也许是他的宽慰的话给了老人一点希望和慰藉，两位老人一时都沉静下来，只是呆呆地流着眼泪。

安顿好老人，万青木和妻子去看自己的妹妹。当看到妹妹脸色苍白毫无生息地躺在床上时，两人不由撕心裂肺地失声痛哭。想起小妹妹平时的模样，再看看如今没有一丝生机的尸体，两人无论如何都不敢相信，早上还在跟家人有说有笑，还跟自己撒娇的小妹妹，就这样无声无息地去了，心中实在是接受不了。直到两人筋疲力尽地返回病房，万青木还犹如在梦中。

第二天，在几位朋友的帮助下，万青木把妹妹安葬在本来给父母准备的公墓里。

<< chapter 24

悲 愤

没有人告诉我为什么
突然间
我的心的大厦轰然倒塌
一切犀利的眸光
射向本已伤痕累累的心房
伪装的坚强
也撑不住了
哭泣的脊梁

远山的朦胧
迷茫了双眼
似梦的永夜
难以寻觅曾经的绿疆
点点滴滴的冷清
如寂寞梧桐下
飘零的落叶

梦回千里

寻来天际羽衣曲

伴我征鸿去

接下来，万青木找到王筱玉家时，却被她父母告知，她已经去省城姑妈家了，当问起她答应写的证词时，她父母却声称不知道。这让万青木一时反应不过来了。

他又找到另一个同学高莉家时，高莉也不在家，据说是去了乡下姥姥家。

万青木彻底傻了。这时如果还不知道罗信仁做了什么，那就是十足的笨蛋了。

而这时单位的领导却通知他，明天一定要来上班，不然就作停薪留职处理。

万青木所在的单位是县林业局下属的二级机构，本来上班就不是那么正常，别说现在家中有事，他还请了假，平时就是几天不上班也没有人说什么，可是现在领导竟然给了他这样的通知！其用意不言而喻。“看来，那个罗信仁的能量不小哇！”万青木恨恨地想。

他垂头丧气地回到家，跟妻子两人相对默默流泪，也想不出什么办法来。他们家几代都是工人，没有一个能拉一把的亲戚。这时出了这么一件事，真的是雪上加霜。一时间，家里一片愁云惨雾。

张云旷了解了事情的真相，他没有立即找到罗家，而是暗中先调理好老人的身体后，才以梦的方式跟万青木做了一番交流。

几天的折磨，让万青木的精神极度萎靡，睡也睡不好，吃也吃不下，整个人瘦了一圈。夜深人静了，他还在辗转反侧，他真的想不明白，妹妹舍身救人，不仅得不到肯定，而且还被人“误会”，这是个什么世道啊？这个罗家人不感激也就罢了，还要整出这么多的事，图的什么？一声谢谢就那么难出口吗？我们只是为妹妹讨一个肯定而已，怎么就那么难呢？

他正在暗自流泪时，模模糊糊地，好像来到了那座九层高楼前，楼前的地上还有着妹妹鲜红的血，他不由颤抖着蹲下身子，轻轻抚摸着犹有余温的鲜血，剧烈的刺痛狠狠地扎着他的心，他跪坐在妹妹的鲜血旁，痴痴地呢喃：“妹妹，你死的冤啊！你为什么不好好爱惜自己，你还有老爸老妈，你还有我，你就这样走了，你让老父母白发人送黑发人，你不孝哇！妹啊！”说着说着，他捶着胸软倒在地上。

张云旷看着他，一时有些疑惑，怎么会有一种熟悉的感觉？并且，在万青木的身上隐隐约约传来一股股淡淡的酒香。啊！莫非？张云旷激动了。他拉过万青木，对着他那尚沉浸在痛苦中的脸，急切地说：“你还有玄心液吗？”

万青木迷迷糊糊地睁开眼睛，疑惑地看着这个有些激动的陌生人。

张云旷大声说：“你还有玄心液吗？！”说着，还不停地摇晃着他的身体。

万青木一个激灵，眼神闪过一道光，猛地坐直了身体，用一种不可思议的语调说：“你？我？张……张云旷？”

张云旷不由哈哈大笑，他重重地拍着万青木的肩膀，说：“杜大哥，咱们终于又见面了！”

只见万青木瞬间改变了一个模样，不是杜淳义又是谁呢？

“我说杜大哥，你在人间界也混得太差了吧，被一个凡人挤兑得失魂落魄。”张云旷调笑道。

万青木，不，杜淳义叹了一口气，说：“唉，你是不知道哇，这人间的凡人的心思，咱猜不透啊。一个小小的事，一点感恩的心都没有，却有本事整出这么多的幺娥子。惭愧啊！没有保护好小主人。对了，云旷，小公主无恙吧？”

“看到我的样子，就知道无恙了吧。”张云旷笑着说。“赤岭在舍弃肉身时在地狱火海涅槃成功，现在已经达到结丹境，很快就会破丹成婴。放心吧。”

说起赤岭，两个人都很兴奋。杜淳义一个劲儿地让张云旷讲以后发生的事，张云旷对赤岭的事更是津津乐道。两人就在张云旷建的梦境里聊起个没完了。

同时，杜淳义也讲起了他们夫妻俩来到人间界的情况。在地狱尊者的帮助下，他们很快找到了小凤凰的在世之身，只是那一世的小凤凰就要寿终正寝了。他们也没有强求，就早早为小凤凰找到下一世的家庭。为了让小凤凰最后一次享受人间的温馨，他们为她找到这一世的父母。一来是天地法则所限，一般没有在特殊情况下觉醒的仙人，要经历十世历劫，十劫以后还没觉醒，那么就要做好为人间界增加一些灵气的准备了；二来，他们也希望小凤凰能在最后一世通过自身的感悟来达到觉醒的目的，这样会有意想不到的效果。

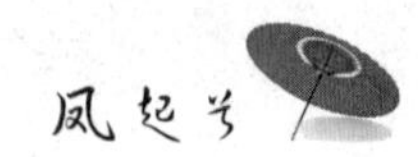

这一世的父母已经是七世的善人，所种善根早已根深蒂固，想必小凤凰在他们的膝下不会受到什么委屈。而他们则先小凤凰一步投胎进入人世间。

愿望是好的，可是他们没有想到突发状况，更没想到现在的人间界会如此的龌龊，凡人的人情味已淡薄如此。

正在他们唏嘘不已时，现实里，万青木的妻子一觉醒来，看着还在沉眠的丈夫，叹了一口气，自言自语地说："唉，这几天你太累了，多休息一下也好。"说完，就自去做早餐去了。

杜淳义好似有感应一般，在妻子醒来时，他做了个噤声的动作，然后对张云旷说："云旷，这个就是苏韵。我们还是出去吧。"

两人出现在客厅，杜淳义已经恢复原身，所以端着早餐出来的万青木的妻子一看到家里突然出现两个陌生人，吓了一大跳，正要大叫时，被杜淳义伸出手指射出的一道光线正中眉心。

只见万青木的妻子晃了一下，眼睛恍惚了一下，接着眼神渐渐清明起来。过了大约有半分多钟的样子，万青木的妻子的脸孔和身体来了个华丽大变身，食神苏韵出现在原地。

三人相视一眼，同时乐了。由于他们夫妻俩恢复了一切，所以也记起了万青荷的身份，苏韵忙问起小凤凰的事。经张云旷的再一次解说，夫妻两人津津有味地听的非常起劲。不知不觉间，已到了中午时分。

就在这时，两位老人相互搀扶着走出房间，杜淳义夫妻俩一听到动静，连忙变回原来的样子，而张云旷则站起身来，怀着敬意看向老人，毕竟这是岭儿永远也忘不了的人间界至亲。

老人看到有客人到，擦了擦因哭泣而浑浊的眼睛，客气地说："哦，有客人来啦。请坐。"

万青木走过去，把老人搀到沙发上坐下，说："爸妈，这是青荷的朋友，知道青荷的事后，特地赶来看望您二老的。"

一听到青荷的名字，两位老人顿时又是潸然泪下，老父亲哽咽着说："谢谢你还记挂着我们。唉，可怜青荷小小年纪就这么去了……"说着就说不下去了。

张云旷看到老人痛苦的样子，不由得眼眶也红了。他深吸一口气，认真地对老人说：“其实，我是青荷的爱人。我也叫你们‘爸、妈’，好吗？”

两位老人吓了一跳，女儿从来没有说过自己有男朋友，而且女儿也是刚刚大学毕业，遂疑惑地看看他，又看向自己的儿子，问道：“木儿，是真的吗？他是你妹妹的男朋友？你知道吗？”

“爸妈，是真的，以前青荷跟我说过，也给我看过他的照片。她怕你们骂她，没敢跟你们说。”苏韵轻轻坐到老母亲的身边，细声说道。

老母亲老泪纵横，起身拉过张云旷的手，痛哭失声。老父亲也颤抖着站起来，伸出手，轻拍了拍张云旷的手臂，说：“好孩子，好孩子。苦了你了。”老人这时想的却是孩子失去了爱人，一定心里很苦，不愧是一心只为别人着想的七世善人。

也许是心痛过度，两位老人说到这里，就已经坚持不住，一个趔趄先后坐倒在沙发上。

杜淳义拿出一颗丹丸，在水杯里化开，端着喂给两位老人，老人一人喝了几口，精神好了很多，对着他们摆了摆手，又走回房间去了。

“杜大哥，这不是个办法呀。心病还需心药医，老人这时的心病应该是为自己的女儿讨回一个正确的说法。咱们要想办法让那个罗信仁亲自来跟青荷道歉，让老人宽慰。”张云旷皱着眉头说。

“是啊，以我的想法是干脆点，可是老人的心结咱们不能不重视，为了老人咱们哪怕多走些弯路，也要结开这个心结。这样，才能体现好人有好报，也能让老人尽快筑基，跟咱们在一起多一些时间。云旷，我在人间界待了二十几年，知道这些所谓的当官人最怕的是什么，心里最想的是什么。这样，我有个方案，咱们合计合计。”杜淳义招了招手，三人凑在一起，开始了计划。

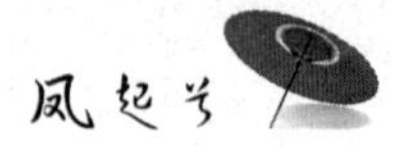

<< chapter 25

化 形

深沉的黑夜里
星光的颤动
撩拨不起一丝涟漪
失落的花瓣里
找不回镌字的心语
永无间断的期望
蛰伏在最深的阴影

是谁点燃了一盏刺破黑暗的光
让无物乞讨的心
有了渴望
渴望在海边
载着吟唱
扬帆起航

五分钟后，张云旷走出房门。他犹如闲庭漫步一样，走到九层高楼那里，脚步不停地往里走。门卫看到他气度不凡，愣是没有敢去询问，更别说让他登记什么的。

走到小区的广场，他散开神识，一瞬间便看到了自己要找的人。

他一步步地走过去，身影渐渐模糊，几秒钟后，他已经隐身来到了一幢别墅里。

别墅的客厅很大，一圈高档沙发的中央，是一张造型独特的玻璃茶几，茶几上摆放着两杯还在冒着热气的茶杯。两个人深陷在沙发的一角，在悄悄地说着话。

“余主席，你看，我这样做还行吗？巡查小组就要来了，如果让他们知道了，去告我一状，我可吃不了兜着走了。”仔细一看，原来这人是罗信仁。

“你呀，是没有良心。别人救了你儿子，你不仅不感谢，还倒打一耙。如果你不是我的外甥女婿，我才不管你的事呢！”余主席瞪了他一眼，恨铁不成钢地说。

“咳咳，”罗信仁苦笑了，如果不是你的外甥女儿这么跋扈，能这么被动吗？可是他敢说吗？这个余主席可是县政协主席，德高望重，在整个县里都有着举足轻重的地位。如果不是靠着他，自己能当上县人武部办公室主任吗？这个余主席有个嗜好，喜欢别人叫他的官衔，家里人也一样，别人更别说了。但是有一点，他有个特点，就是有求必应，只有你能拿出相应的报酬，基本上他答应的事都能给你办成，所以门生故吏几乎遍布整个县各个大大小小的机关。人缘不是一般的好。

“事情已经发生，你也是骑虎难下了，一个处理不好，影响就太大了。一个恩将仇报的帽子，你和小丽就吃不消啊。”余主席沉思着说。

罗信仁深以为然，同时也恨自己家的母老虎，平时嚣张也就罢了，关键时候也这么不知轻重！可是有什么办法呢，人家有个好舅舅，自己惹不起啊。想着这些，他的腰更塌了。

“死者的两个同学你安排好了吗？”余主席问道。

“安排好了，就连林业局那边我都安排好了，老秦拍着胸脯表态，在巡查小组到来期间，一定会拖住她哥的。就怕当时目击者太多，堵不住哇。再说……”

“再说什么？”余主席不满地问。

“就是小丽啦，她坚持要让那家人拿出磊磊的医药费。还有，她在家里，把

我爹妈骂得都不敢回家。今天，还把我爹妈赶回了老家。”罗信仁越说声音越小。

余主席鄙视地看了他一眼，揉了揉眉头说：“好吧，我会说说小丽。这孩子，怎么这么不识大体呢。”

听到余主席轻描淡写的话，罗信仁低下脑袋，一声不吭了。

“好了，就这样。你先回去。这件事就此打住，只要那家人不找事，就不会有事，俗话说‘民不告，官不究’嘛。”余主席手一挥，起身往楼上走去。

罗信仁在后面点头哈腰地目送余主席消失在楼梯上，这才直起腰，起步往外走去。

张云旷跟着余主席上到楼上。余主席径直走到书房，自言自语地说：“一个小民而已，能翻起多大的浪，还求到我这里，简直就是一个饭桶。”说着，坐到书房里一张贵妃椅上，打开手机，开始浏览时事。他深信一点，做为一个官僚，没有一定的政治触角和政治敏锐感，就不要想混政界，每天看时事新闻是他每天的必修课，他也乐此不疲。

张云旷坐在他对面的茶几上，开始了读心术。看到他脑海里拉里拉杂的东西，心中鄙视不已，这是一个披着政治外衣，做着蝇营狗苟之事的十足小人。他的脑海里，有收贿场面、有钻营场面、有欺压场面、有淫荡场面……五花八门，不一而足。原来，他在坐在这个位子以前，还是副县长呢。在副县长任上的几年，他以权谋私，利用各种手段把控了县直机关几个关键职能部门，所以才能在官场里如鱼得水，甚至，县长和县委书记都要让他三分。

其中最让张云旷震撼的，是这个余主席有个真正意义上的金库，就在他们家的别墅里，别墅阁楼的内部墙体有三堵墙是中空的，里面装着纸币和金条或金砖，几乎占了各堵墙的一半左右。从他的脑海里，知道了这些金条和金砖，是他托人从各地收购的，理由是纸币不值钱，还容易潮湿，换成金子不仅能保值，而且还能升值。一个小小的贫困县，能让一个政协主席收贿金额达到如此惊人的程度，不得不说，古人的“一年穷知府，十万雪花银”，跟他比起来，还真有点小巫见大巫的感觉。

不得不说，这个余主席有个很保命的习惯，他不记账，更没有记日记的习惯。想要找出他的证据还真不容易。

张云旷想了想，没有惊动余主席，悄悄地退出了别墅。从他和罗信仁的口中知道了国家巡查小组就要莅临此地，到时，再给他们一个致命的打击吧。

他又走到罗信仁家，罗家在九层高楼的三楼B座。罗信仁正在跟他老婆“动之以情、晓之以理”，奈何人家小丽根本不吃他那一套，坚持要让万青荷家拿出自家儿子的医药费。其实，医药费也没多少钱，可是人家小丽争的是“面子”，争的是跋扈的资本！不得不说，这是一个小官僚的“硬气”，一个官太太的威风！

在小丽看来，这个万家，只是小屁民一个，在此期间，她也打听得清清楚楚，万家世代贫民，连一个股长都没出一个，一水儿的工人。这在小丽的眼里，根本是不屑一顾的存在，万青荷用自己的生命保护了自己的儿子，那是理所当然的，能护住自己的儿子是她的福气，还想要声谢谢？也不看看自己的身份！

小丽强硬的态度，让罗信仁很是头疼，可也拿她没辙，只好出去散散心，去小三儿那儿寻求一下慰藉了。

张云旷无语地看着两人奇葩的表演，对这个叫小丽的女人充满了鄙视和痛恨，对，就是痛恨，他认为这个女人是枉披了张人皮，所以，在一气之下，赐给了她一张耗子皮——这是一个名副其实的硕鼠！

在她的记忆中，张云旷看到，这个女人也学着自己舅舅的做法，在卧室里，她别出心裁地也竖了一堵墙，只不过这个中空的墙，只装了不到三分之一的纸币，大概也有上百万了吧，跟她舅舅家是不能比的。

但是，一个小小的人武部办公室主任却也有着这么多的钱，不得不说，这两口子敛财的能力也是不小哇。其中大部分是每年征兵时，罗信仁利用手中权力，卡、要每位他经手的新兵的钱。也不知从哪年开始，征兵也需要绿卡了，只要有了一张绿卡，退伍回来，就能安排工作，因此这张绿卡就成了每个新兵家庭的渴望。而绿卡的审核和发放就在罗信仁这个办公室主任的手里，这也就成了他敛财的一个重要来源。

就这么一瞬间，小丽成了一只肥胖的老鼠，张着惊慌失措的小眼睛恐惧地看着张云旷，恐怕她到死也不会想到自己会成为一只老鼠吧。至于罗大主任回来找不到老婆，不在张大仙人的考虑之内。

张云旷仍觉得不解气，怎么办呢？他环顾了一圈，干脆一不做二不休，把墙壁里的钱一扫而空。你们不是爱敛财吗？你们不是爱当官吗？好，他的手一挥，布置了一个幻阵。

做完了这些，张云旷沉思着走在街上，大街两旁传来的叫卖声，让他有种烦躁的感觉。于是他走进一家小吃店，叫了一碗馄饨，有一口没一口地吃着。

“小伙子，我能坐在这里吗？”这时，一个沉稳的声音响在张云旷的耳边。他抬头一看，一个气度不凡的中年人含笑站在桌子旁。

他也微微一笑，延手道：“请。”

中年人赞赏道：“看着就是一个好家教的人。谢谢啦。”说着，径自坐在对面的位子上。

“小伙子，你也是慕名来到这个馄饨馆吃馄饨？”中年人很健谈，边吃边跟张云旷聊起天来。

张云旷一愣，说：“哦？这家的馄饨很出名吗？”

看到他说完后有点尴尬，中年人立即给他介绍起来：“是啊，老早就听说了这个县的馄饨好吃，这不，今天终于得偿所愿了。”

“听话音，老哥不是本地人？”张云旷深深看了他一眼，说。

“哈哈，是啊，走亲戚。”中年人含糊道。

接下来，中年人广博的人文地理知识，让张云旷听的耳目一新。两个人越谈越投机，大有相见恨晚的感觉。

据其自我介绍，他名叫董友乐，说是出生时正好老父亲的知交好友来访，干脆就起了个“有朋自远方来，不亦乐乎”的意思，让张云旷直呼“妙人”。

在人来人往的馄饨馆里，两人大感聊的不尽兴，所以一致同意转战董友乐下榻的宾馆。

在宾馆里，董友乐给他泡了一杯据说是他珍藏的茶叶。两个人边喝边聊，不知不觉天已经黑了，张云旷干脆也在此开了一间房，两人准备促膝长谈。

在张云旷下去开房时，董友乐沉思起来，不久，就似下定决心，翻手拿出一颗丹药，丢进张云旷的茶杯，只见丹药入水即化，刹那不见一丝异样。

张云旷兴致勃勃地再次来到董友乐的房间，两人的谈话在董友乐的引导下，由人文渐渐转入针砭时事，又由时事渐渐转入小说，针对小说中的修真，开始了不一样的观点的激烈讨论。

就在他们口若悬河中，张云旷不知不觉把掺了丹的茶水喝的一干二净，甚至又续的一杯水也被他一饮而尽。

“张老弟，咱们这么投缘，我看不如咱们结拜为兄弟可好？”董友乐是真心的喜欢上了这个阳光帅气的兄弟，他诚恳地问道。

张云旷大有深意地看了他一眼，说：“董兄，咱们不要打哑谜了吧。我想知道你意欲何为。”

董友乐猛地看向他，吃惊地问：“你什么时候猜出我的身份的？不管怎么样，相信我，我的心是至诚的。而且，为了进一步帮助你改善体质，我用了从神农那里讨要来的圣三品丹药‘换骨丹’。”他低头看了一眼手表，说：“再过十秒，你也许就会有反应了。幸好小杜子给你喝的酒为你打下了好的基础，不会有太大的痛苦。这样以后，你和小铃铛去了圣域，就能自如地生活了。”

听到他的话，张云旷才是震惊不已，他只是以为这位董兄或许别有用心，怎么也不会想到这个大哥似的人，竟然会是从圣域来的。然后他又恍然大悟，姓董，从圣域来，那么，显而易见，这也许就是鲲鹏家族的那位少主董万里了。

“董兄，我……哎哟！”张云旷刚想说话，突然肚子痛、头痛、全身痛，让他不由痛呼出声，对董友乐摆摆手，踉踉跄跄地跑进洗手间，开始了继喝玄心液之后的再一次脱胎换骨。

待他有气无力地走出洗手间，天已经大亮了。他一屁股坐倒在床上，拿过董友乐端给他的一杯水，一下子灌下肚去，才有一种活过来的感觉。

“哈哈，怎么样，有什么感觉？呐，这个水里我放了‘粹神丹’，不仅能让你快速吸收剩余的药力，而且对你的识海有着粹炼的作用，回去圣界后，老凤凰爷爷给你粹炼筋骨时，会事半功倍的。”

“为什么？你为什么会对我这么好？”张云旷深谙无功不受禄的真谛。

董友乐赞赏地说：“不错，警觉性很高。这么说吧，其实，自始至终，我对小铃铛都是兄妹之情的。知道吗，她出生后的第一泡尿就是撒在我身上的。哈哈哈，那个时候的小凤凰真的好可爱，我对自己说‘万里呀万里，这个是你的妹妹，嫡亲的妹妹！从今天起，铃铛由你来保护，不让她受一点委屈，不让她受到一丝伤害！’唉，可是，由于我的原因，她被人推下圣域，并且好久之后，我才发觉。虽说那人受到了应有的惩罚，但是这么多年来的内疚，时刻在煎熬着我的心。所以，当得知她的消息时，我有多么激动你知道吗？”

董友乐，哦不，董万里热泪盈眶地看着他，抿了抿嘴唇，抬头把泪水咽进去，接着说：“从老祖那里知道了你的存在，我的心是矛盾的。也许是关心则乱吧，我怕不谙世事的小铃铛受骗，但是转念一想，趋吉避凶是我们圣兽的本能。那么，让我祝福你们吧，心中却又放不下。不是面子什么的问题，对我们来说，面子根本不是问题，看不开的是凡人。我在老祖的安排下，提前来到这里，我想先了解一下她在凡间的生活习惯，最重要的是我知道你一定会来这里的，我要看看你是个什么样的人，能不能配上我的妹妹。所以我来了。”

董万里停顿了一下，不等张云旷说话，又继续说：“先听我说，不让我直抒心意，总觉得难受。”他不好意思地拂了下鼻子，道：“来之前，我瞒着老祖到神农那里用乾坤镜换了一些丹药，不是灵丹，是圣丹。我想，如果铃铛需要，也可以帮她一些。”

张云旷听到这里，说心里不感动，那是假的。一个世兄，能做到这些，不能不说小凤凰是何其幸运。他伸手握住董万里的手，紧了紧，深看了他一眼，说：“我有大哥了，但，我想称呼你为大兄，可好？”

董万里震惊地睁大眼睛，心中也有一种感动，他很快调整情绪，朗声说：“好！从今以后，你不仅是我的妹夫，更是我的兄弟。去圣域后，咱们兄弟一起闯荡江湖！”说罢，与张云旷相视大笑。

“大兄，你怎么会成为这个人？”张云旷好奇地问。

说到这个，董万里笑了，说：“也是机缘巧合，这个人因为身在巡查小组，不免得罪一些嚣张跋扈之人。身为组长，当然是上了这些人的必杀榜。于是，在一个月黑风高的环境下，就被人给暗害了。而我恰在这时来到，也是敬佩此人的大无畏精神，决定完成他尚未完成的事业，让他能走的安心，所以，我就借尸还魂了。”

他看了张云旷一眼，说：“来到这里，一是有人投了匿名信，细数此县的种种黑幕；二是小铃铛的这世身的事了。我也是想不到，一个舍身救人的好事，竟然让此地的官僚们丧失了做人的根本。你看到的，我也看到了，你只看到那个姓余的储钱方式，而我，在来到后就光顾了所有的高层。你想象不到的是，这些官员们真的有意思，脑子里竟然有着同样的思维模式，他们竟然不约而同地大都是这样储存财物。只有一个例外，他在自家别墅下挖了半间的储藏室，里面塞的纸币有一部分都发霉了。”

“哦，还有这样的事？真是不可思议！”张云旷说完，又好笑不已。这些凡人为了些许纸张的利益，就丧失做人最起码的标准，做出违背良心之事，如果是修士，说不得就是妥妥的入魔的节奏。而这些凡人做起来，反而能荣华富贵一生，最后说不定还能寿终正寝。天道对凡人不可谓不照顾啊！

感叹归感叹，正事却是要干的。董万里恢复董友乐的身份，对他交待说：“兄弟，我这就要去收集证据了。说不得，此行后的官场会有很大的震动，我要考虑好善后事宜。放心吧，以后的事交给我，你和小杜子他们好好照顾两位老人吧。我观两人也有一些修行的机缘，你们好好引导，最好能让他们步入高层修士之列。”

两人分别之后，张云旷放下心来，很快找到杜淳义夫妻。把董万里的意思传达给了他们后，三人就开始了对两位老人的引导。

而这时的罗家，在张云旷的幻阵中，开始了一场奇妙之旅。

傍晚，罗信仁心满意足地从小三儿那里回来，因为父母被老婆赶到乡下去了，他还得回来给老婆做饭，然后还要去医院照顾儿子，所以不敢在小三儿家过夜的。他刚走进家门，就看到小丽一个人坐在沙发上，对着面前的茶几目无焦聚地发呆。就在他进门的那一刹那，一道几不可察的光闪了一下。

看到小丽发呆，罗信仁不禁愣了一下，平时如果小丽在家，是不会放过教训自己回来晚的机会的，今天难得看到她有这种魂不守舍的样子，不由打趣道：“哟，谁敢惹我家的小老虎生气呀？告诉我，我教训他去。”

谁知，他的话音刚落，小丽就哇哇大哭地扑进他的怀里，泣不成声地说：“老公，你怎么才回来？我吓坏了。”

“怎么了？”吓坏了？能把小丽吓坏，真的是不一般。罗信仁疑惑地问。

“是……”小丽突然迷茫了，然后不自然地笑了笑，说：“逗你呢，没事。”

罗信仁不由翻了个白眼，什么时候了还整这些有的没的。他没有再说什么，直接去了厨房。

等吃过饭，他把家里收拾好，对小丽说："小丽，我去医院看儿子去，你去吗？"

"去！去！"小丽有些迫不及待地跟着罗信仁，两人一起出门了。

现在还是夕阳初下的时刻，因为是夏季，路上已经陆陆续续有了一些乘凉的人，几乎是两人一出现，就引起了一阵骚乱。

在路上的行人和乘凉的人的眼中，只见罗信仁怀里抱着一只比猫还大的老鼠，边走边亲热地说："老婆，等下看到儿子，你不要再凶他了，他的胳膊疼着呢。"老鼠回应他一个啮牙的动作。当时就把大家伙儿吓得够呛，胆小的人顿时大叫起来。罗信仁自认威严地看了一圈，直到人们都回避他的眼神后，他才又抬头挺胸地抱着老鼠走了。

等罗信仁抱着老鼠走远了，人们开始议论纷纷。"那，那不是人武部的小罗吗？他怎么抱着个老鼠叫老婆？"一个老干部模样的人问旁边的人。

"不是他是谁？不知道什么情况。"回答的人不屑一顾。

"什么情况？还不是坏了良心，被老天爷罚的！"一路人不耻地接话。

随即一片应和声，可见罗家在这件事上引起了多么大的公愤。

"咦？不是吧，难道这个罗信仁真的脑筋出了毛病？"那个老干部越寻思越觉得不对。

俗话说"好事不出门，坏事行千里"，不到半个小时，这件令人匪夷所思的事情就传遍了整个县城。甚至，人武部在与余主席交换了意见后，连夜开了个会议，决定撤销罗信仁办公室主任一职。看来，这个事件的影响力这时才泛起了一些浪花。

身在医院的罗信仁，根本不会想到，一夜之间，自己的处境会发生这么大的变化。他只是想不通为什么医院里的人都对他指指点点。

第二天，市精神病院来了几个医生，不顾他的挣扎，要把他带走，他惊慌失措，只是紧紧地抱着老鼠叫道："小丽，快跟你舅舅说，这到底是怎么回事！"说完把老鼠放了。老鼠吓得一溜烟跑了。

<< chapter 26

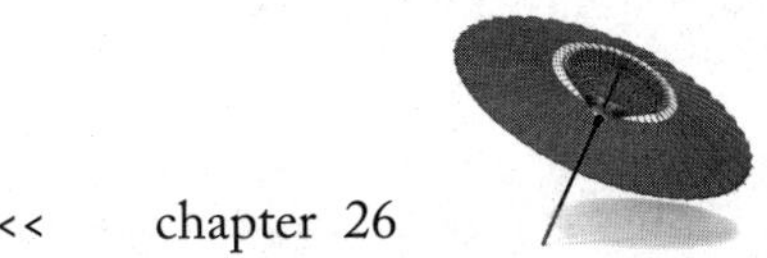

兽潮

极光
穿透无助的哀号
在疮痍中狂舞

肆虐的洪水
狂吼着
撕碎楼宇、城市

狂怒的火山
喷射出烈岩火浆
摧枯拉朽般
　　冲向生灵

大地
裂开啊
把一切埋没吧

留一粒种芽
在春风再次吹临时
给类人的他……

与此同时的赤岭，在雪心城中的张家潜心修炼，她想一举破丹化婴，成为元婴境强者，为即将到来的百年一次的兽潮做准备。可是不知怎么回事，总也突破不了。她也就干脆放下，专心开始提高炼丹技能。

城主府中，正开宴大请宾客，因为今天正是城主霍雪心一千整岁大寿的好日子，不仅邀请了城中各大家族，更是如约邀请了几个大妖。

当这几个大妖出现在雪心城时，顿时引起了不小的轰动，不知大妖们出于什么目的，全都是以本体出现在城中，只是在大妖们中间，簇拥着一个年轻女子，年轻女子走在大妖们中间，顾盼生辉，意气风发，可见其地位不凡。

夜晚，杯影交错间，这个女子左右逢源，充分发挥出长袖善舞的交际能力，几乎与所有的宾客都能很愉快地交流。尤其是那几个大妖，被她调理得服服帖帖，对她简直俯首帖耳。整个宴客大厅都能听到她的娇声朗笑。

突然，府外疾步跑来一个传令兵，气喘吁吁地走到城主跟前，俯耳说了几句话，城主噌地一下子站了起来，紧盯着几个大妖厉声说：“诸位，吃好喝好了吧！离兽潮还有一年多，怎么，想撕毁与人类的协议？”

几个大妖茫茫然地看向城主，说：“雪心城主，你什么意思？”

“什么意思？现在你们大部队已经兵临我城下了，还问我什么意思？！你们也太大胆了吧！来呀，把几位大妖朋友带到城门！”雪心城主咬牙说道。

“不用了！”席间的女子阴笑着站起身来，说：“是我的命令。”说着，踢开座椅，对几个大妖喝道：“还不杀出去，更待何时？！”

几个大妖听闻此话，把酒席一掀，顿时，妖气冲天而起，个个显露出自己的修为——清一色的出窍境！让在场的人大吃一惊，城主更是嘴中发苦。真的没有想到，这些妖兽竟然会如此大胆，敢于撕毁万年来与人类的协议；更加没有想到的是，此次自己等同于引狼入室。出窍境的大妖啊，而且还是六个之多！尚不知城外的妖兽是什么等级！而雪心城的同境界人类强者只有十九人，唯一的渡劫境老祖出外云游，说是明年兽潮前回来。

正在雪心城主气急之中，六个大妖已然大打出手，眼看着就要冲出城主府。雪心城主这才回过神来，大喝道："抓住它们！不能让它们与城外的妖兽汇合！"

宾客们如梦初醒般，仓促地拿起武器，开始了对六个大妖的拦截。只一会儿工夫，城主府就被损毁了一半。

好在宴席中出窍境人类大能有十一个之多，这才把大妖们拦在了城主府内，不至于让它们冲出府外与城外的妖兽里应外合。

这时，那个女子眼看着几个大妖被人类修者拦住，她一声大喝，也显露出自己的本体，原来这是一只猿妖！她挥舞着一根鞭子，瞪着一双噬血红光的眸子，就远距离地不停地往人群抽去。她的鞭子显然是灵器，犹如长了眼睛似的，专往人的脖子抽，几乎一鞭子下去，就带走一颗头颅。

很快，她的动作就引起了人类大能们的注意，两个出窍境强者不约而同地掠向猿妖。他们一个使剑、一个用枪。用剑的修者大喝一声："落雨剑！"一瞬间，密密麻麻的剑充斥在猿妖的四周，猿妖一看情形不对，立即把灵气形成一个护盾，同时把鞭子舞得密不透风，不仅挡住了剑雨，更是挡住了另一个修者的枪雨。

两个修者对视一眼，神情凝重了许多，本以为两人都是出窍境，应对猿妖绰绰有余，谁知这个猿妖的战斗经验很是丰富，看来一时半会不容易拿下。两人立即变招，用枪的修者对面近身攻击，用剑的修者则从背后不时偷袭，倒也把猿妖打的疲于招架，不大会儿就露出了败象。

猿妖一声长啸，气势陡然上涨，很快就到了出窍境大圆满，顿时把两位修者的优势完全打了下去，一根鞭子更是露出獠牙，快速地在两位修者身上带出一块块血肉。两位修者坚持不到半个时辰，就同时殒落。

几乎在两位修者殒落的同时，那五个大妖也取得了决定性的胜利，同它们对阵的修者一死七伤，几乎没有了再战的能力，只有修为达到出窍境大圆满的城主没有受伤，可显然是独木难支。

几个大妖一声呼啸，跳出城主府，就来到了大街上。因为兽潮来袭，修者们大都去了城墙上御敌，城中反而没有什么人，所以大妖们迅速地接近城门。

远处，城门外，连绵不尽的妖兽们正在合力攻击护城大阵，护城大阵本来耀眼的光芒随着一次次的攻击，慢慢地暗淡下去，眼看就要被破了。

这时的雪心城也是大乱了，凡人吓得躲在房中，倒也没有什么损伤。几乎城中所有的修者都赶到了城门，他们站在城墙上，用各自的法术打向城下的妖兽，更有不少修为达到元婴境以上的修者飞下城墙，收割着妖兽的性命。赤岭和张云曦、夏宇他们也都站在城墙上，为保卫雪心城贡献着自己的微薄之力。

妖兽们根本不顾死伤，前仆后继地填补着死伤的空缺。天空中，飞禽妖兽们依仗着自己的优势，也在不断地给飞出城外的修者造成不小的困扰。

城内的大妖们风驰电掣般接近城门，尤其是猿妖，离着城门很远的地方就挥起鞭子，鞭子无限延长，眨眼间钩住城门，一个用力，城门轰然倒塌。

六个大妖合力从内也攻打起了护城大阵，不到一刻钟，大阵就变成点点星光，消散在空中，无穷无尽的妖兽涌进城里。城墙上的修者目瞪口呆地看着这一切。还没等修者们反应过来，城墙也是轰然倒塌了，大量的低级修者随着倒塌的城墙，永远地埋在了地下。

就在城墙倒塌的一瞬间，夏宇变幻出本体，驮着赤岭和张云曦，同时用两个爪子抓住如玉和刘伯就往上飞去。

从高空中看倒塌的城墙和无数死难的修士们，赤岭的心中更多的是悲哀。她想不通，为什么这些妖兽们要兴起兽潮，攻打人类的城池，各自生活在适应的环境里相安无事不好吗？张云曦看到赤岭的脸色，安慰地拍拍她的肩膀。

夏宇越飞越远，他希望能远离这场兽潮，就在他们到达一座离雪心城很远的山峰，正准备降落时，突然，一根鞭子突兀地缠住赤岭的腰，一下子把她拉下了夏宇的虎背。

猝不及防下，赤岭连应对的时间都没有，就被重重地砸在了地上，地上立即出现了一个大大的深坑，而赤岭满身血迹地躺在深坑里，不知生死。

张云曦目眦尽裂，也不管身在高空，一纵身就跃下了虎背，冲进深坑里，一把抱起妹妹，没命似地把自身真元输入赤岭体内。

夏宇也不顾一切地俯冲下来，把如玉和刘伯放下后，直盯着鞭子的主人。只听一声咯咯娇笑，妖猿一转身——李心出现在当地！

望着几人难看的脸色，李心戏谑地说："怎么，不认识了？咱们也没有分开多久吧。对我送的大礼喜欢吗？”

“无耻之尤！”夏宇冷冷地看着她，鄙夷地说：“这就是你恩将仇报的大礼？”

李心的脸也唰地沉了下来，用居高临下的口吻说：“哼！恩将仇报？说的真好听。她给了我什么恩？化形丹？那是我的紫玉山换来的。我还为她打打杀杀呢，反过来说，我才是她的恩人！何况为了一个男人，她不顾姐妹情，把我气走时，我们就已经恩断义绝。今天，我会让她从这个世界消失，那个男人就是我的了。哈哈哈哈！”

说完，把自己的修为提升上去，出窍境修为赫然展现，让夏宇等人的心顿时沉入了谷底。看到夏宇等人的表情，李心的心中畅快极了，这种逆袭的感觉真的是太好不过了。她得意扬扬地看着他们，甚至有种猫逗老鼠的意味。

“咳咳！”在张云曦不懈的努力下，赤岭终于苏醒了过来。她艰难地张开眼睛，吃惊地望着曾经的好姐妹，喃喃道：“李心？为什么？”

李心转过头来，眼神一闪，歪着脑袋，用一种天真的声音说：“啊，姐姐，怎么会是你？你怎么了？让妹妹看看，是谁伤害的你？”说着疾步走到赤岭身边，张云曦一下拦在前面，警惕地说：“别过来！”

李心不耐地一掌挥开张云曦，张云曦由于刚才救治赤岭时已然力竭，而李心此时又是出窍境修为，比他高了一个大等级，顿时被李心的这一掌打得喷出一串鲜血，重重地摔在山壁上，软软地滑落到地上，昏了过去。

赤岭大叫一声，吃力地站起身，踉踉跄跄地扑到张云曦身边，此时的张云曦奄奄一息，他的胸腔塌陷，看来肋骨都断了，嘴边还在不断地沁出鲜血。赤岭飞快地往他的嘴里塞进一把灵丹，张云曦的气息才慢慢稳定下来，而受伤的身躯也肉眼可见般恢复。

她微微放下心来，转过头，嘶声问道：“李心，为什么？你为什么要这么做？”

“为什么？”李心也不再装了，冷声说：“就为了旷哥哥！你以为我不知道吗？旷哥哥是仙人！如果我跟了他，会得到什么，你是不会知道的。可是你一再阻拦我！阻人道途即是断人道行，你就该死！”说着，她又用一种调侃的声音说：

"哈哈，你现在连元婴都还没呢，我以为凭着旷哥哥的手段，他会帮你尽快提升的。哈哈，可见你在人家的心中也不是那么的重要吧。嗯，也许，不，一定是旷哥哥喜欢上我了！那我就更要除掉你了。姐姐，不要怪我哟。"

"你敢！"如玉迅速拦在赤岭面前，厉声说："我不管你那些乱七八糟的事，也不管你是怎么提升这么快。如果你敢对主人不利，我哪怕死，也不会让你得逞！"

"哼，蚍蜉撼树，不自量力！幸亏我跟你们来到这山脉，不然也不会找到自己的老祖，更不会在老祖的帮助下，提升到出窍境。如果我没有走开，说不定还在你们的屁股后面，讨好你们，还不能得到什么好处！一瓶凝气丹而已，就让你们视如珍宝，我舔着脸向你讨要，你还一次次拒绝。当本姑娘稀罕！"李心越说越来气，一个鞭子甩去，把赤岭从如玉和夏宇的身后拉到自己的面前，伸手掐住她的脖子，并把她举起来，恨声说："赤岭！你给我的屈辱我会加倍还给你的！"说完，手一用力，就要掐断赤岭的脖子。

就在这千钧一发之际，一道光晕出现，把李心撞开，一道人影出现，威严地俯视着所有人。

夏宇一见，大喜叫道："老祖！"

人影扭头看向夏宇，骂道："臭小子，长能耐了，敢把自己的保命玉佩送给别人！"

"不是，老祖。"夏宇急声说："这是我的主人，如果不是她，孙儿早就化为这世间的灵气消失了。"

"哦？这是？嘶，小凤凰？你怎么跟她在一起了？还认她为主人？"白虎老祖的眼睛越瞪越大，随即又摇了摇头，自言自语地说："也好，不，很好，这下虎族有救了！"白虎老祖的眼睛越来越亮，跟着哈哈大笑起来。

赤岭再一次摔倒在地上，她勉强用手臂撑起身体，血顺着手臂流到地上，却诡异地被一粒沙子全部吸去，一个闪神，赤岭消失在原地。

余下的人都愣了，苏醒过来的张云曦嘶吼一声："岭儿！"再次昏倒。白虎老祖气急攻心，砰地一掌把李心拍成血雾，然后对夏宇说："臭小子，就在此地等着你主人，她或许有着什么不一样的机遇也未可知，不要太担心。"说完，用手结印，把这一片地方用手段遮掩起来，然后就钻进了掉在地上的玉佩里。

如玉和刘伯忙走到张云曦身边，拿出丹药喂进他的嘴里，这些灵丹都是赤岭在兽潮来临的时候分给他们的，里面不乏五品灵丹，对他的伤势有着很好的修复作用。不一会儿，张云曦就苏醒了。他一苏醒就红着眼睛问："岭儿呢？她在哪儿？"

刘伯扶起他，黯然安慰道："主人，小主人不见了。但是夏宇的老祖说，也许是她有什么机遇。所以你只要安心养伤，不久小主人就会回来的。"

夏宇在原地思考了好久，才走到张云曦的身边，握着拳头说："张大哥，咱们还是修为太低，不然，也不会……所以，咱们的当务之急是提升修为，不顾一切地提升修为！"

张云曦挣扎着，让自己挺直了身体，坚定地说："对！提升修为！现在的雪心城应该已经失陷。此地被你家老祖遮蔽起来，不会有人发现。咱们就在此地吧。"说完，把储藏的灵石拿出来，摆了个聚灵阵，又把各种灵丹拿出来，分给众人。好在在得知妖兽袭城时，他怕战事无常，就把所有的家底都带在了身上。修者最重视的就是财侣法地，而且财在第一位，可见资源的重要性。

接下来的日子里，四人在聚灵阵浓郁的灵气里，心无旁骛地埋头苦练。

<< chapter 27

混沌元界

深夜
独自坐在飘渺的笛声里
任菊花孤寂的幽香
弥漫在我幻觉的心灵

旭日升起时你的笑靥
把我醉倒在花丛里
恣情欢乐的心灵
变为一朵露滴晶莹的睡莲
放进你呵护的掌心

且不说四人是如何提升修为。那天，赤岭猛然消失时，只觉得一阵眩晕，等她适应时睁开眼睛一看，眼前茫茫然，看不清任何东西，就好比眼睛里被蒙上了一层雾。

她站在原地，也不知这个混沌的世界到底有着什么危险，她不敢移动。好久好久，久到她自己受的伤痊愈了，也没有看出有什么危险时，她才试着一步一步地往前方走去。

突然，一阵瑟瑟声响起，她警惕地张大眼睛，竭力想看清楚，可惜还是一片茫茫然。她又站住，不敢动了。

“过来吧，小凤凰。我是混沌兽。”这时，一阵虚弱的声音传来。

赤岭大吃一惊，循着声音看去，只见一团白雾慢慢聚拢，形成了一个似狮子又不像狮子的动物。见到这个动物的一刹那，她就肯定了，这就是一头混沌兽。在圣域时，她的爷爷曾经告诉过她，混沌一族乃天地初开时，天地孕育而生，是圣兽一脉的始祖，也是唯一一个初生便是至尊圣兽的族群，他们自古以来就生活在圣域深处，根本不可能出现在其他世界。并且还给她看了混沌兽的图形。

她疑惑地问道：“你怎么会出现在这里？”

“神魔大战，混沌一族也被波及。在宇宙三分时，我被封印在这个混沌元界里。无数劫以来，我的本源也快要消耗一空，所幸是你这个小凤凰来到这里，用自己的精血唤醒了我，也延长了我的寿命，我才能化形跟你相见。”混沌兽趴在地上，有气无力地说。

“我的精血？哦，是了，我被李心打伤，流下的血可能被这个混沌元界吸收了。对了，混沌一族是我们圣兽的始祖，我的精血应该对你有用途的。混沌伯伯，我再给你一些吧。”赤岭慷慨地说。

“真是个好孩子。如果有修复神识和延寿的灵丹也可以，不一定非要精血不可。”混沌兽抬起头，感激地说。

赤岭眼睛一亮，高兴地说：“混沌伯伯，我会炼丹，我还是五品炼丹师呢！”

“五品吗？恐怕不行啊，最低也得要七品以上的寿星丹和蕴神丹。”混沌兽失望地又趴下了。五品到七品，别看只是两品的差距，可是在炼丹师中，一品的差距就可能是永远也跨越不了的天堑，别说是两个品级了。

“不怕，混沌伯伯，我今年才二十多岁，就已经是五品炼丹师噢。”赤岭狡黠一笑，说：“只要给我丹方和灵草，我想，成为七品炼丹师，不会有太长时间的！”

看到她信心十足的样子，再听到她现在才二十多岁就已经是五品的炼丹师，混沌兽的眼睛顿时放出了光彩。

“来，孩子，跟我去归元池。你的修为太低，炼制七品灵丹，会很吃力的。先把修为提升上去，才能一鼓作气炼制出七品丹。”混沌兽的精神这时是前所未有的好，他一边说一边在前面带路。

“归元池？是什么？还能提升修为，不会拔苗助长吧？”赤岭知道混沌兽无数劫以来，一个人待在这个地方，一定会很寂寞，所以她没话找话地跟他聊天，希望自己能调和一下这个混沌世界里混沌的环境。

“哈哈，孩子，你去到就知道了。对了，你还没有跟我说起你的名字哟。”混沌兽乐乐呵呵地说。

“我本名叫王艺，小名铃铛。不过，现在叫赤岭。混沌伯伯，你怎么叫都行。”

“哟，小铃铛，你还有这么多名字呢。看来，你的经历不少哇。”混沌兽睿智地说。不得不说，活的久了，的确能透过现象看到本质。

听到混沌伯伯的话，赤岭沉默了一会儿，才惆怅地说：“是啊，说起来，我的经历都能写一部小说了。等咱们把事情办完，我细细地讲给伯伯听。”

“好，伯伯会洗耳恭听的。”混沌兽笑着说。

大概走了两个时辰左右，他们来到了一个很大的池子旁边。池子上空飘散着浓浓的雾霾，几成液态。

“伯伯，这就是归元池吗？我直接进去就行吗？可是我现在身上有伤，不会有影响吧？”赤岭一连串的问题逗乐了混沌兽。

“进去吧，什么都不要想。进去后你就会知道这个归元池的妙处了。”混沌兽说完，轻轻地推了她一把，她一下就跳到了池子里。

这时，岸上的混沌兽吟唱道：“化一切为本，还一切为真！塑体为根，还神为本，圆润通达，道法自然！”

混沌兽刚吟唱完，只见归元池沸腾起来，掀起了滔天巨浪，狠狠地拍击着岸边，可一滴水也没有溅出。

赤岭在巨浪中翻滚着，往池子深处滑去。刚开始，她大惊失色，不停地挣扎，可越挣扎越往里滑，并且还一点点地沉下去。她吓得不敢挣扎后，才感觉到自己没有一点的不适，甚至还有种在母体中的舒适和温暖。

渐渐地，池中的水被她的皮肤吸收进身体里，身体里的细胞和经脉犹如喝了仙酿，说不出的慰贴、滋润。这时的每个毛孔都争先恐后地张开了，近乎贪婪地吸收着池中的液体。赤岭闭上眼睛，无悲无喜地端坐在池水中，默默地运行功法。

也许是她的积累足够，没一会儿，只见池子上空氤氲的雾霾中，猛然出现一道七彩霞光，搅动得雾霾也翻滚起来，并且在空中有着隐隐约约的雷光在闪动。她胸口的凤凰本体嗖地一下钻进识海，也开始了第二次涅槃。

岸上的混沌兽看到空中的雷光，喃喃说道："化婴了吗？可这劫雷不对呀，怎么会是九九劫雷呢？不是渡劫境才有的吗？"伸出手，掌心中出现了一幅画，画面是赤岭的凤凰本体，正在浴火重生。他重重点点头："是了，她的情况特殊，化婴应该是大道上的最重要的一步，也是最难的一步。化婴是其一，最重要的是涅槃，怪不得是九九劫雷。嘶，也不知小铃铛能不能承受住。"

池中的赤岭，此时正是重要关头，丹田里的七彩丹丸已经出现了裂缝，剧痛令她的身体微微颤抖，更难耐的是凤凰本体的浴火重生，更胜于第一次涅槃时的痛苦。她的内心在号哭，识海也在不停地翻滚着。

"抱元守一！"混沌兽大喝一声，池中的赤岭心神一振，识海慢慢平静下来。她一阵后怕，如果不是混沌兽的一喝，识海一旦出现异常，整个人都会毁了，变成行尸走肉还是好的，说不定会是灰飞烟灭的结局！

说话间，丹田里的丹丸又开裂得更加厉害，赤岭额头上泪如雨下，脸色痛得惨白，而这时的凤凰本体，也进入到了紧要关头，眼看着已化为灰烬。

混沌兽看到这里，从身上掬起一把白色的絮状物体，甩手打进赤岭的额头，赤岭的识海中顿时凝成一座虚塔，坐镇识海。赤岭才感觉好受一些，她不由庆幸，这是在混沌兽的帮助下，并且是处于混沌元界中的归元池，不仅有圣兽始祖的助阵，而且归元池中的混沌液体更是提供了源源不断的能量，丹破成婴已不是困难。如果换个环境，能不能顺利成婴，甚至能不能活下来，都是未知。

这时的内丹已完全破裂，一个小小的赤岭显现在丹田中，只不过它的眼睛是闭着的；识海里完成了涅槃的小凤凰也颤颤巍巍地站了起来，一步一趔趄地走到虚塔边，歪着脑袋想了想，又摇摇晃晃地走进了塔里，趴在塔的第一层的地上养起了神。混沌兽不由哑然失笑："这个小家伙还挺聪明，知道在混沌塔里的好处。”

赤岭破丹成婴后，并没有停止修炼，她继续运行着功法，吸收混沌液体，壮大自身。这一闭关就是一年，她的修为犹如坐着火箭般，窜到渡劫境小成，才慢慢停了下来。

这时，她的修为不是没有继续上升的可能，而是修行到这个境界，已经不是提高修为的问题，是要更深层次地感悟大道了。

待赤岭走出归元池，浑身的气质大变，就好像与此处的天地浑然天成地融为了一体。混沌兽看后欣慰地说：“嗯，不错。有一句话你要记住：修行即是修心。灵台方寸是心，斜月三星也是心。心之唯物上达天地下驭身行，心是人们行为的指引，也是通达天地万物的源泉。人是自然界中的精灵，之所以能通达天地，就是因为人有灵性，而这灵性的来源便是心。好了，你先在这里领悟一下，我去把丹方和灵植找出来，你也好练手。”

留下的赤岭盘腿坐在归元池边，潜心问心，开始认真思考何为“炼心”、何为“道”。一时间，赤岭的心灵一片空明，渐渐地，她有了一种明悟：修心就是融入自然，修心也叫炼心，重点在一个“炼”上。其内分六法，即心广、心正、心平、心定、心静、心安。其实用四个字来概括，就是“恬淡虚无”。

悟到这里，她对混沌兽是由衷的感激。她深知，如果没有混沌兽的引导，让她自己体悟，恐怕也不知要多久。

“哈哈，小铃铛，这一入定就是近三个月，怎么样？有什么心得？”她刚从静中醒来，就听到混沌兽爽朗的笑声。

赤岭忙站起身来，对着混沌兽就是一个九十度的大鞠躬：“伯伯，谢谢您！”

“不用谢我，是你自己的悟性很高。说说看，你有什么感悟？”混沌兽坐到池边草地上，拍拍身边，示意赤岭也坐下后，又说道：“小铃铛啊，感悟到炼心的真谛后，就要领悟到道之含义。这个不急，你有大把的时间来揣摩的。先把炼心的心得说说。”

“伯伯，如果我说的不对，还请您指正。”赤岭组织了一下语言，说：“修行即是修心，修心就是融入自然，只要顺应自然，感悟自然，最后超脱自然。直到有一天，天从人愿，尘累一清，身心无碍，根基自如，方算修成了正果。”说着，自己又沉浸在再一次的感悟里。

混沌兽赞赏地点头，刚想说什么，一看到赤岭的神情，忙按下话，静静地闭目养神，等待着赤岭的感悟结束。

这一感悟又是半个月。待赤岭眼神清明，混沌兽早已趴在地上睡着了。她含笑看着混沌兽，也不叫醒它，只是静静地坐在它的身边。一人一兽就这样和谐而温馨地依偎着，成为这片天地最亮丽的中心。

半日后，混沌兽醒来，两人默契一笑，什么话也没说。混沌兽拿出一个小巧玲珑的玉佩，用一根七彩绳子穿起来，把它挂在赤岭的腰间，说："铃铛，这里面有你所需要的丹方和灵草。记住，炼丹也是修行，在炼丹中对大道的感悟会更加具体，用心去体味灵草，用心去体会过程，不要一味地为炼丹而炼丹。"

听到此话，赤岭感觉振聋发聩，眼神也不觉闪闪发亮。这次来到混沌元界，真的是学到了太太重要的东西！

可是，她有一些担心，自己来到这个混沌元界这么久了，也不知夏宇他们几个情况怎么样，那个李心如今的修为超过他们那么多，他们是不是……她都不敢想下去。

混沌兽看到她的样子，知道了她的担心，便感受了一下，说："没事，他们有贵人相助，已脱离危险，现在正刻苦修炼。"

赤岭一听此话，心中大定，轻吁一口气，定下心来，开始了炼丹。

在混沌兽的提点下，赤岭在炼丹过程中，开始认真感悟，所以刚开始炼丹速度很慢，更是浪费了很多的材料。但她一点儿也不气馁，反而斗志昂扬，每一刻都是以饱满的精神来进行着、重复着、领悟着。渐渐地，她的炼丹速度越来越快，以前的炼丹环节被她省去了不少，但是成丹率却大大增加，再加上三叠技，她的炼丹成功率达到了一个恐怖的高度——百分之九十二以上！可以说是前无古人了。

对于这些，混沌兽是看在眼里，喜在心中。这一切都在往好的方向进行着。直到有一天，她似乎苦恼地停下时，混沌兽才发现，她卡在了六品的瓶颈。

"伯伯，我感觉到自己就要炼出六品的灵丹了，可是怎么也破不开那层薄薄的雾。"赤岭有些委屈地撇了撇嘴。

"不要急，孩子。每到一个瓶颈，就会遇到这样的问题，越往上越是明显。

这需要一个契机。你先不要炼了，伯伯跟你讲讲道吧。”混沌兽显然把她当作了自己的衣钵弟子，逮着机会就给她传授知识。

赤岭只好放下心中的苦恼，她也明白欲速则不达的道理。平整一下心情，坐下，认真听混沌兽的讲解。

“道无名，道无不明，曰其大，可为逝，曰其逝，可为远，曰其远，可为大，故曰，天大，地大，道大。”讲到这里，混沌兽停顿了一下，看到赤岭好像有些茫然，又接着说：“域中四大，万物居其一焉。灵法地，地法天，天法道，道法自然。大道之下，天地为纲，一切存在皆为道。故大道无处不在，道亦无处不在。为之者败之，执之者失之。是以圣人无为，也故无败也。大道天地为洪炉兮，万物滋养成以为道。故道无常向，无所为知道。”

“哦，我明白了。伯伯，能不能这样理解：道是过程、道是本源、道是规律、道是法则。总之大道三千，条条可证混元。取其一而修之，取其余而鉴之。”赤岭忽然福至心灵，脑中一片清明，一段话脱口而出。这时，她的修为以可见般的速度往上涨，一瞬的功夫，已经达到渡劫期大圆满之境了。

混沌兽震惊地看着赤岭，这个孩子的悟性真的不得了，可以想见的，她未来的成就绝不会低。同时，他的心中狂笑不已，近水楼台先得月，告诉自己这个徒弟一定要收下，不然让别人得去，岂不要哭死？

想到这里，混沌兽严肃地说：“铃铛啊，你很对我的脾性。想不想拜我为师？当然，如果你不愿意我绝不勉强。”

赤岭歪着头想了想，旷哥哥那不算是师父，算起来自己还真的没有师父，而混沌兽在这短短的几年时间里，传授给自己的可太多太多了，这个师父自己更是拜定了。

想到这里，她双膝跪地，重重地磕了九个响头，大声叫道：“师父在上，受徒儿一拜！”

混沌兽高兴地大笑：“哈哈哈，乖徒儿，乖徒儿！快快起来！”

此时圣界中的凤凰老祖的心中没来由地一阵愉悦，不由也哈哈大笑出声，一旁的老妻奇怪地问：“老伴儿，你笑什么？”

老凤凰一愣，是呀，自己笑什么？可是心中就是特别特别高兴，不乐都不行。

想了想，家中也没什么可乐的呀，那，一定是小凤凰有了什么了不得的喜事，自己心存感应，有此一乐也未可知呀！好啊！那小铃铛的喜事是什么呢？老凤凰掐指一算，拜师？拜师有这么高兴吗？他也奇怪了。

不止老凤凰，张云旷的心中也是一样，他正在与万家老父母一起聊天，突然心中一阵兴奋，不知不觉间，乐滋滋地说道；“哈哈，岭儿拜师了！”

杜淳义奇怪地看着他，问道：“岭儿拜师？你怎么知道？”

苏韵对着他们俩翻了翻眼，这两个不省心的家伙，说这些对老父母来说莫名其妙的话，好吗？

张云旷尴尬地一笑，说：“我也不知道，就是心中特别高兴，并且知道是她拜师了。”

万家老父母不解地问：“岭儿是谁？她拜师是怎么回事？”冥冥中，他们似乎知道这个岭儿应该与他们有着关系。

三人对视一眼，苏韵摇了摇头，女人的心思细密一些，她知道两人想要趁此机会对老父母说出真相，可是她担心一悲一喜之下，老人的心理和身体受不了这样的刺激。

张云旷和杜淳义顿时偃旗息鼓，得，就听苏韵如何圆吧。

“爸妈，听别人议论，那个罗信仁被天给罚了，他进了精神病院。我看这就是报应。”苏韵对着两位老人细声说。

“什么？姓罗的神经出问题了？”老父亲吃惊地问。还是苏韵高明，果然成功转移了老人的注意力。

“唉，是因为咱们家的事儿？”老母亲也问道。

“应该是因为这事吧。那家人也太不像话，可怜小妹救错了人。连老天也看不过去，这不，报应随即就来了吧。所谓人在做，天在看。”苏韵说。

“报应的好哇！”老父亲挺直了身体，大声说：“不错，人在做，天在看！让老天也看看这些人间的不平事！”

看到老父亲一扫往日的悲愤心情，杜淳义夫妻由衷地轻舒了一口气。这也算是变相的承认了万青荷的救人事迹了吧。

“只是可怜我的青荷了啊！”老母亲却号啕大哭起来。

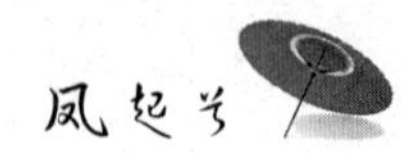

“爸妈，不要伤心了，说不定老天可怜咱们，还能给咱们见面的机会呢？毕竟，天都开始惩罚恶人了。”杜淳义意味深长地劝道。

“是啊，老伴儿，不要伤心了。咱青荷是为救人而去的，死得其所！咱们活的坦荡！等咱们百年后，青荷会在那里接咱们的！”老父亲的眼神此刻熠熠生辉，让杜淳义夫妻俩心情特别激动，为老人的淳朴，更为老人的豁达。

“说的好！爸妈，咱们会跟青荷相见的。”张云旷也紧握老人的手说。

<< chapter 28 

重 逢

曾以为
清越的箫声
是我不变的缱绻
任思绪
飞过樊篱
徜徉于水天

黄昏的夕阳
灿烂着你怜爱的眸光
温热的茶水
记录着一直的滚烫
耳边的梵语
使我顿悟——
我的世界
原来
在你的心里

当夜幕降临，万籁俱寂时，张云旷带两位老人通过自己的小世界，进入到了赤岭的灵仙界。

看到眼前如梦幻般的仙境，老人惊呆了。正在专心炼丹的赤岭通过感应，知道了灵仙界里的客人，立即停止了手中的工作，跟师父说了一声，也出现在了灵仙界。

看到久未见面的老父母，赤岭心中的激动可想而知。她泪眼婆娑地看着老人，两位老人同样泪眼婆娑地看着眼前突然出现的女儿，不敢相信地相视一眼，老母亲颤抖着声音说："老伴儿啊，我好像看到了女儿？"

"你，你也看到了？那就真的是女儿了！是女儿想咱们了，来看咱们了啊！哈哈，呜呜……"老父亲激动得又哭又笑。

可怜张云旷看到眼前的一幕，再也忍不住，紧抓住老父母的手，重重抖了抖，说："爸妈，这就是你们的女儿！去吧。"

赤岭上前拥抱住父母，热泪横流，两位老人更是紧紧地抱住犹如失而复得的女儿，泣不成声。

"云旷啊，这是真的吧？"老父亲扭过头来，问道。

"当然是真的。这期间的事您女儿会如实说给你们听。你们只要知道这就是你们的女儿就行了。"张云旷认真地说。

"不重要了，什么都不重要了。只要女儿能回来，我们什么都不追究了。"老父亲心中的巨石终于放下，最重要的是又拥有了自己的小宝贝，这比什么都珍贵。

"哈哈，是啊，只有女儿才是最重要的。"老母亲用手背擦干了眼泪，这才拉过小女儿，仔细地察看起来。看到女儿如今的气质比以前好了不知多少，更是老怀大慰。

赤岭看到老人含泪带笑的神情，心中也是满满的满足。她感激地伸出手，拉过张云旷，对着父母害羞地介绍："爸妈，这是你们的女婿。"

张云旷一听赤岭对自己的肯定，心中大喜过望，连忙叫道："爸！妈！"

"哎！"两位老人同时答应，相视一笑，有个优秀的女婿，女儿能够享福，是老人最大的心愿。

几口人就在灵仙界里畅谈起来。坐在女儿随手幻化出的舒适的沙发上，老人惊奇之下，很快就坦然了。女儿的躯体早已火化，可是如今又能摸到女儿温暖的小手，一些匪夷所思的事情发生也是能够接受的。他们不是迂腐的人，能够猜出女儿死后一定有着不一般的奇遇。

在赤岭的叙说中，老人更快地接受了这些非人类思想所能理解的世界，不知不觉间，老人的人生观和世界观发生了巨大的改变。

尤其是当赤岭在他们面前开炉炼丹时，他们兴致勃勃地拿起炼成的灵丹，热烈地讨论着，赞叹着，甚至老父亲在赤岭的鼓励下，勇敢地试吃了一颗延寿丹，发白的头发以秒变的速度乌黑发亮，把老母亲惊奇得瞪大了眼睛。当老母亲也吃下一颗，回到三十岁左右时，二老的心再也难以平静下来了。

看到自己造成的效果，赤岭偷偷朝张云旷做了个胜利的手势。

当得知自己是以魂魄入梦的形式进入的灵仙界，老母亲问："青荷啊，我们以后该怎么进来呢？还是入梦吗？"

"妈，你想一想，你和爸在那里还有没有什么牵挂？"

"牵挂嘛，就是你哥哥和嫂子了。其他倒没有，亲戚们都有着各自的生活，不需要我们操心。"

"嘿嘿，爸、妈，你们知道吗我哥哥、嫂子更加不是凡人哎，他们是圣域的酒神和食神呢！"赤岭得意地对他们显摆。

"哎哟，我的天哪，我这是积了多少福了，能有你们这对兄妹！"老母亲眉开眼笑地调笑道。

"可不就是积了福了。"张云旷笑道。"好了，爸、妈，你们回去准备一下，就在岭儿的灵仙界里暂时住下。"

"好。以后呀，我们也叫你岭儿吧。"老父亲开心地说。

就这样，他们也不再理会凡世间的事了，在灵仙界里安下了家。尖尖有了人陪，更是欢天喜地。二老也是由衷的喜欢上了这个乖巧的小孩子，他们一起在灵仙界里其乐融融地修炼。

在赤岭的丹药和张云旷精心为他们准备的修行功法的帮助下，两位老人的修为迅速上升。在灵仙界的大殿里，赤岭还单为他们开辟了一间时间加速房间，以期在将来回到仙庭时，也能跟他们一起生活。在这个房间里，两人也是为了能长久地跟心爱的女儿生活在一起，心无旁骛地以更加饱满的热情，投入到修炼的大业中，修为日新月异地提升着，很快，就无惊无险地破丹成婴了。这让赤岭惊喜不小。

当杜淳义夫妻和张云旷随着赤岭回到混沌元界，一看到那个传说中的始祖时，几人震惊万分。无数劫以来，无论在圣域还是在仙界，混沌兽只是老人们缅怀时的感慨。今天却眼睁睁地看到这史诗般的人物，几人的激动简直是无与伦比。当听到赤岭恭敬地叫“师父”时，三人更是目瞪口呆。这赤岭也太好命了，能认这么个牛人当师父，全三界独一个！

猛地，杜淳义好像想起什么似的，拿出一双小小的铃铛，双手递给赤岭，说：“小主子，这是老主人给你的，里面有你需要的圣石。”

“圣石？”赤岭疑惑地接过来，看向师父。

“哦，拿来我看看。”混沌兽说着，拿起一个铃铛，神识往里一探，笑了：“哈哈哈，这个东西呀。不错，不错，也能补充我的归元池了，归元池被小凤凰耗了不少。”说着，把铃铛里三分之二的圣石倒进了归元池。

归元池上空的雾气顿时更加浓厚了。混沌兽微微一笑，一挥爪子，只见赤岭识海内混沌塔里的小凤凰“嗖”地飞了出来，被混沌兽又一爪子给挥到了归元池里。

赤岭只觉得脑袋“嗡”地一响，软倒在手疾眼快的张云旷怀里。而这时归元池里的小凤凰则睁开了眼睛，只见那双眼角上撩的凤眼，不仅有种风情万种的妩媚，更有一丝逼人的凌厉，正顾盼生辉地环顾着四周。

当小凤凰看到自己身在池中时，吃惊地张大眼睛，说：“我怎么又到归元池中了？”

岸上的人风中凌乱了，这是什么情况？

却见混沌兽哈哈大笑：“哈哈哈，小徒儿，你看看自己。”

赤岭回过头来，打量着自己，惊异地叫道：“啊！我怎么变成了小铃铛了？”

“这本来就是你的本体。怎么，才一两百年的时间，就把自己给忘记了？”混沌兽的心情很好，打趣自己的小徒弟。

小小的凤凰歪着头想了想，猜测道：“师父，你把我扔进池里，是不是想让我的凤凰本体也来个蜕变？”

“嗯，不错，这个过程或许有些痛苦，你愿意承受吗？”

“小意思！师父，涅槃之苦我都能承受，这种晋升中的经脉之痛，我肯定能承受的！”赤岭，哦不，小凤凰自信地说。

混沌兽点点头，又开始吟唱起了那几句话：“化一切为本，还一切为真！塑体为根，还神为本，圆润通达，道法自然！”

归元池又沸腾起来。而岸上的几人听到混沌兽的吟唱，个个都若有所思，特别是张云旷，更是怔在那里，一动不动，一会儿皱眉，一会儿似恍然大悟，又一会儿含笑……混沌兽惊奇地望着他，心中明白他是在领悟其中的深意。

再看张云旷，他已经盘坐在地上，闭上眼睛了。只一会儿工夫，他的身上莫名地升起一股淡淡的白雾，迅速地笼罩全身，雾中的他犹如自成一界，修为以不可思议的速度飙升，半天不到，已达到仙王之境，仍没有停止，继续攀升。更加离奇的是，在众人瞠目结舌下，他的识海中冲出一根绿油油的棍子，直接竖在他的头顶，滴溜溜地越转越快。

混沌兽一看到棍子，激动得无以复加，他的眼神火热地看向张云旷，不惜动用已不多的功力，演算起来。不大会儿，他震惊了，不顾自己萎靡的精神，快步走到张云旷身边，拿起那只小铃铛，把剩余的圣石一股脑地倒在地上，以迅雷不及掩耳的速度摆起了一个大阵。

大阵摆起后，混沌兽掐了个手势，只听一阵巨响，一道结界把张云旷隔开，大阵中迅速凝聚起浓雾，浓雾中夹杂着一道道小蛇般的闪电。

一道闪电劈向张云旷和棍子，感悟中的他一无所察，闪电钻进了他的身体，在他身体里游走，一点点地拓宽他体内的经脉；又一道闪电下来，却钻入了青木之中，青木一个闪动，任由闪电在体内肆虐。

接着一道大一点的闪电冲下，进入张云旷体内时，他的眉头皱了一下，继续深层次的领悟；而青木却没有他的从容，被下一道闪电打的一个踉跄，却也顽强地再次挺立，越发转的快了。

此时，张云旷的修为已经蹿升为仙帝初期了。闪电再一次进入他的身体时，他犹如没有感觉一般。青木在摇摇晃晃中接受着闪电的洗礼，隐隐有一丝金光浮现在体表。

池中的小凤凰在一点点地变大，修为由筑基到炼气、凝璇、结丹、元婴、化神，迅速到达渡劫大成，几乎没有一丝丝的停顿，别人一辈子达不到的高度，让她不到一天就达到了。当小凤凰变为一丈多高时，池子上空“噼啪”一声巨响，一道手臂粗的雷电凭空出现，砸向凤凰本体，小凤凰一声高亮的鸣啼，勇敢地迎向雷电，雷电劈下来，把小凤凰狠狠地砸在池中，溅起几丈高的巨浪。又一道雷电劈下来，钻进小凤凰体内，顿时，在小凤凰哀鸣中，她的身体涌出的鲜血迅速染红了身边的池水，而池中的液体却趁机涌进她的体内，几乎一瞬间，她的身体就完好无损了。接下来，一道粗如大腿的雷电呼啸着再一次冲向小凤凰，小凤凰眼神一凛，挥舞着双翅，就冲向雷电，再次被雷电打下池中，却没有了刚才的狼狈；当雷电钻入体内，再一次经受非一般的痛苦时，她没有了最初的惶恐。

就这样，张云旷和小凤凰一个在池中，一个在阵中，都在接受雷电的改造。在期间，小凤凰铃铛里的圣石也被混沌兽全部抛进了池中和大阵中。看到杜淳义夫妻俩咂舌的模样，他也不忘解释道：“他们只有在这个混沌元界中才可以达到仙帝以上的高度，不然，就是仙庭也承受不了他们体内的能量。小凤凰是要回到圣域，她的道侣自然是要跟随，没有足够的能力，在圣域是没法立足的。”

五天后，池中的小凤凰在归元池和雷电的双重改造下，修为一路高歌，由人仙、地仙、天仙、上仙、金仙、太乙真仙、大罗金仙、仙王、仙尊、仙帝，现在，已是跃过仙帝，成为圣人，而且是初位圣人二品等级！而她本体，也变成了一名亭亭玉立的美少女，杜淳义夫妻喜极而泣地同声说道：“小主子，这才是小主子的模样！”

小凤凰冲着他们夫妻一笑，转向师父就盈盈下拜：“艺儿谢师父！”

混沌兽欣慰地说：“好了，师父还等着你的灵丹呢，不然，不要一年，你就没有师父啦！”

“放心吧，师父，徒儿有信心！”小凤凰王艺自信地说，同时一挥手，把赤岭的身体移过来，对师父说：“师父，把我的七彩仙体送到归元池中蕴养吧。”

混沌兽点点头，把七彩仙体送进归元池，自己也一头扎进归元池中，开始休养。

小凤凰转头看向大阵中的张云旷，眼中柔情四溢，此时的张云旷似乎是到了最后关头，他的修为早已经跃过仙帝，进入了圣人层次，只不过，比小凤凰低一品，是初位圣人一品。而他头上的青木，此时也是大变模样，由一根绿油油的木棍变成了绿色中泛着金光的小树，虽然树根只是寥寥的三根，而枝叶也是稀疏的几片，但是整棵小树却散发出一种磅礴大气。一转眼，小树也变成了张云旷的模样。现在看上去，就好像两个张云旷，只不过是一大一小。杜淳义夫妻俩和小凤凰忍俊不禁地笑了。

不久，张云旷在小凤凰的殷殷目光中，睁开了眼睛。他惊喜地体会了一下自己的身体，就把目光转向了小凤凰，不用看，只用心灵感应，就知道眼前的小女孩就是自己的爱人。他站起身来，一步步地走向小凤凰，小凤凰也伸出手臂，迎向他。两人眼中含泪带笑，一个闪神就相拥在一起。

杜淳义夫妻相视一笑，默契地转身，走开了。

过了好一会儿，张云旷才轻轻地说：“现在，是叫你岭儿呢，还是叫你艺儿？”

听到他含笑的戏谑话语，小凤凰轻轻掐了一下他腰间的软肉，离开他的怀抱，郑重地说：“旷哥哥，不管叫什么，我都是你的。但是，你还是叫现在的我为艺儿吧。毕竟，现在的我是凤凰体。”

“哦，小伙子，你可以把你修炼的分开识海的法术教给艺儿。这样，就可以你分一个识海给你的青木体，小艺儿也可以分一个识海给她的七彩仙体。”混沌兽的话突然响在两人的识海中。

张云旷眼睛一亮，对呀，怎么没想到呢？看来，陷入情网里的人的智商都是零啊！但是，小凤凰立即说：“这个放在以后，当务之急是炼出寿星丹和蕴神丹，让师父早一点脱离眼前的困境，等到了仙界，让老君爷爷炼出高品灵丹，或者到圣域后找神农老爷子要更好的延寿丹，永远解决师父的后顾之忧。”

张云旷点头称是，同时给了混沌兽一个歉意的眼神，混沌兽不由一乐，这两个小娃娃都是有心的人，不错不错，自己的眼光还是很好的。

“艺儿，其他的灵植好找，但是有一种灵果，叫佳芹果，却是不好找。它是混沌初开时，龙的一滴血和朱果凝聚而成，所以它的皮是龙鳞的形状，而其身却是三界中也不可多得的、令修士脱胎换骨的朱果。说它是奇果中的奇果，一点也不为过。如果有了此果，哪怕是一小块，融入寿星丹中，我就无忧了。就是不用其他的灵丹或者圣丹，我都能恢复到以前的状态。”混沌兽淡然说道。

“有鳞片的果子？”小凤凰眼睛一亮，如果自己没记错的话，在苍澜秘境中从穿山甲的口中得到的那个小果子就跟师父描述的一样一样的！她一闪身进入灵仙界，在当初种下小果子的地方，发现了一棵树，树干上是层层叠叠鳞次栉比的鳞片，让人惊奇的是整棵树的颜色是蓝色的，只在浓密的树叶中间掩映着一个个鲜艳夺目而又让人垂涎欲滴的小小的果子。果子上的鳞片如当初见到的一样。

她喜出望外地摘下几个，就出了灵仙界，献宝似的捧着，对师父说：“师父！你看，是这样的吗？”

混沌兽凝睛一看，不由哈哈大笑起来：“小艺儿呀，你真是师父的福星啊！对，对，对，就是它，就是它！”

由于小凤凰的灵仙界里灵植够多，而且都是她和张云旷到处收集到的珍品，炼制寿星丹和蕴神丹的材料是足够的，炼制寿星丹的主药沁阳果和炼制蕴神丹的主药虹奇草，在灵仙界里都有。所以她并没有按部就班地先成为七品炼丹师之后再炼制七品灵丹，而是直接就开始炼制七品灵丹寿星丹和蕴神丹。

好在有三叠技的加持，经过几次失败后，她终于炼制成功了第一炉蕴神丹。当闻到蕴神丹那独特的香味时，混沌兽顿时就睁开了眼睛，他惊喜交加地冲上岸，从小凤凰的手上接过蕴神丹，稍微感受一下，就一口吞下一颗，接下来一颗接着一颗地吞服，不一会儿，就把一炉九颗蕴神丹全给吞了。

一般情况下，三颗蕴神丹就能修复严重的神魂缺失，而混沌兽一下子吞下九颗，好像还没有达到应有的量，这让小凤凰和张云旷吃惊不小。

但是，为了让师父早日康复，小凤凰马不停蹄地接着炼制，又一炉蕴神丹出炉了，等在边上的混沌兽这次是一口吞下九颗后，一个健步飞入归元池，又不忘传音说：“徒儿，蕴神丹可以了，接着炼制寿星丹吧。”

小凤凰打起精神，继续开炉炼丹，可能是熟能生巧，炼制寿星丹时，只炼废了一炉，第二炉成功炼制七颗寿星丹，但是，品质不太好，她没让师父吃，接着炼制。

第三炉的寿星丹，成功了九颗，并且个个有丹晕，看到这九颗寿星丹，张云旷也由衷地笑了，这几天不眠不休地炼制，说不心疼那是假的，他甚至恨自己没有炼丹的天赋，不能为小凤凰分忧。

混沌兽眼神发亮地看着手中的寿星丹，叹息了一声，飞快地把九颗寿星丹全部投进口中，同时拿出两个佳芹果，也一股脑送进口中，闭上眼睛开始炼化。

一天后，混沌兽长啸一声，站起身，抖擞一下身体，转眼间，一个真正仙味十足的男人出现在众人面前，看不出他的年龄，只有一句话能形容出他的风采之万一——“白云为衣风作骨”，其他的言语是对他的亵渎。

看到几人目瞪口呆的样子，混沌兽莞尔一笑，几人只觉得天空一刹那间明媚起来，他就犹如那高挂的太阳，光芒四射，却又没有一丝的刺目，只有如玉般的温润。

“好啦，醒来！”混沌兽没好气地笑道。几人的眼神清明过来。

“哇，师父，这就是你的样子吗？太帅了！”小凤凰满眼小星星。

“小家伙，还知道打趣你师父了！好了，现在的后顾之忧没有了，但是，小艺儿，你还要尽快提升炼丹品级，师父以后的丹药可是落在你的身上，别人的丹药师父不想要，只想要你炼制的。”混沌兽严肃地对小凤凰说。

小凤凰重重地应下，她知道师父是在激励自己，但是小凤凰的心中还是暗下决心，自己的炼丹技能一定要短期内提升起来，好让师父永远不愁丹药。

“其实，在远古时期，我还是有名字的。”混沌兽环顾几人，沉声说：“我本名寻。神魔大战时，我还是少年，老祖们怕我在大战中殒落，所以把我封印在这个混沌元界中，用老祖们的话说是为了保存火种。我也不知道这样的混沌元界还有没有，但是无数劫以来，我用过无数次本族的呼唤暗语，可惜无一应答。我只好一个人在这里潜修，希望能在有生之年找到族人，或者在化尘之前能找到衣钵传人，不至于失去混沌兽一族强大的传承。”

听到师父沉重的话语，小凤凰心中也是沉甸甸的。为了不让师父沉浸在往日的回忆中，她走上前去，轻摇了一下师父的衣袖，说："师父，你还有我呀。"

混沌兽眨了一下眼睛，欣慰地说："是啊，我还有小艺儿。小艺儿能让我与天地同寿的，对吗？"

师徒俩相视着笑了，张云旷笑了，杜淳义和苏韵也笑了。一时间，归元池旁的温馨传遍了整个混沌元界。

此时，归元池里的七彩仙体的修为也不知不觉间达到了仙王大圆满。而张云旷的青木体被他植进了一个识海，两者合体之后，外人看不出任何迹象。小凤凰重新变为凤凰本体，回到七彩仙体中，依旧当她的赤岭。

<< chapter 29

回 家

我来了
你就醒了
淳淳的笑意
镌刻在温柔的脸颊
怦然心动的凝视
羞涩了彼此的心

我来了
你就醒了
千转百回的梦
只是为今天的一晤
冲破溢彩流光的眼眸
轻盈的醉意
朦胧了思绪

我来了

你就醒了
为了新月的美丽
抛却过往的记忆
把期盼紧抱在怀里
在世界的中心
　　占一角清净地

赤岭又被师父给扔进了归元池，因为寻要求她在归元池里先把“三花聚顶”炼成，然后再考虑别的事情。

归元池里，赤岭在痛苦地分裂着自己的识海，池中翻腾的液体早已平静下来，好似怕惊着她，一丝丝的波动也没有。她识海中的混沌塔，却在一点点地凝实，镇压着犹如造反的识海。

就这样，在混沌塔的帮助下，识海在短短的七日后，就成功地分裂成两个。混沌塔发射出一圈圈的柔和的光晕，巩固着两个识海的稳定。

岸上的寻和张云旷一直关切地观察着池中的小凤凰，准备哪怕有一点点的不对，就施以援手。就目前看来，两人的担心没有发生，因为此时的赤岭已经可以把两个识海同时显现在头顶了。

同当初的张云旷一样，两个识海由淡淡的痕迹，一直到出现实体，用了很长的时间。至于用了多久，他们几个都不知道，只是杜淳义重新酿造的玄心液都被寻喝了好几坛，苏韵储存的食材也所剩无几了。

终于，两个识海的相貌分明起来，只是不能活动。寻和张云旷长舒了一口气，啊，终于，终于成功了，接下来只是锻炼两个识海活动的问题了，这个急不来，是个水磨的功夫。

在混沌兽寻的坚持下，混沌元界也被放入了小凤凰的灵仙界里，由于混沌元界品级太高，无法与灵仙界融合，所以是以独立的形态存在于灵仙界。但是不可不提的是，这个混沌元界的混沌元气对于灵仙界是个无与伦比的大补之物，寻只是放出了一点，整个灵仙界就更加仙味十足了。不说别的，就只是那些灵植们，都上升了不止一个品级。把小凤凰美的眼睛都一直弯弯的。

考虑到夏宇他们的情况，几人决定还是小凤凰一个人出去，带领他们继续历练。

小凤凰兴致勃勃地刚一出现在原地，就感觉到一股强大的威压笼罩在头顶。她抬头一看，那分明是劫云啊！再一看，张云曦正一脸惊喜地看着她：“妹妹！你没事儿！太好了！太好了！啊，快点离开，我正在渡劫呢！”

赤岭给了他一个加油的手势，就飞快地掠到千里之外的山顶，兴奋又担心地遥望着渡劫的张云曦，她真的为这个哥哥高兴，自己因为在混沌元界，不知时间法则是不是不同，因此也不知在这里过去了多长时间，但是张云曦能渡劫，说明他能陪着自己一起进入仙庭，这比什么都让她高兴。

正想着自己的心事的赤岭不知道，在离她几千里的地方，也有一人在渡劫。就在张云曦渡劫完毕，飞到赤岭身边时，一声长啸响起，一身狼狈的夏宇也来到了她身边，他惊喜地看着赤岭，显摆地晃晃被劫雷劈的乌七八黑的脑袋，说：“主人，我渡劫成功了！哈哈，咱又是仙人一个了！”

赤岭更是惊喜交加，真的没想到，夏宇竟然也有这么努力。

“岭儿，你不知道，你消失以后，把夏宇刺激得不轻，他不休不眠地修炼，就是为了能帮到你。激活血脉后，他的修为一日千里，这不，我们俩同时渡劫了。嘿，妹呀，我父亲一辈子都在想着能回到仙庭，可惜他为了我，积劳成疾，化尘了。如果能看到我能这么快渡劫飞升，不知要有多高兴。”张云曦感慨地说。

“回到仙庭？”赤岭诧异地问。

张云曦哈哈一笑，说：“岭儿，我家本来是仙庭张家的一个分支族人。当年仙庭争夺战中，我的先辈被敌方打落下界，我们才几代人一直努力，想要回到仙庭，重新回到家族。”

“张云曦，张云旷……等等，该不会？”赤岭思索着，眼睛越来越亮，如果真如自己所想，那么，这个哥哥还真的是哥哥呢！

“云曦，你是云字辈？”却是张云旷感应到赤岭激动的心情，不放心之下，倾耳一听，就听到了这个秘密，想到爷爷以前跟自己说过，家族本来有七大长老，如今仙庭只有大长老、二长老和五长老、七长老，其他三长老、四长老在当年的仙庭争夺战中战死，六长老则不知所踪。自此以后，张家数万年来，仍然只设七个长老，同时，三长老、四长老和六长老的位置，永远无人代替。

如果是，那么张云曦一定是失踪的六长老的后代无异了！

看到张云旷突然出现，又是以一种渴望的神情望着自己，张云曦心中也是一动，接着就是一阵狂喜。他迫不及待地回答：“是，是！我是云字辈，听爹讲，我们的根在仙庭，当时的族长叫张逍遥！是不是……”他突然忐忑了，同样满眼渴望地看向张云旷。

张云旷随着张云曦的诉说，眼中滚出串串泪水，他一把抱向张云曦，大声叫道：“兄弟！兄弟！兄弟！”

张云曦回抱向他，心中的激动无以复加，热泪横流地大笑道：“我终于找到家人了！我终于找到家了！爹，你看到了吗？我可以回家了！我要回家了！呜呜呜……”

赤岭任由两兄弟相抱痛哭，心中感慨万千。不得不说这是冥冥中的定数啊，如果不是自己历练，进入雪心城，如果不是自己好奇之下，去到张云曦的店中，才得以结识这位大哥，怎么会有这样的巧遇？

她悄悄地双手合十，感谢！感谢冥冥中的存在！

夏宇也是热泪盈眶，他为他们找到亲人而高兴，也为自己能重新回到家族而激动不已。

激动的他们没有发现，头顶上的劫云在慢慢散去，一片彩霞出现在空中。

“啊！主人！是主人！刘伯，你看啊，是主人回来啦！”这时，一声惊喜的叫声传到四人耳中。

一处山坳中，飞快地跑上来两道人影，定睛一看，原来是如玉和刘伯。赤岭高兴地迎向他们，发现他们两人的修为也是有了翻天覆地的变化——刘伯是渡劫大成境，若云也到了出窍境大圆满！

就在他们为了重逢兴奋地说个不停时，突然一片光亮闪现，他们同时抬头一看，只见空中最后一点劫云散去，两道闪现着神圣光芒的光柱垂直地笼罩住张云曦和夏宇。

两人沐浴在光柱下，身上因劫雷而狼狈的外貌出现了显著的变化，几乎是一瞬间，不仅两人被雷劫重伤的身体恢复了，而且身上褴褛的衣服也恢复原状，甚至比以前光鲜许多。

几人正含笑看着两人的变化时，陡然，两道光柱一下扩散开来，很快笼罩住所有的人，还往外扩充了十米，刘伯和如玉也被笼罩在光柱中。

只见光柱中刘伯和如玉的身上，顿时泛起了一圈彩色光晕，而且光晕还一伸一缩地，犹如在一层层地进入他们的身体。

只一会儿工夫，两人的修为飞蹿上升，一直到渡劫境大圆满才停下。

在停下的一刹那，就被一股无形的力量给推出了光柱，并且推出了千里之外，开始了渡劫。

赤岭心中一动，想到灵仙界里的老父母，他们这段时间也晋升到了出窍境，如果……那岂不是皆大欢喜？

想到这里，她忙把两人从灵仙界移出，也让他们沐浴在仙光下，希望能如刘伯、如玉一样渡劫。

如她所愿，万家老父母一出灵仙界，就有着不一样的感觉。他们惊异地看着周围，很快，就专心地开始体会起了修为提升的快意。

跟刘伯他们一样，几乎是一瞬间，两人也被移到千里之外的地方渡劫去了。

赤岭不禁眉开眼笑，她一把抓住张云旷的胳膊，正想跟他分享自己的喜悦时，张云旷却满含深意地看了天空一眼，示意赤岭也往上看。

赤岭抬头一看，顿时就张大了小嘴巴——高空中那不知名的所在，隐隐约约地闪现出一张熟悉的笑脸。

“那、那是二哥！”赤岭兴奋地抓紧张云旷的胳膊，大声说。

“哈哈哈，是二哥。他在帮我们快点回家呢！”张云旷伸出大长胳膊，揽住赤岭的肩头，冲着云影中的二哥挥了挥手。

张云曦羡慕地听着两人的话，心中对亲情的渴望更加强烈。

好像是听到了张云曦的心声，张云旷笑着拉过他，对着云影中的二哥传音道：“二哥，我找到了六爷爷的后人了！这个就是，名字叫张云曦。很巧合对不对？跟咱们兄弟仨一样都是日字旁的字。”

这时，众人只觉得云影一顿，随即翻涌起来，一道道彩色云团形成，一会儿就摆成几个大字：“兄弟，欢迎回家”！

张云曦一看到这几个字，胸中阵阵激荡，热泪汹涌而出。他流着泪冲着空中大声喊："二哥！等我回家！"

天空中的云团更加翻涌的厉害了，可见二哥心中的激动。

张云旷似乎在聆听着二哥的传音，转过头来，对着张云曦说："云曦，二哥回去通知爷爷们去了。你们得经受洗礼，转化为仙体后才能立即飞升。咱们也好快些回家！"

张云曦连连点头，敞开心胸，任由仙光冲刷着身体和识海，渴望早些完成洗礼，好快快回家。

远处渡劫的四人也已经在接受仙光洗礼了。在凡界尚有"法律不外乎人情"之说，何况仙庭的仙帝是张家人，一点小小的私利，谁敢不给？所以，刘伯和如玉的雷劫也只是意思意思而已了。

很快，光柱散去，渡劫后的六人精神焕发，个个眼光灼灼地看着张云旷，只等他一句命令，好一起飞升仙庭，见识那久已向往的地方。

张云旷拉紧赤岭的手，大喝一声："回家！"只见众人脚下兀然腾起云雾，迅速遮盖起众人的身影。临近此地的人们只是看到一团巨大的白雾腾起，一眨眼的工夫就消失在天际。

仙庭，迎仙殿外，站满了密密麻麻的身影，领先的是家主张逍遥和仙帝张伟旭，身后站着几乎全家族的人，个个神情激动地伸长了脖子看向前方的迎仙殿，时不时有些按捺不住心情的小声交流。

"听说是六长老的后人，这下咱们家是齐了！"

"是啊，多少年了！可怜当初六长老被敌人打落下界，今天才有后人飞升回家，咱们一定要拿出最好的资源，让他老人家的后人尽快融入家族。"这位显然是个家族管事之人，他想到的比一般族人更多一些。

"这是当然！还要多多跟他交流，让他喜欢上咱们！"一位小少年老成地说，引来周围一阵窃笑。

"出来了！出来了！都回来了！"

迎仙殿大门前，突然出现一队人，领先的张云旷拉着赤岭的手，错开半个身位的是一个风度翩翩的俊公子，接着是万家的父母，紧跟着的是夏宇这个跟以前截然不同的昔日仙庭纨绔，再后面就是沉稳的刘伯和对仙庭新奇不已的如玉。

一看到大殿外的人，赤岭一阵欢呼，大叫道："爷爷！我回来了！"就松开张云旷的手，一头扑进张逍遥的怀里。

张逍遥溺爱至极地大笑着抱过赤岭，说："小岭儿，欢迎回家！"

说完，迫不及待地又抬起头来，看向那个俊美的少年，颤抖着嘴唇，说："是曦儿吗？"

张伟旭也是一脸的激动，用渴望的眼光看着眼前的少年，紧走两步，伸出手，说："曦儿，欢迎回家！"

想当年，是六长老在危急的情况下，用自己的身躯挡住砸向自己的那一柄大锤，结果，自己获救，而六长老却被大锤砸得不知所踪。对于救命恩人的后代，张伟旭的心里是感恩不尽的。今天能亲自接曦儿回家，对他来说，意义重大。

而此时的张云曦，却在看到眼前来欢迎自己回家的亲人时，就热泪盈眶地一下跪倒在地上，重重地掷地有声地磕了三个响头，然后从怀中掏出一个圆球，举上头顶，呜咽着大喊："爷爷、父亲！我们回家了！"

听到这话，张逍遥的身体剧烈地颤抖起来，他一把抓过圆球，凝睛一看，只见圆球中浮现两道细微的光亮，这时正在圆球中飞快地转动。

"六哥！"张逍遥嘶声叫道。

"六哥！"张伟旭也用颤抖的双手小心翼翼地覆上圆球，眼泪飙飞而下。

迎仙殿外，同时出现的还有神兽家族白虎夏家的老祖和家主，看到自己家的夏宇以一种全新的面貌重回仙庭，并且在夏宇刻意的表现下，他浓郁的血脉源动让夏家老祖热泪盈眶，本来对夏宇成为小凤凰的护身神兽气恼万分的夏家家主夏陆空，此时也忘了气恼，高兴地咧开大嘴，意气风发地直呼："夏家有救了！我白虎家族一定会重振雄风！"

回到家中，张逍遥首先就是打开祠堂，用最隆重的仪式，让张云曦认祖归宗。经过郑重商议，万家父母也决定加入张家，成为张家一员，这让张逍遥一家更是欣喜万分。所以，这次开祠堂、写族谱，也要加上万家父母，如今的张万志与张珍芳。

祠堂内，是张逍遥和张伟旭带领着四大长老和所有的嫡系子孙；祠堂外，是黑压压的张家族人，个个都神情激动地把目光投向里面正在进行的仪式。

混沌元界里，寻背着双手，也在看着张家祠堂正在进行的仪式，从他紧握的双手也能看出他的心情，从他喃喃自语中，更能感受到他此时的思亲之情。

“唉，如果，如果也能见到自己的亲人该多好……”

猛然间，他心中一动，仔细地思考了一会儿，就郑重地传音给小凤凰：“铃铛，那个小圆球如果里面装的是一丝灵魂本源，师父也许能让他复活。”

“什么？”赤岭一听，也顾不得场合，惊喜地大声喊道。

张逍遥心中大怒，这个小家伙也不是不懂事的人，怎么在这么重要的时候失态？！

看到爷爷凛冽的眼神，她顿时慌了，赶紧说：“爷爷，先不要安放六爷爷他们的灵位，我师父说他可以让他们复活！”

乍一听到这个消息，张逍遥就是一愣，接着就是狂喜。他一把抓住赤岭的手臂，瞪大了眼睛，急声说：“复活？你师父？快点说！”

这时，整个张家一片哗然。由于赤岭激动之下，根本就没有控制自己的声音，而大家又是修为高深的张家人，所以，她的话几乎全家族的人都听得一清二楚。这一下，可以说是群情激昂了，大家都把热切的眼神投向了她。因为那么多双眼睛全盯着自己，赤岭的额头不由地渗出了一层细密的汗珠——这压力，太大了！

这时，张家祠堂的正前方，突兀地出现了一个身着白衣的男子，他含笑看向张逍遥，又把目光投向张伟旭，对于张伟旭这个仙庭的仙帝在张家却落后张逍遥半个身位，他赞赏地点了点头，怪不得他能统治仙庭这么久，站好自己的位置，明确知道自己在每个环境中的定位，是很重要的。

张伟旭吃惊地看着眼前的人，可以说在整个仙庭，就没有他掌握不了的，可是今天，这个人怎么出现的，他是一丁点的感觉都没有。

看到张伟旭警惕的神情，寻笑了：“我是铃铛的师父。”

而赤岭一看到自己的师父，忙走过去，尊敬地拜倒：“徒儿拜见师父！”

听到赤岭的话，张逍遥的眼神一缩，他也看不透小凤凰师父的修为，只感觉他是一个再平凡不过的人，身上一丝的灵气波动也没有，这个迹象表明，要么他根本就是一个凡人，但是这绝不可能；要么就是他的修为远高于自己。可是，仙庭中的天地法则是不会允许有第二个仙帝出现，更何况是高于仙帝的修为？

这边，张云旷连忙也走过来，躬身行礼：“拜见师父！”因为他与小凤凰早已心心相印，所以，小凤凰的师父他也理所当然地叫起了师父，而寻也含笑默认。

张云旷又转过来，对爷爷说道：“爷爷，这是岭儿的师父。他的本体是混沌兽。”

这一句话激起了千层浪，把张逍遥和张伟旭惊得愣在了当地。混沌兽是什么？别人不知道，可仙庭的古老藏书中可是有着长篇累牍的叙述。混沌为万法之源，混沌兽更是万物之祖。而今，却有一个混沌兽出现在自己面前！这、这、这，张逍遥和张伟旭风中凌乱了。

寻就这么静静地看着两人愣怔，不发一语。赤岭和张云旷看着师父不说话，哪敢开口？而张家族人们更是摸不着头脑，也不敢出声。一时间，刚才喧哗的张家，此时却鸦雀无声。

过了好一会儿，张逍遥才回过神来，连忙倒头就拜：“张家家主张逍遥拜见老祖！”

张伟旭自然也随着兄长拜倒在寻的面前。张家顿时又是一阵哗然，能让自家家主和仙庭之主跪拜的人，是什么身份？但是看到家主和仙帝都在大礼参拜，几乎一瞬间，所有的人都唰地一下全跪下了。

寻开口道：“嗯，都起来吧。”

所有的人都感觉到一股不容抗拒的柔和的力量，托起了自己的身体。

在张家人的面面相觑中，寻对张云曦说：“云曦，那个圆球中是你爷爷和父亲的一丝灵魂本源吗？”

张云曦早在赤岭说师父可以复活自己的爷爷和父亲时，就双眼放光了，寻一出现，他的目光更是紧紧追随着寻。此时一听寻在问他，哪里还沉得住气？他连连点头：“是！是他们留下的灵魂本源！”然后就一脸渴望地看着寻。

看到张云曦小狗似的神情，寻轻笑了一声，说：“咳，拿来我看看。”

张逍遥忙从供桌上把圆球拿下来，恭敬地递到寻的手里。

寻凝神看去，两道小小的亮光一闪一烁，有种快要消失的感觉。他看了一下外面的天空，说："仙庭的法则经过了无数纪元，也已经出现了消逝的迹象。我先把法则修补好吧。"

说着，他信步走出祠堂，仰首看了一会儿，双手结印，一道道光线从他的手中挥出，隐入到空中。这时，仙庭中的人只要抬头看去，就能看到周围的光线更加明亮、柔和；呼吸的灵气更加纯净、浓郁；所有的灵植也更加茁壮、生机勃勃；尤其是卡在晋级关头的人轻松晋级、正在领悟的人豁然开朗……

对这一切，仙庭之主张伟旭领悟更深，多少万年不动的修为，一瞬间提升到了初圣一品，仍然是仙庭第一。

"仙庭最大的承受能力，是一位初圣一品。如果你想去圣域，也可以了。"寻认真地对张伟旭说。

"不，不，我的亲人都在仙庭，我去圣域干什么？"张伟旭毫不犹豫地说。

"那好，你继续保持本心，把仙庭打理好吧。"寻满意地说，"至于张家家主，你久抑的修为也可以放开了。"

张道遥正欣慰地看着兄弟提升到初圣，突然听到寻说到自己，他不好意思地看了张伟旭一眼，把压抑已久的境界一放，顿时，一股庞大的气息充斥了空间，修为一路飙升，直到仙帝大圆满才不得不停了下来。

张伟旭知道自己的哥哥是为了自己，才压抑自己这么多年。他一把抓住兄长的手，哽咽着说："哥，谢谢你！"

"兄弟，说什么呢！"张道遥嗔怪道，"咱们是一家人！"

寻含笑看着他们，心中感叹：也只有这样的家主，也只有这样的家族，才能培养出如张云旷兄弟这么优秀的后代。可以预见，以后的仙庭会蓬勃发展的。

他左手拿着装着灵魂本源的圆球，右手凝出一团混沌元气，一点点地、小心地把两道灵魂本源从圆球中抽离出来，融入混沌元气里。接着让张云旷拿出一大盆玉髓液，连同那团装有灵魂本源的混沌元气，一起送入归元池里。

三天后，当寻带着激动的张家六长老两父子出现在张家时，在张家最大的演武场中等候已久的张家人，沸腾了！

张云曦的爷爷——六长老张自在、父亲张星河，激动万分地跑向自己的亲人中，同昔日的战友诉说当时的激烈战况、同久违的亲人诉说分别后的生活。不知不觉间，所有的人都泪流满面地笑着、说着，用最热烈的肢体语言表达着久别重逢的喜悦。

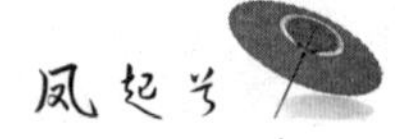

<< chapter 30

心 愿

你敲着我心的门
以鼓翼的震颤
默默地感受
欣喜的回音

往昔的誓约
已在履践
你在群星的簇拥下
徐徐而来

横跨时空的情缘
　　到达了圆满的时刻
我张开虔诚的双臂
　　迎接你！
　　　　——我的爱人

回到家的赤岭，则在师父的监督下和张云旷的帮助下，开始了苦炼两个识海。

他们不知道，就在张家其乐融融的团聚中，一件大事被张云旷的父母提上了日程。由此，张家几万年来第一场婚礼，在张云旷的几位爷爷的策划下，开始了悄悄的筹备。当事人却被蒙在鼓里。哈哈！

仙庭的早晨，充满着清新而愉悦的空气，各种鸟儿，在空中飞翔，用动听的歌喉，鸣唱着悦耳的歌。天街上，比往日多了更多的喜意和放松。

自从小凤凰回归以来，整个仙庭出现了从来都没有过的祥和景象。这种氛围，让所有的仙人们都有着不一样的心情，大家还都因为这种愉悦的心情，几乎个个的修为都有了不同程度的提升，这让仙人们对这种轻松而愉快的生活充满着渴望，渴望着每一天都是这种好心情。

这也导致了，从此以后的仙庭一改往日的气氛，仙人们一改往日的自私，见面后的冷漠没有了，彼此的猜忌没有了。

自从知道张家为大婚在做准备，更有着不少的仙人主动来到，希望能为大婚出一分力。甚至，四大神兽家族中的少壮一辈，也在夏宇的带领下，满怀歉意地来到张家，向小凤凰和张云旷诚心道歉。并且，他们包揽了所有的杂活，让张家的家人们减轻了好多的负担。

而寻，则在知道了他们的计划后，提出了一个建议：鉴于小凤凰和张云旷还要到圣域与老凤凰他们团聚，而仙庭里的亲人们也离不开两人。好在两人都有着分体存在，就把小凤凰的七彩仙体与张云旷的青木体留在仙庭；而凤凰体与张云旷已经改造完成的本体回到圣域，陪伴分别已久的圣域亲人。

不得不说，寻的建议是皆大欢喜！老君更是喜笑颜开，得意地用手捋着胡须对着几位老友大声说："怎么样，还是我有先见之明吧？早在百年前我就把'三花聚顶'传授给了旷儿，才能这么美满地解决这个问题吧！"

"嘿，还别说，这真是老君的功劳呢！"玄机子眼睛闪闪发亮，打趣说，"你比我这个算命的还要先知先觉，干脆，老君，你跟我学学我的玄学吧。"

"啊，不啦、不啦。"老君"谦虚"地说，"我还是对我的炼丹有兴趣，对你那神神道道的东西可是敬谢不敏！但是……"老君说到这里，环顾了一下几位，才扭捏着说："但是，鉴于我的这次先见之明，这玄心液可要多给我一些！"

几位老爷子相视大笑，张逍遥用手指点着他，道：“老家伙，我就知道，你从来就是一副高人模样，这次却先表功，就是有着小九九。原来你的目的在这玄心液上。”说着，对几位说：“老伙计们，你们说给不给？”

看着老君急的直给几人眼色，完全没有了仙风道骨的模样，几人更是哄堂大笑。

“咳咳咳，老君啊，其实，我们家杜淳义酿的玄心液，可是早早就送去你的兜率宫啦！”张伟旭这个仙帝也全然没有了威严，面对老君这万年难得一见的神情，差点岔了气。

老君的脸顿时腾地一下红了，气哼哼地又来了一句：“哼！敢看我笑话。这次我加码了，整天跑你家吃饭，你们不烦，我都烦了。旷儿的婚礼过后，要让杜酒神夫妻俩在我那里住一年！”

“不行不行！这还了得，好不容易打着小凤凰的名义，让酒神和食神留在仙庭，就是要享受这三界绝无仅有的美食。你那兜率宫中只有你一人，我们家却是一大家子人。如果你同意我们家的人全部都去你家吃饭，我没意见！”张逍遥不愧是家主，想的是全家族人的福利。

这下老君傻眼了，他咂咂嘴，不甘地说：“好吧，好吧，我还是留下，住在你给我准备的庭院吧。”

早在杜淳义夫妻第一次住进张家起，张家就给几位老友每人准备了一个庭院，好让他们一起拥有相聚时的老来乐。

“不过，老君啊，为了咱们早日喝到喜酒，你还要辛苦些，指导岭儿使用识海。”张逍遥认真地说。

“那当然，你们就放心吧。我会每天都监督岭儿的。”

于是，在老君对喜酒的渴望中，把训练当作工作的热情中，赤岭终于把两个识海锻炼得如臂使指了。她把一个识海放入七彩仙体内，一个放入凤凰体，开始了乐此不疲的一个在家、一个在天街游玩的游戏。而张云旷也跟着她一起享受起了两对同游的乐趣。

一段时间里，不少仙人都会发现他们俩一对在天街的这端、一对在天街的那端。让很多人开始感叹起两人的神速来。

“嘿，这张少两人的修为怎么这么高深了？刚才还在归位园看到，这一小会儿的工夫又来到天街了！”等等诸如此类的谈话经常会成为仙人们谈乐的话资。

一个仙界云蒸霞蔚的美景中，赤岭披上鲜艳的嫁衣，满怀羞涩地嫁给了张云旷。婚礼当天，圣域中，老凤凰全族人通过寻的实况转播，也同时感受到了这喜庆的场面。当知道两人打算回到圣域再举行一次婚礼，老凤凰才松开了怒发冲冠的发红脸孔，喜笑颜开地对仙界中的婚礼评头论足。同时，更是紧锣密鼓地开始筹备起圣域的盛大婚礼。

仙庭的婚礼结束后，小凤凰就和张云旷一起回到了圣域，师父寻也是跟着两人回到圣域。在回归的那一天，整个圣域也是欢天喜地，特别是几大圣兽家族一看到老祖混沌兽被小凤凰寻回，整个圣域沸腾起来，人人奔走相告，巨大的喜悦充斥着圣域。

当张云旷看到老凤凰身边的董万里时，他紧紧抓住董万里的手，激动地问：“大兄，你提前回来了？”

“是啊，我家老祖说你们就要回到圣域，我就草草结束了人间界的事情，回到圣域，好参加这次的迎亲，和不久之后你们的大婚。”董万里笑着说：“如你所愿，那个县城的事情惊动了上层，整个领导班子来了个大换血。尤其是万青荷的事件，让上层领导震怒，直呼人心不古。我走之前，那里已经在开始注重精神文明建设了。”

“那就好，那就好。如果还是那样的环境，我想，我会让那里再来一次‘诺亚方舟’！”张云旷凛冽的眼神让董万里吓了一跳。他这时才真的放下心来，对于小凤凰在那一世发生的事，自己都已经放下，可张云旷却还在为她不平。由此可见，小凤凰在他的心中的地位是无可撼动的重要。

接下来的日子里，小凤凰追寻着往日的记忆，带着张云旷走遍了她曾经走过的每一处地方。而师父寻却没有他们的悠闲，他在忙着修补和完善神魔大战后损坏的圣域法则，让圣域也没有了后顾之忧。

<< chapter 31

小女儿

你曾被我当作心愿藏在心里
你曾活在我所有的希望里
当我的心花儿盛开
你便出现在花蕊
被命运送到我的胸前

你的第一声啼哭
是对前世的告别
　　今生的宣告吗?
你的小小的微笑
如春日的阳光
　　温暖而绵长

你的咿呀学语
是飘逸的诗篇的扉页
那么

你的蹒跚学步
就是人生路上的第一个脚印了

冬日的阳光
正辉耀着温情
感知着你的不凡

银装的世界
用雪花作为礼物
见证着你的圣洁

我用手臂紧紧地抱着你
我的小小的宝贝儿

三年后，一个粉雕玉琢的小娃娃嘹亮的哭声，在张家响起，张家所有的族人都喜气洋洋地拿着红果，挨个儿送给仙庭中每一个见到的人，让大家同时享受到张家的喜悦。

“爷爷，名字取好了吗？”张云旷心急火燎地问正在对着一本厚厚的书热烈讨论的几位老爷子。

“别急，别急。”玄机子爷爷不耐烦地挥挥手，把他赶走了。

张云旷脚不沾地地又跑回到赤岭的身边。看到妻子在熟睡，他柔情似水地轻轻抚去她额头的黑发，深情地凝视着这个永远也看不够的容颜，一动不动。旁边，是小女儿的小床。小东西正酣睡着，粉嫩的小手握成一个小拳头，小嘴微张，有说不出的可爱。他心满意足地长叹一声，心中说：“啊，这就是我要用整个身心保护的心肝宝贝！”

突然一阵脚步声打断了这温馨的一幕。张云旷不满地看向门口。

“三哥，爷爷们给小家伙取好名字了！”轻手轻脚的张云曦悄声说。

张云旷忙站起身来，哥俩留恋地又看了一眼襁褓中的小婴儿，这才走出房门。

“快来，快来，旷儿，我们取好名字了！”还没走进大厅，就听到爷爷中气十足的喊声。他俩紧走几步，来到几位老人的身边，张云旷更是伸长的脖子，想快点看到女儿的名字。

“旷儿，经过我们的讨论和推算，决定给小家伙取名叫‘张远彤’。”玄机子爷爷代表老兄弟几个，郑重其事地通知张云旷。

“好，好。”张云旷是有女万事足，起什么名字都好。

“臭小子，也不听听为什么取这么个名字，就说好。”张逍遥笑骂道。

“嘿嘿。”张云旷咧嘴傻笑了一下，从善如流地问：“什么意思？”

“旷，远也；彤，赤也。故而叫‘远彤’。而且，结合着小家伙的生辰和五行，取这个名字，大吉！”玄机子爷爷越说越高兴。

“嘻嘻，好，远彤！我这就去跟岭儿说。”说着，招呼也顾不上打，就兴冲冲地跑回去了。

留下几个老爷子哈哈大笑。

<< chapter 32

梧桐树与凤凰（大结局）

最后的这道霞光
是你吗？
以夺目的绚烂
辉耀着我的心房

昨日的迷茫与心伤
抚平在你小小的手掌
今日的雀跃
只为你的存在呀
——永镌于心的欢乐！

含笑的目光中
霞光闪烁
闪烁的霞光里
我顶礼膜拜！

“爸爸，你的胡子呢？”一个糯糯的声音。

“爸爸的胡子呀，呶，给你留着呢。”

自从张云旷的青木体完成了蜕变后，只是留下如根似的胡子，昭示着他的曾经。而张远彤学会走路以后，就收集起爸爸的胡子起来。她在自家的浮岛上，把胡子一根根地插在地上，远彤今年六岁了，结果半个浮岛都生长着胡子长成的树木，如今的树木都成林了。

张远彤最爱的游戏就是在这样的树林里，同爸爸和妈妈捉迷藏。爸爸不时地变幻成树的形状，而妈妈喜欢变成凤凰的形状，站立在树上，让小远彤找。

在师父寻回圣域之前，他用自身的血脉和凤凰体的一滴精血，给七彩仙体来了次提纯血脉，结果七彩仙体更上层楼，比凤凰体也不遑多让。由于血脉的觉醒，她更喜欢变幻成凤凰，栖息在张云旷变幻成的树木上，与小远彤玩耍。聪明的小远彤也会躲着让爸爸妈妈找不着。

于是，仙庭中常常会响起这样的呼唤：“彤儿，我的彤儿在哪呢？我的小彤儿！”大家就会知道，这是张云旷在与小女儿捉迷藏呢。

时间长了，有一次，老君爷爷没好气地说：“我的彤儿，我的彤儿，你干脆就叫‘吾彤树’算了！”

结果，这个“吾彤树”的雅号就传开了。

在一个晴朗的早晨，张远彤正在天河边洗玩脏了的小手。突然，一个小男孩跑过来，站在一边看了她好久，说：“小妹妹，你怎么能在天河里洗手呢？”

本来，小远彤是不想理这个陌生的小男孩，可是，看到他萌萌的大眼睛，求知欲很强的样子，不由得笑了，说：“为什么不能？这是条河不是吗？河里有水不是吗？我的手脏了，用水洗干净不是吗？”

小妹妹一连串的反问，把小男孩给弄懵了。他愣愣地说：“不是、不是不能进天河的吗？”

远彤一听这话，小脑袋一歪，想了一下，往他身后一看，哦，原来有三条漂亮的大尾巴呀！在以前，有好多的大妖偷偷地进入天河，欲化去兽形，结果导致了一个时期的混乱。仙庭不胜其扰，就让张云旷在天河摆下了一个困阵和一个斥阵，只要是妖一碰到大阵，就会产生一股斥力，让妖寸步难行；如果有妖强行硬闯，那就对不起了，不困它个百年，绝不放它出来。这样，才基本上制止了闯进天河的事件发生。

她小嘴一撇，说：“你是妖吧？妖当然是不行啦。哦，你是想用天河水化去兽形吧。”

小远彤那不屑的话刺激到了小男孩，他瘪着嘴，委屈地说：“是啊，我想化去兽形。因为我的尾巴，好多小朋友都不跟我玩。”

“那你叫什么名字？我跟你玩好不好？”小远彤的同情心泛滥了，她大姐姐似的拍了拍小男孩的肩膀，豪气地说。

就这样，两个小朋友每天约好了一起在天河边玩。也不知小男孩怎么能逃过仙兵的巡视的，反正他跟远彤约好后，就风雨无阻地在同一个时辰等候在天河边。

一天，当小远彤来到天河边，一直等候在这里的小男孩今天却没有到。她耐心地在天河边找妈妈教给她认的灵草，一点也不着急。

有好一会儿，小男孩才一瘸一拐地气喘吁吁地跑来。看到小远彤，他弯下腰，深咽了一口唾液，说：“小妹妹，对不起，我来晚了。”

远彤诧异地看着他的狼狈相，好奇地问：“你怎么了？被人欺负了？”

“嗯。”他的眼睛突然红了，咬咬牙说：“是罗家的八公子。他说如果我不给他这个，他就见我一次，就打我一次。”说着，他从胸口掏出一个水滴状的小小玉坠。恨声说：“这是我妈妈留给我的。我妈妈被他们家的人抓到后，说我妈妈是九级妖兽，体内的妖丹可以让他们家家主晋级为仙王，就，就把我妈妈打死，取走了妖丹。”

说到这里，小男孩潸然泪下，哽咽着说：“他们还说，要把我培养长大，等我也成为九级妖兽后，也把我也杀了，给他们家少主提升修为。小妹妹，我要趁他们不注意时下到凡界，寻找机缘，总好过以后成为他们家圈养的猎物。”

“啊？”想必，这是小远彤出生以来第一次听到的最血腥的事情了，她吃惊地张大眼睛，同情地说：“小哥哥，这天河里的水不能离岸，所以不能帮你化形。听我妈妈讲，下界有一种化形丹，可以帮助你化形的。”

听到小远彤的话，小男孩的眼睛瞬时亮了。他握紧拳头，说：“好！我会找

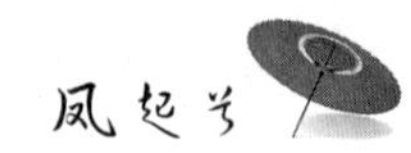

机会偷偷下界的。小妹妹，这一段时间有你陪我，我很高兴。以后，我就不来了，你……”

“等等，”小男孩还没说完，小远彤就打断了他的话，说：“我知道你的意思。呶，这里有几根我爸爸的胡子，你把它们带下界，种在地里，它们会很快长大，你可以用它换钱，还可以用它去换化形丹。”

小男孩接过几根树根似的“胡子”，不解地问：“这是什么？”

“这是树啦！这叫‘吾彤树’，是我爸爸的胡子，因为我妈妈常爱停在这树上，所以这树有一丝丝凤凰的灵气，对凡人来说，是修行的好东西。”小远彤小大人似地教他。

小男孩如获至宝地把这几根胡子贴身装好，说：“哦，我知道了，这叫‘梧桐树’，有凤凰的灵气。我会好好种下，细心培养。谢谢你，小妹妹。如果以后再见面，我一定是个大英雄！”

“嗯！”听到小男孩的豪言壮语，小远彤认真地应道：“你一定会成为大英雄！”

就这样，小男孩把梧桐树带下了仙庭，凡人界从此有了带有仙灵气的神木——梧桐树。

千百年来，梧桐树不仅成为吉祥树，而且更因为凤凰的传说，赋予了梧桐树不一样的意义。